이세계담 영웅의 신화 전설이 된

KB208208

타테마츠리 지음
미유키 루리아 일러스트
송재희 옮김

이세계 알레테이아에 소환되어 《군신》으로서
동료들과 함께 일대 제국을 쌓아 올린 소년, 오구로 히로.
히로는 기억과 힘을 대가로 원래 세계에 돌아와 일상을 보냈지만
이번에는 1000년 후의 알레테이아에 소환되고 만다.
그곳에서 만난 것은 그란츠 대제국의 황녀, 리즈.
1000년 전에 함께 싸웠던 의형. 알타우스와 닮은 반짝임을 그녀에게서 본 히로는
리즈의 성장을 재촉하여 여제(女帝)로 만들기 위해 행동을 같이한다.

리즈는 히로의 인도로 왕으로서 성장을 거듭하지만
여섯 나라의 침략으로 두 사람의 사이는 갈라지고 만다.
그리고 히로는 어떤 의도를 가지고서 죽음으로 위장한 뒤 가면을 쓰고
바움 소국의 왕 《흑진왕》으로서 리즈 앞에 나타난다.
속마음을 보여 주지 않은 채 모든 것을 혼자 짊어지려 하는 히로에게 리즈는
그가 선 위치까지 도달하여 넘어설 것을 맹세한다.

두 사람의 길이 갈라지고 2년의 시간이 흘렀다.
「왕도」와 「패도」는 여전히 교차하지 않은 채
대륙에는 수많은 의도가 소용돌이치고 있었다……

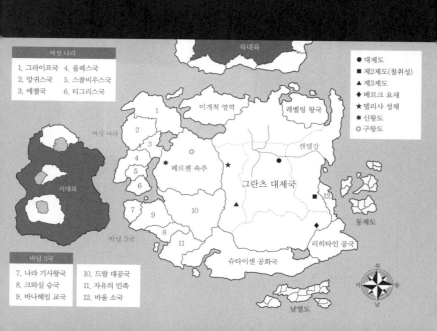

여섯 나라

1. 그라이프국
2. 앙귀스국
3. 에젤국
4. 올페스국
5. 스콜비우스국
6. 티그리스국

바닐 3국

7. 나라 기사왕국
8. 크와실 승국
9. 바나헤임 교국
10. 드랄 대공국
11. 자유의 민족
12. 바움 소국

● 대제도
■ 제2제도(철취성)
▲ 제3제도
◆ 베르크 요새
★ 델리샤 성채
✳ 신왕도
◎ 구왕도

북대륙

미개척 영역

레벨링 왕국

페르젠 속주

그란츠 대제국

켄델강

서대륙

여섯 나라

바닐 3국

동제도

리히타인 공국

슈타이센 공화국

남열도

오구로 히로 / 흑진왕

1000년 전의 영웅인 《군신》이며, 다시 이 세계에 소환된 이후로는
그 후손이라고 밝힌다. 리즈와 함께 행동했지만 어떤 목적을 위해
전사(戰死)로 위장하고 가면 쓴 남자 《흑진왕》으로서 바움 소국의
왕이 된다. 《천제》 및 《명제》의 소유자.

세리아 에스트레야 엘리자베스 폰 그란츠

통칭 『리즈』. 그란츠 대제국의 제6황녀이자 차기 황제 후보.
미숙하지만 사람을 끌어당기는 왕의 자질을 지녔다. 《염제》의 소유자.

트레아 르단디 아우라 폰 브나다라

제립 훈련 학교를 수석으로 졸업, 《군신소녀》라는 이명을 가진 천재
책사. 《군신》을 동경하고 있으며 리즈를 지지한다.

하란 스카아하 드 페르젠

페르젠 왕가의 유일한 생존자. 그란츠가 멸망시키고 여섯 나라가
탈취한 조국의 부흥을 위해 리즈와 함께 행동한다. 《빙제》의 소유자.

미스테 칼리아라 로자 폰 켈하이트

리즈의 언니이자 동방 귀족을 아우르는 켈하이트 가문의 가주 대리.
남방 귀족을 아우르는 무주크 가문과 대립하고 있다.

클라우디아 반 레벨링

레벨링 왕국의 여왕. 히로가 전사로 위장할 때 한몫 거들며 《흑진왕》과
친교를 맺는다.

루카 마몬 드 울페스

여섯 나라의 선봉으로서 그란츠를 침공한 울페스국의 전 왕녀.
2년 전의 전쟁으로 남동생과 왼팔을 잃었다.

스트라이아

4대 무녀 공주. 정령왕을 섬기며 중앙 대륙에서 유일하게 그와 대화
할 수 있는 여성. 히로의 정체를 알고 있다.

레온 벨트 알티우스 폰 그란츠

그란츠 대제국의 초대 황제. 1000년 전에 함께 싸웠던 히로의
의형이자 《염제》의 옛 소유자.

프롤로그

이날은 구름이 하나도 없었다.

비가 내릴 조짐도 없이 세계는 습기를 띤 채 버티고 있었다.

평소라면 별이 반짝일 밤이다.

평소라면 정적이 깔릴 밤이다.

그러나 이날만큼은 평소의 밤이 찾아오지 않았다.

무정하게도 대지에서 피어오르는 검은 연기가 별들을 가리고 있었기 때문이다.

침울한 하늘과는 딴판으로 대지는 붉게, 붉게, 붉게, 가차 없는 불길에 휩싸여 있었다.

노호와 비명— 분노, 슬픔, 도움을 구하는 목소리가 끝없이 밤공기를 관통했다.

칼부림의 폭풍이 휘몰아치며 피비린내가 공기를 침식했다.

멈출 줄 모르는 악의가 도시를, 죄 없는 사람들을 유린했다.

그저 무정했다. 야만적이고 잔인한 소행이었다. 그러나 받아들일 수밖에 없었다.

"절망을 아는 자에게야말로 희망은 찾아오지."

가면을 쓴 소년이 빨갛게 불타는 도시를 바라보며 중얼거렸다.

그 목소리는 눈앞에서 펼쳐지는 참담한 광경의 목격자치고는 너무나 평탄했다.

그의 말에는 억양이 없었다. 감정이란 것이 『그곳』에는 존재하지 않았다.

감정을 파악하기 어려운 가면 탓인지.

아니면—.

"……용서해 달라고는 안 해. 날 마음껏 원망해."

오른손으로 가면을 쓰다듬으며 소년은 활활 타오르는 도시를 눈에 새겼다.

밤바람이 그의 외투를 펄럭이게 했고, 동시에 소년이 몸에 두른 공기를 훔쳐 갔다.

"……이로써 오랫동안 이어진 교착 상태는 끝나겠지."

소년은 도움을 구하는 사람들의 목소리에 손을 내밀려고 하다가—.

"……위선이군."

—구원의 손을 거뒀다.

모든 정을 버리고서 몸을 돌린 소년은 두 팔을 벌렸다.

"자— 전쟁을 시작하자."

제1장 폭풍 전야

제국력 1026년 8월 13일.

그란츠 대제국의 수도, 대제도 클라디우스.

중앙 대륙에서 가장 영화로운 「인족」[솔레이유][휴먼]의 이상향이자 가장 오래된 도시 중 하나이다.

잠들지 않는 도시로도 유명한 대제도 중에서도 사람이 가장 많이 모이는 곳이 중앙 가도(街道)였다.

전 세계에서 모인 상인들이 도로 양쪽에 노점을 열었고, 식욕을 돋우는 음식 냄새가 가도를 가득 채웠다. 활기찬 목소리가 매일 끊임없이 울렸다.

장난감을 한 손에 들고서 광장을 뛰어다니는 아이들, 온화한 표정으로 그 모습을 바라보는 부모.

그렇게 세계에 이름을 떨치는 대제도지만, 평소 같았으면 여전히 사람들의 발길이 끊이지 않았을 곳도 오늘은 기묘한 분위기에 휩싸여 있었다.

태양은 저문 상태였다.

어둠과 동화된 구름 틈으로 별들이 깜박였다. 열렬한 태양 대신 상냥한 달이 얼굴을 내밀어 대지를 비추었다.

하지만 밤은 밤대로 북적이던 곳이 마치 폐허와 같은 정적에 지배되어 있었다. 바늘 떨어뜨리는 소리마저 들릴 것처럼 밤공기가 얼어붙어 있었다.

누구도 침범할 수 없는 신역이 있는 듯 이곳에도 사람들을 멀리하는 분위기가 흘렀다.

그렇기에 인기척은 없었다.

왕래가 없어진 가도는 구슬픈 분위기에 휩싸여 있었다. 그런 가도를 엄숙하게 지켜보고 있는 것은 양옆에 나란히 세워진 그란츠 열두 대신이라고 불리는 동상이었다.

『시신(始神)』 ^{젤티우스}

『군신(軍神)』 ^{마르스}

『미신(美神)』 ^{바르디테}

『단신(鍛神)』 ^{콜파르}

『호신(護神)』 ^{벨바드}

『현신(賢神)』 ^{칼라르}

『풍신(豐神)』 ^{오르라가}

『상신(商神)』 ^{바니에타}

『무신(武神)』 ^{발칸}

『의신(醫神)』 ^{파르라}

『음신(音神)』 ^{울라르}

『수신(水神)』 ^{세르드라}

그란츠 대제국에 발전과 번영을 가져온 위대한 열 명의 황제.

나머지 둘은 황제가 아니었으나 다대한 공적을 기려 신격화된 여신이었다.

모든 동상이 정교하게 만들어졌지만 작게 이지러진 부분도 있어서 오랜 세월의 흐름이 엿보였다. 그래도 위엄이 떨어지지는 않았다.

지상을 비추는 온화한 달이 구름 뒤로 숨으면서 동상이 어둠에 녹아들었다.

그때— 발소리가 정적을 깨며 가도에 울려 퍼졌다.

그 인물은 그란츠 대제국에서 유일하게 이곳에 발을 들일 수 있는 자였다.

어둠 속에 있으면서도 불꽃처럼 빨간 머리가 빛나서 숨길 수 없는 존재감을 내뿜었다.

그녀는 구두 뒷굽을 울리며 『미신』 앞에서 발을 멈췄다.

그란츠 대제국의 제6황녀이자 황위 계승권 1위인, 현재는 황제 대리로서 국가의 정점에 군림 중인 인물.

세리아 에스트레야 엘리자베스 폰 그란츠였다.

"초대 황제 알티우스의 누나이며 기원의 백성을 이끌었던 초대 무녀공주……."

그녀는 「마족」에게 핍박받던 「인족」을 해방하기 위해 동생 알티우스와 함께 들고일어난 용감한 여성이었고, 정령검 5제를 정제하는 데 한몫 거들었다.

즉, 그란츠 대제국을 승리로 이끈 공로자 중 한 명으로 그 공적은 「군신」 못지않아서 『미신』은 수많은 전설을 남겼다.

"세리아 레이 신모라 폰 그란츠……."

「정령왕」의 총애를 받았고, 「인족」과 「이장족」 사이를 중재했고, 적대하던 「마족」도 그녀는 차별 없이 대했다고 한다.

모든 종족이 좋아했던 그녀도 유행병에 걸려 젊은 나이에 세상을 떠났는데, 그때 종족 관계없이 모두가 그녀를 위해 눈물을 흘렸다고 문헌에는 기록되어 있었다.

그 밖에 문헌에 적혀 있지 않은 일도 해냈으리라는 것이 역사학자들의 견해였다. 리즈도 그 견해에 동의했다. 그렇지 않다면 황제도 아닌 그녀가 그란츠 열두 대신으로 신격화되지 않았을 것이다.

"하지만…… 어째서 당신은 내 꿈에 나온 걸까?"

2년 전— 히로를 잃고 좌절할 뻔했을 때, 상냥하게 말을 걸어 줬던 여성.

그때 느낀 위화감의 정체를 안 것은 대제도에 귀환하여 『미신』의 동상을 봤을 때였다. 웃음이 날 만큼 동상과 실물은 딴판이었다.

질투가 날 정도로 꿈속에서 만났던 여성이 더 아름다웠다.

"당신에게 이것저것 묻고 싶은 게 있는데……."

이제 나타나지 않는 걸까. 그녀와는 많은 이야기를 하고 싶었다.

소년^{히로}의 이야기를 듣고 싶었다.

자신이 모르는 이야기— 1000년 전에 히로라는 소년이 완수한 위업.

그가 무엇을 얻고, 무엇을 알고, 무엇을 잃었는지…….

그런 그가 1000년이라는 시간이 지나 다시 이 세계에 나타난 이유를 알고 싶었다.

하지만 그것을 히로에게 직접 확인할 용기가 리즈에게는 없었다. 물어봤다가 그를 잃는 것이 두려웠다.

그래서 그의 정체도 「염제」^{레바테인}의 이전 소지자인 초대 황제의 기억을 통해 알았다. 단편적인 정보를 종합하여 도달한 결론이었다.

"의심하고, 의심하고…… 믿으려고 안 했어. 아니, 무서웠던 거야. 마음의 연약함이 진실을 계속 외면하게 했어."

리즈는 자신의 가슴 부근에 주먹을 대고 작게 한숨을 쉬었다.

수많은 전설을 남긴 인물이다. 그곳에 있는 것만으로도 느껴지는 압도적인 존재감.

풍겨 나오는 괴이한 분위기는 숨길 수 없다.

하지만 진실을 받아들이는 것이 무서워서 리즈는 계속 모르는 척했다.

동경하던 「군신」인 그에게서 도망쳤다.

"이젠 아니야. 난 강해지기로 했어."

그렇기에 그를 움직이는 원동력이 무엇인지 알고 싶었다.

"당신은 알고 있지?"

리즈는 『미신』에게 말했다. 대답이 돌아올 리 없음을 알고도 동상을 바라보며 그녀가 나타나기를 기다렸다.

그러나 계속 기다려도 찾아오는 것은 여름을 느낄 수 있는 따뜻한 밤바람뿐이었다.

리즈는 쓴웃음을 짓고 포기한 것처럼 고개를 가로저었다.

"여기 오면 뭔가가 일어날 것 같았는데……."

리즈는 아쉬워하는 기색으로 발길을 돌리려다가…… 인기

척을 느꼈다.

달빛이 닿지 않는 어둠 속에서 가벼운 발소리가 울렸다.

리즈는 날카로운 시선을 던졌으나 기묘한 기척에서 적의는 느껴지지 않았다. 딱딱하게 굳었던 몸이 조금씩 풀렸다. 리즈에게서 경계심이 완전히 사라짐과 동시에 갑자기 나타난 자가 다가오며 달빛을 받아 부드러운 표정이 드러났다.

"리즈 님…… 이런 늦은 밤에 여성 혼자—."

그 인물은 쓴소리하려던 입을 다물고 주위를 둘러본 후 납득한 모습으로 고개를 끄덕였다.

"—과연. 우수한 분들인 것 같네요. 모습이 보이지 않을 뿐, 언제든 도울 수 있는 거리에서 지켜보고 있군요."

웃음 짓는 인물을 본 리즈는 놀란 표정을 지었고 마찬가지로 주위를 둘러보았다.

어둠 속에 숨은 기척이 여럿 존재했다. 희미하게 긴장은 느껴지지만 적의는 전혀 없었다.

"용케 알았네. 그들은 친위대 중에서도 엄선한 자들인데."

"기척을 죽이더라도 제 눈을 피해 숨을 수는 없어요."

자신을 뽐내는 듯한 말을 하면서도 결코 으스대는 어조가 아니었고 어딘가 겸허함이 섞여 있었다. 그래서 리즈는 감탄을 담아 쓰게 웃었다.

"역시 「천리안」을 가진 무녀공주야."

리즈는 솔직하게 칭찬하고서 나타난 인물— 무녀공주를 바라보았다.

귀가 긴 신체적 특징은 그녀가 「이장족」임을 나타냈다.

나이는 미상. 겉모습은 10대 소녀처럼 젊디젊은 모습을 유지하고 있었다.

그러나 대부분의 「이장족」은 일정한 나이를 먹으면 노화가 멈춘다. 그렇기에 또래처럼 대했다가 나이를 듣고 놀라기도 했다.

그런 특수한 종족인 무녀공주는 정령왕이 택한 자라는 증거로서 하늘보다 짙은 색으로 빛나는 벽안을 가지고 있었다. 모든 것을 꿰뚫어 보는 듯한 투명한 눈이었다.

"아무튼 당신이 왜 여기 있어?"

무녀공주는 원래 바움 소국에서 한 발자국도 나오지 않지만 어떤 특수한 사정 때문에 현재는 그란츠 대제국에 체재 중이었다.

황제 대리이기도 한 리즈는 그 복잡한 사정을 알고 있으므로 이 나라에 있는 이유가 아니라 이 장소에 나타난 이유를 물은 것이었다.

하지만 무녀공주는 아무 말 없이 다가와 아까 리즈가 쳐다봤던 『미신』 동상을 올려다보았다.

"리즈 님과 비슷하죠. 이런 기회가 아니면 초대 무녀공주님을 뵐 수 없으니까요."

그 말에 납득하고 리즈는 주위에 눈길을 줬다.

평소 같았으면 떠들썩하게 노점이 열리고 사람들이 넘쳐 났을 중앙 가도에는 리즈와 무녀공주뿐이었다.

조만간 바움 소국의 왕—「흑진왕^{수르트}」이 그란츠 대제국을 방문하기 때문에 가도를 봉쇄했다. 그를 맞이할 준비를 하기 위해 무녀공주는 바움 소국을 떠나 그란츠 대제국에 한발 먼저 와 있었다. 그것이 그녀가 이곳에 있는 이유였다.

"나도 이렇게 『미신』을 찬찬히 본 건 오랜만이야. ……설마 무녀공주와 함께 볼 줄은 꿈에도 생각 못 했지만."

바움 소국에 왕이 탄생하다니 1000년 만에 있는 일이었고, 그란츠 대제국뿐만 아니라 주변 나라들에는 청천벽력이었다.

그란츠 대제국은 「흑진왕」의 즉위에 이의를 제기했으나 양국의 알력을 조장할 것을 염려하여 형태뿐인 항의로 끝냈다. 그 열기가 가시기도 전에 이번에는 무녀공주가 바움 소국을 떠나 대제도를 찾아와서 그란츠 대제국은 동요하고 있었다.

"「흑진왕」 폐하께 감사해야겠네요. 이렇게 리즈 님과 함께 초대 무녀공주님을 뵙게 됐으니까요."

"그러네. 부하들의 보기 드문 얼굴도 볼 수 있었으니 정말로 많은 수확이 있었어."

최근 며칠간 황궁은 벌집을 들쑤신 것처럼 야단법석이었다.

각국의 왕과 중진을 초대하는 것에 익숙할 터인 고관들이 우스울만큼 허둥댔다.

평화를 너무 오래 누렸는지 2년 전에 도적이 침입했을 때처럼 갑작스러운 일에 대처가 늦어졌다. 고관들에게 뿌리내린 자만심은 여러 번 습격을 겪어도 사라지지 않는 듯했다. 머리 아파지는 문제지만 방치할 수도 없었다. 어떻게 혼란을 잘 수

습시킬지 앞으로 큰 과제가 될 것이다.

그렇게 사색하는 리즈의 옆얼굴을 보고 있던 무녀공주가 입을 열었다.

"리즈 님은 초대 무녀공주님의 묘소가 존재하지 않는 것을 아시나요?"

"응…… 그야 물론이지. 유명한 얘기잖아."

리즈는 갑작스러운 화제 전환에 당황하면서도 바로 정신을 차리고 대답했다.

"초대 무녀공주가 사랑했던 토지— 그란츠 동쪽에 「군신」이 바움 소국을 건국하면서 그 존재 자체를 묘소로 삼았다는 설이 유력하지."

「군신」과 마찬가지로 초대 무녀공주에게는 많은 수수께끼가 남아 있다. 「군신」은 강렬한 역사를 남겼으면서 표면적으로 모습이 드러나지 않는 어떤 특정 기간이 있었다. 다시 나타난 것은 제2대 황제 자리에 올랐을 때다. 그리고 1년 후에 서거했지만 사인은 문헌에 남아 있지 않았다. 초대 무녀공주도 마찬가지로 일찍 무대에서 모습을 감추고 돌연 병사했다고 기록되어 있을 뿐이었다. 그렇게 많은 수수께끼를 남긴 두 사람이기에 사람들은 흥미를 느끼는 것일지도 모른다.

지금도 수많은 역사학자가 기를 쓰고 문헌을 뒤지고 있으니까.

"그런 애매한 부분이 있기에 바움 백성들은 「미신」의 동상이 있는 대제도를 찾죠. 어떤 인물이었는지 한 번이라도 보려고 많은 자가 걸음을 옮겨요."

초대 무녀공주가 타국의 신이 되었으니 바움 소국 측은 기분이 복잡할 것이다. 그렇다고 자국에 『미신』의 동상을 세울 수는 없었다. 그러면 타국의 신을 받아들이는 것이 되기 때문이다. 정령왕을 숭상하는 자들에게는 도저히 간과할 수 없는 문제였다.

　"이번에 「흑진왕」을 왕으로 맞이하면서 큰 소동이 있었다고 들었어."

　"……그랬죠. 많은 이가 「흑진왕」 폐하를 맞이하길 꺼렸어요. 하지만 정령왕의 신탁을 무시할 수는 없죠."

　"정령왕의 신탁…… 그렇게 말하면 백성은 따를 수밖에 없겠지."

　정령왕을 숭상하는 바움의 백성은 무녀공주의 말을 제일로 믿는다.

　그런 그녀가 정령왕의 신탁이라고 하면 거짓이더라도 따를 수밖에 없다.

　"의심하시나요?"

　무녀공주가 물어서 리즈는 그저 어깨를 한 번 으쓱였다.

　의심하지 않는다고 하면 거짓말이다. 하지만 그것이 진실인지 아닌지 확인할 방도도 없었다.

　정령왕의 말을 들을 수 있는 사람은 무녀공주뿐이니까.

　"아니, 그냥 조금 신경 쓰였을 뿐이야."

　속마음을 들키지 않게 리즈는 웃으며 고개를 가로저었다.

　"그런가요……. 신경 쓰이는 점이 있다면 사양하지 마시고 무엇이든 물어보세요."

변함없이 미소를 머금은 무녀공주의 시선이 리즈에게서 떨어지지 않았다.

"바움과 그란츠 사이에는 1000년의 인연이 있으니까요."

정체 모를 오한이 리즈의 등을 훑었다. 어딘가 조금 싸늘하게 느껴지는 무녀공주의 웃음이 달빛 아래에 얼핏얼핏 나타났다가 사라졌다. 청탁병탄도 무녀공주의 역할이고, 그것이 국가 운영을 맡은 자의 바람직한 모습이리라. 그 산뜻할 정도의 교활함이 리즈는 부러웠다.

"당신은 강하구나……."

"아뇨, 강하지는 않습니다. 영향력이 있다고 하지만 자국에서 마음대로 움직이지도 못하는 몸이니까요. 이래서는 아무 것도 못 한다고 해도 과언이 아니에요."

가볍게 움직일 수는 없다. 그렇기에 무녀공주라는 존재의 가치가 높았다.

소국이면서 대국이라고 불리는 까닭은 거기에 있을지도 모른다.

리즈도 남의 일처럼 여길 수는 없게 되었다. 앞으로는 지금처럼 자유롭게 움직일 수도 없고, 백성과 병사들에게 스스럼없이 말을 걸 수도 없게 된다.

그란츠 대제국의 옥좌에 앉으면 세계에서 동떨어져 이매망량이 판치는 복마전에서 마음 편할 날 없는 생활을 보내게 되리라.

"—뭔가 고민이 있으신 것 같군요."

뜬금없이 무녀공주가 그렇게 말해서 리즈는 깜짝 놀라 어깨를 크게 움찔했다.

"티 났어?"

어두운 밤이다. 달빛이 있다고는 하지만 인간의 표정을 자세히 알아볼 수는 없다.

리즈는 거기까지 생각했다가 생각을 고쳤다.

무녀공주가 자신의 「눈」을 가리키고 있었기 때문이다.

"「천리안」은 사람의 감정을 알 수 있으니까요. 예전과 비교하면 리즈 님은 색을 잘 감추게 됐지만, 아직 동요가 「보여요」."

세계 3대 비안— 「사왕안(獅王眼)」, 「천정안(天精眼)」과 함께 거론되는 「천리안(千里眼)」.

대대로 무녀공주가 물려받는 특수한 눈으로. 그 눈을 가진 그녀에게 감정을 숨기는 것은 불가능에 가깝다. 작은 동요조차 색으로 파악되어 간파당한다.

"리즈 님의 이야기는 자주 듣습니다. 현재 황제 대리로 열심히 일하고 계신다죠. 그렇기에 그란츠 대제국의 광대함에 새삼 놀라셨을 겁니다."

무녀공주가 밤하늘을 올려다봐서 리즈도 같이 고개를 들었다.

바람이 빠르게 부는지 두꺼운 구름이 흘러가며 달이 빛나고 있었다.

그 빛이 지상을 따뜻하게 비추었고 별들도 질 수 없다는 듯 반짝였다.

"옥좌를 이어받았을 때, 거대한 사자를 제대로 다룰 수 있을지…….'

씩씩한 별들을 바라보는 무녀공주의 옆얼굴에서는 감정을 읽어 낼 수 없었다.

"그게 불안하신 것 아닌가요?"

"……."

그게 다는 아니지만 거의 맞췄다고 할 수 있었다.

대충 둘러댈 것인가, 아니면 솔직하게 인정할 것인가. 리즈의 결단은 빨랐다.

그녀의 「눈」 앞에서 숨겨 봤자 소용없다. 아니— 본심까지 도달하면 성가시다.

그래서 리즈는 정곡을 찔렸다고 미소로 대답했다.

"맞아, 용케 알았네. 확실히 지금의 내가 황제에 적합한지 아닌지 고민 중이야."

정점에 다가섰기에 그란츠를 둘러싼 문제를 더 상세하고 정확하게 파악할 수 있었다. 지방에 속한 귀족 제후의 독재, 생겨나는 반발과 꺼지지 않은 불씨가 나날이 커지고 있었다. 무엇보다 전쟁이 계속해서 확대되었다. 많은 나라가 그란츠가 쓰러지기를 바라며 물밑에서 움직이고 있었다.

하지만 그건 새삼스러운 일이 아니었다. 1000년이라는 긴 세월에 걸쳐 곪은 고름이 터지려 하고 있을 뿐이다.

역대 황제들도 리즈와 똑같은 고민을 안고 있었을 것이다. 쌓아 올린 나무 블록에서 하나를 뺐다가 자신의 차례에 무너져 버리지는 않을지 전전긍긍했을 것이다.

"선대 무녀공주께 들은 이야기지만, 선대 황제 글라이하이트 폐하도 리즈 님과 비슷한 고민을 하셨다고 해요."

"아바마마가?"

젊은 시절의 선대 황제 글라이하이트는 중앙 대륙을 통일하여 그란츠의 열세 번째 신이 되기를 꿈꿨다. 많은 소국을 멸망시켰고, 또한 반발도 힘으로 찍어 눌렀다. 그 성격은 오만하고 악랄했다. 자취를 감춘 슈트벨 제1황자보다도 호전적인 인물이었다고 자주 들었다. 무엇보다 리즈가 철들었을 무렵에는 페르젠을 멸망시키려고 기를 쓰고 있었다.

"못 믿겠나요? 그분은 자주 「정령왕묘」를 찾아와 선대 무녀공주님에게 상담했다고 해요."

그렇게 말한 무녀공주는 황궁을 보며 다정한 표정을 지었다.

"세간의 소문과는 정반대로 마음씨 착한 인물이었다고 선대는 평가했죠."

정말로 뜻밖의 평가였다. 그래서 리즈는 완전히 받아들일 수 없었다.

그것을 깨달았는지 무녀공주가 입가에 손을 대고서 재미있다는 듯 웃었다.

"후후, 리즈 님은 「5년의 봄」을 아시나요?"

그것도 유명한 이야기였다.

리즈가 태어나기 전, 중앙 대륙에서 분쟁이 한 번도 일어나지 않았던 시기를 가리킨다.

역대 황제 중에서도 손꼽히게 호전적인 인물, 선대 황제 글라이하이트. 그런 그가 통치했던 기간 중 유일하게 아무 일도 일어나지 않았기에 「5년의 봄」이라고 명명되었다.

　"실은 리즈 님의 어머니— 프리마베라 님을 글라이하이트 폐하가 만난 시기랍니다. 황제 폐하의 명예를 지키기 위해 「5년의 봄」이라고 명명되었지만 실제로는 글라이하이트 폐하가 상사병에 걸렸던 기간인 거죠."

　사람을 사람으로 여기지 않았던 글라이하이트가 사랑이라는 순수한 마음을 가졌었다니 믿을 수가 없었다. 그래서 어안이 벙벙해진 리즈는 아무 말도 못 한 채 그저 멍하니 무녀공주를 바라볼 수밖에 없었다.

　그러는 동안에도 무녀공주는 이야기를 계속했다.

　"두 분의 만남은 충격적이었다고 해요. 갑자기 리즈 님의 어머니가 때렸다더군요. 심지어 농사일을 하던 중이라 진흙투성이가 된 손으로 가차 없이 뺨을 때렸다는 모양이에요."

　당시 무거운 세금에 허덕이던 그란츠의 남쪽 지방에서는 황제를 향한 불만이 컸다. 그 불만을 해소하기 위해 황제는 남방 도시를 돌게 되었다.

　그러다가 순회에 질린 글라이하이트는 친위대만을 데리고서 작은 도시 링크스를 찾았다. 술집을 점거하고 떠들썩하게 술을 마시는 그들의 횡포는 눈꼴실 정도여서, 당시 링크스의 영주였던 리즈의 조부의 딸— 프리마베라가 참지 못하고 글라이하이트를 때렸다고 한다.

"백성이 고통받고 있는데 술주정이나 부리는 황제 따위 죽어 버리라고 소리쳤다고 해요."

"용케 처형 안 당했네……."

"도망치는 솜씨가 일품이었다는 모양이에요. 주위 사람들도 얼떨떨해졌을 만큼요."

무녀공주는 작게 웃었다. 밤중이 아니었다면 크게 웃었을지도 모른다.

그 정도로 무녀공주는 어깨를 떨면서 참고 있었다.

"하지만 끝까지 도망칠 수는 없었죠. 무엇보다 쾌활하고 아름다운 여성으로 남방에서 유명했던지라 바로 발각되어서 뒷날 아버지와 함께 사죄하러 대제도에 오셨다고 해요."

처형될 줄 알고 자포자기 심정이 되었는지 그때도 프리마베라는 고관과 귀족 제후 앞에서 우둔한 황제라고 소리쳐 큰 소동이 벌어졌다.

"하지만 선대 황제 글라이하이트 폐하는 웃으며 용서하셨어요. 그뿐만 아니라 많은 재물을 하사하셨다고 해요."

"어딘가 잘못 맞은 거 아니야?"

리즈가 그렇게 말하자 무녀공주는 약간의 놀람을 눈에 담았다.

"네…… 프리마베라 님도 많은 재물을 보고 눈이 휘둥그레져서 글라이하이트 폐하께 리즈 님과 비슷한 말씀을 하셨다고 해요."

하지만 리즈의 엄마 프리마베라는 재물을 백성에게 나눠 주기를 희망했고 아무것도 받지 않고서 영지로 돌아갔다. 무례하다며 귀족 제후가 난리를 피워도 선대 황제 글라이하이트는 그것조차 웃으며 용서해 버렸다.

그 후 세율을 고쳐 지방 통치 개선에 힘쓰게 되는데, 특히 남방에 지원을 아끼지 않았고 그 열의는 어마어마했다.

"3년간 정도였을까요. 선대 황제 글라이하이트 폐하는 프리마베라 님께 계속 편지를 보냈다고 해요. 기회가 있으면 몇 번이나 남방에 걸음을 하셨다고 들었어요. 그 열의에 진 프리마베라 님은 소귀족이면서도 제4황비로서 그란츠 황가의 일원이 되셨죠."

무녀공주는 그 뒷이야기를 하지 않았다.

이야기는 끝이라는 듯 다시 『미신』 동상을 올려다볼 뿐이었다.

입을 다문 이유를 리즈는 잘 알았다.

「봄」은 오래가지 않았다.

리즈가 태어나고 얼마 지나지 않아 제1황비가 후궁 학살을 일으켰다.

북방을 시찰하러 갔던 선대 황제 글라이하이트가 귀환했을 때, 후궁은 불타 무너지고 모든 것이 끝난 상태였다. 당사자인 제1황비를 포함하여 리즈의 엄마 프리마베라도 처참한 모습으로 그곳에서 발견되었다.

리즈는 조부 곁에 있었기에 기적적으로 살아남았다. 하지만 조부도 딸의 뒤를 따르듯 타계했고 리즈의 외숙부인 키오르크가 가주 자리를 이어받았으나, 젊었던 그에게는 버거운 짐이어서 글린다 가문은 쇠퇴 일로를 겪게 된다. 그렇게 뒷배를 잃은 리즈는 귀족 제후 사이에서 경원시되며 고난의 길을 걷게 되었다.

"힘든 일도 있었지만…… 어마마마는 소중한 것을 많이 남겨 주셨어."

기억나는 추억은 없다. 그래도 위험을 느껴서 그런 것인지는 알 수 없으나 프리마베라는 리즈에게 많은 편지를 남겼다.

"그것이 있었기에 꿈을 가졌고, 트리스와 디오스를 만날 수 있었어. 포기하지 않았기에 히로의 인도로 아우라와 스카아하…… 많은 사람과 인연을 맺을 수 있었어."

리즈는 『미신』을 흘낏 본 후, 무녀공주에게서 등을 돌리고 걷기 시작했다.

"슬슬 돌아가야겠어. 황궁을 오래 비워 두면 시끄러워질 테니까. 무녀공주도 돌아가도록 해. 지금쯤 다들 난리가 났을걸."

"네. 조금만 더 있다가 돌아갈 생각이에요."

무녀공주의 대답에 발을 멈추고 돌아본 리즈는 고개를 갸웃했다.

"내 친위대를 두고 갈까?"

"아뇨, 괜찮아요."

그 말을 듣고 주변의 기척을 살피니 상황을 엿보고 있는 자가 몇 명 있었다. 숨소리는 들리지 않았고 모습은 어둠과 동화되었으며 희미한 기척은 공기에 녹아들어 있었다.

무녀공주에게도 우수한 자들이 호위로 붙어 있는 듯했다.

"걱정 안 해도 되겠네. 그럼 난 이만 실례할게."

정적 속에서 떠나가는 리즈의 발소리는 늦은 밤임을 고려했는지 작았다.

마음씨 착한 붉은 머리 황녀의 뒷모습을 바라보며 무녀공주는 리즈에게 들리지 않을 만큼 작게 한숨처럼 말했다.

"리즈 님, 정령검 5제의 소지자라도 보통은 눈치챌 수 없답니다."

경악에서 평정을 되찾았으나 그래도 무녀공주의 시선에는 가시지 않은 놀라움이 남아 있었다.

이윽고 그녀의 표정은 비탄으로 바뀌었고 그것을 숨기듯 무녀공주는 밤하늘을 올려다보았다.

"곧 개안하겠군요……. 「흑진왕」 폐하께 뭐라고 설명해 드려야 할지…….."

고민스럽게 고개를 흔든 무녀공주는 한층 크게 반짝이는 별을 응시했다.

"혹시 이것도 계획의 일부인가요."

제발 거짓말이라고 말해 달라는 것처럼 절실한 목소리였다.

"「정령왕」…… 당신은 무엇을 생각하고 계시나요?"

대답은 없었다.

단념한 무녀공주는 다시 리즈의 뒷모습을 좇듯 눈을 돌렸다.

시야를 뒤덮는 것은 검정— 불안을 조장하는 심연이 펼쳐져 있었다.

"리즈 님…… 글라이하이트 폐하가 프리마베라 님에게 첫눈에 반한 이유 중 하나를 아시나요?"

여름의 밤바람이 차게 식은 공기를 누그러뜨렸다. 그래도 안식을 주지는 못했다.

정체 모를 한기가 몸을 덮쳐 체온을 계속해서 앗아 갔다.

커지기만 하는 불안은 공포가 되어 마음속 깊숙한 곳에 응어리졌다.

"「붉은 머리」였기 때문이에요."

말과 함께 토해진 불안은 형태를 이루지 못하고 바람에 쓸려 갔다.

그리고 한없이 복잡하게 뒤얽힌 어둠에 녹아들었다.

*****

바움 소국에 있는 유일한 도시 나투어의 중앙에는 「정령왕묘」라고 불리는 「정령왕」이 사는 상자 형태의 신전이 있다.

그 역사는 깊다. 1000년 전에 「군신」이 바움 소국을 건국했을 때부터 있던 건물, 즉, 그란츠 대제국의 황궁과 동등한 역사를 지닌 건축물 중 하나였다.

바움은 소국이지만 그 영향력은 그란츠 대제국에까지 미쳤

고, 그래서 주변 나라들의 왕과 귀족 제후는 인사차 무녀공주를 자주 찾아왔다. 하지만 바움 소국에 새로운 왕이 즉위하면서 현재 그 역할은 「흑진왕」─ 히로가 이어받은 상태였다.

"무녀공주는 대단하네. 그 많은 방문객을 혼자서 처리했으니 말이야."

히로는 자기 방의 창문으로 달을 바라보며 중얼거렸다.

그 뒤에 있는 책상 위에는 대량의 서류와 책이 쌓여 있었고, 그것을 직시하기 두렵다는 듯 히로는 의자를 반대로 돌리고서 앉아 있었다.

"부질없는 일도 아니고 쓸모없는 일도 아니야. 중요한 일이지만, 우선순위가 낮은 일에 수고를 들이는 건 시간 낭비라고도 할 수 있어."

"그래서 너는 밖을 보며 현실 도피 중인가요? 변명만 늘어놓는 짓이야말로 시간 낭비 같은데요."

매서운 말은 히로의 침대에서 나왔다.

이불을 뒤집어쓴 여성이 한 명. 어둠에 휩싸인 부분에서 짐승처럼 날카로운 눈빛이 날아왔다.

평범한 사람이라면 주눅이 들 만한 눈빛이었지만 히로는 흘낏 보고서 어깨를 으쓱였다.

"딱히 현실 도피 중인 건 아니야. 그저 귀찮을 뿐이지. 잠도 아끼면서 이득도 안 되는 일에 열의를 쏟아야 하잖아."

발치에 떨어진 서류 한 장을 집어 들고 히로는 쓴웃음을 지었다.

이것이 바움 백성이 올린 진정서라면 해결의 실마리를 찾기 위해 열의도 생겨날 테지만, 히로가 집어 든 종이는 이웃 나라— 리히타인 공국의 귀족이 보낸 편지였다.

내용은 단순하며 명쾌했다. 딸을 아내로 삼아 달라. 서류 외에 초상화가 딸려 있기도 했다. 그 밖에 드랄 대공국에서도 혼담이 와 있었다. 몇 번을 거절해도 계속 보냈다. 포기할 줄을 모르는 그들 덕분에 바움 소국은 당분간 종이가 모자라지 않을 듯했다. 그 외에는 정령석을 달라는 등 바움 소국을 이용하려는 비열한 속셈이 종이를 통해 전해졌다.

"평화로운 시대라면 이것도 즐겁겠지만 지금은 전쟁의 불씨가 도처에 깔려 있어. 현재의 삶이 아니라 미래를 생각해야 해."

"……그런가요. 그럼 그 맹추에게 맡기면 되잖아요. 일단은 왕의 보좌 역할을 주지 않았나요?"

왕의 보좌— 그것은 보라색 피부를 가진 「마족」에게 맡겼다.

근면하고 성실한 부하인 가더 메테오르— 히로의 오른팔 같은 존재였다.

그가 없으면 국가 운영은 성립되지 않을 것이다. 그만큼 가더에게 의지하고 있는 부분이 컸다. 최근에는 백성들에게도 두텁게 신뢰받고 있는 것 같았고 거리를 걸으면 선물을 받을 만큼 친한 사이가 된 듯했다.

"가더한테는 아까 거절당했어. 자기 일이 더 많으니까 이 정도는 스스로 대처하래."

"……그럼 너의 양 날개에게 맡기면 되잖아요. 기뻐하며 떠

맡을 거예요."

가더와 함께 히로를 섬기고 있는 「인족」 남매, 무닌과 후긴.

이들 또한 히로에게 둘도 없는 존재였다.

주로 각국에 잠입 수사를 보내고 있는데, 같은 식구라 후하게 평가하는 것일지도 모르지만 그들의 첩보 부대는 그란츠 대제국 이상이라고 히로는 자부했다. 조금 긴장감이 부족하긴 해도 겉과 속이 다르지 않은 두 사람의 활기찬 모습에 몇 번이나 위안을 얻었다.

무구하게 웃는 두 사람의 얼굴을 떠올리고 히로의 입가가 약간 풀어졌다.

"후긴은 타국에 잠입 중이고 무닌에게도 다른 일을 맡긴 상태야. 무엇보다 그 두 사람에게 국가 운영을 맡기면 사흘 만에 나라가 기울 거야."

따로 맡길 만한 사람이라면 히로의 침대에 눌러앉은 여성밖에 없지만…….

"……나는 절대로 싫어요."

이불에서 나올 기미도 없이 어둠 속에서 이쪽의 틈을 계속 엿보고 있었다.

여섯 나라 중 하나인 울페스국의 전 왕녀— 루카 마몬 드 울페스.

먼젓번 싸움에서 리즈에게 패배하고 우여곡절을 거쳐 히로에게 몸을 의탁 중인 여성이었다.

늘 틈만 나면 히로의 목숨을 노렸고 그것은 2년 전부터 변함없이 일과처럼 계속되고 있었다. 그런 그녀에게 정치를 맡기면 어떻게 될지 불 보듯 뻔했다.

"너한테 맡기면 내일 당장 전쟁이 일어나지 않을까? 그런 위험한 짓은 할 수 없어. 그러니까 안심해도 돼."

"……칫."

언짢은 얼굴로 혀를 찬 루카는 그대로 누워 이불 속에 숨어 버렸다.

히로는 다른 사람에게 도움받는 것을 포기하기로 했다.

각국에서 보낸 혼담을 어떻게 거절할지 문장을 생각하며 서류 작업에 돌아가려고 한 그때— 방문이 무거운 소리를 냈다.

"들어간다."

대답도 기다리지 않고 들어온 것은 중장비를 착용한 거한이었다.

조금 전에 얘기했던 「마족」 가더였다.

모처럼 의욕을 내려고 했는데 꺾여 버려서 히로는 맥이 풀렸다.

그대로 말없이 바라보자 다가온 가더가 의아해하며 발을 멈췄다.

"뭐야? 할 말 있으면 가면을 벗어. 그 상태로는 표정을 파악할 수가 없어."

"아니, 아무것도 아니야. 무슨 일로 왔어?"

히로는 가면 위치를 조정하고 가더에게 다시 시선을 보냈다.

그러자 가더는 한 손에 든 양피지 두 장을 보여 줬다.

"두 사람이 보낸 정기 보고가 도착했어. 좋은 소식과 나쁜 소식이 있는데 뭐부터 들을래?"

"좋은 소식부터 듣지."

"그럼 후긴의 보고부터군."

가더가 말하자 어두운 이불 틈에서 루카의 눈빛이 번뜩였다.

저주 받을 듯한 강렬한 시선이었으나 가더는 개의치 않고 양피지를 펼쳤다.

"페르젠에 주둔 중인 앙귀스군에 잠입하는 데 성공한 모양이야. 게다가 루시아 여왕의 몸종이 된 것 같아."

"……어떻게 그런 위치까지 올라갔지?"

보통은 생각할 수 없는 일이다. 히로는 기껏해야 군대의 심부름꾼 정도나 될 수 있으리라고 예상했다. 여왕의 몸종─목표물에 급격히 접근할 수 있으리라고는 상상도 못 했다.

"페르젠은 거듭된 전쟁으로 일자리를 잃은 자가 많아. 물론 일할 남자도 줄었겠지. 그래서 페르젠 백성이면서 여성이면 우선적으로 일자리를 알선하고 있는 모양이야. 타산적인 목적이 뻔히 보이지만 효과적인 수법이지."

치안 안정화, 국정 정상화, 둘 다 민심과 뗄 수 없는 사안이다.

우선적으로 여성에게 일자리를 줌으로써 민심을 장악하려는 것일지도 모른다.

장기적으로 봐야 하지만 확실하게 일을 성사시킬 수 있는 수법이었다.

피폐한 나라에 사는 백성에게는 타산적인 목적이든 뭐든

간에 의식주를 제공해 주면 좋은 군주다.

"그렇게 되면 그란츠가 페르젠을 탈환하기는 어려워지겠어."

히로는 책상에 양쪽 팔꿈치를 올려 깍지를 낀 뒤 턱을 얹고 고민스럽게 한숨을 쉬었다.

페르젠 왕가의 생존자인 스카아하가 있더라도 그 대의명분은 백성의 감정 앞에서 날아가 버린다. 페르젠을 되찾더라도 백성이 받아들이지 않으면 통치하기는 매우 어렵다. 재차 전쟁을 일으킬 왕족을 누가 환영하겠는가. 아무리 왕가를 친애하더라도 자신들의 가족을 빼앗을 자를 받아들일 기특한 백성은 없을 것이다.

그 밖에도 걱정되는 일이 있었다.

"루시아에게 너무 접근했을지도 몰라. 반대로 후긴이 움직이기 어려운 상황이야."

이것을 호기로 볼지 위기로 볼지 판단하기 어려웠다. 그건 상대방도 마찬가지였다. 후긴을 수상히 여겼더라도 신중히 대응하지 않으면 호된 꼴을 당한다.

그 결과, 루시아가 후긴을 옆에 두기로 판단했다면 감정적으로 경솔하게 행동하지도 않을 것이다. 자신이라면— 최대한 이용하려고 할 것이다. 현재 페르젠의 상태와 나중을 생각하면…… 하지만 루시아가 그 정도로 만만치 않은 상대일까?

"후긴 말고도 잠입시킨 자들이 있지? 그자들에게 정보를 모으라고 해야겠어. 후긴에게는 직무를 다하라고 지시하고, 아무쪼록 신중히 행동하라고 전해 줘."

섣부른 지시는 역효과를 낼 것이다. 지금은 루시아에게 신뢰받는 것을 우선하도록 해서 후긴의 안전을 확보해야 했다.

"알겠다. 그럼 후긴과의 연락 수단도 바꿔 두지."

가더는 턱을 짚고 생각하더니 깊이 고개를 끄덕였다.

특별히 좋은 소식이라고는 할 수 없지만 다른 관점에서 보면 비장의 패를 얻었다고도 할 수 있었다. 그런데 이게 좋은 소식이라면 나쁜 소식은 무슨 내용일까.

"나쁜 소식은?"

"북방에서 첩보 활동 중인 무닌의 보고야."

목소리를 낮춘 가더가 차가운 시선을 보냈다.

각오하라는 듯 그 눈동자 안쪽에는 싸늘한 바람이 휘몰아치고 있었다.

"샤름 가문이 아우르는 북방 귀족이 완전히 와해됐다. 북방 대귀족 브로멜 가문이 샤름 가문으로부터 실권을 탈취했다는 모양이야."

거기서 말을 끊은 가더는 히로의 말을 기다리듯 응시했다.

이전부터 알고 있었던 일이다. 가더가 답을 가르쳐 줄 필요도 없었다.

"샤름 가문은 기리시 재상이라는 대들보를 잃은 탓에 현저하게 세력이 감퇴됐나……."

그래도 아직 셀레네 제2황자가 있었다.

도적 무리에게 패배하여 부상을 입었다고는 하지만 황위 계승 순위로 따지자면 리즈에 버금가는 위치였다.

"버리기에는 너무 빨라……."

"북방에서는 다음 황제가 세리아 에스트레야 전하로 결정됐다는 소문이 돌고 있어. 그런 상황 속에서 돋보이는 지위를 켈하이트와 무주크 가문에 빼겨 버렸지. 그것 때문에 북방 녀석들의 불만이 폭발했을 거야."

제2황자는 옥좌에 관심이 없다고 항상 말했다. 북방만 무사하다면 된다는 애향심이 강했다. 그것이 화가 된 것일지도 모른다.

북방 귀족은 기리시 재상을 잃으면서 북방의 권세가 흔들리기 시작한 것을 두고 볼 수 없었으리라.

"그보다 브로멜 가문에 관해 뭐 아는 거 없어?"

그란츠에 있을 때 몇 번 들은 적이 있다. 샤름 가문과 동등한 문벌을 지닌 그란츠의 명가 중 하나라고. 다만 그 외에는 특별한 것이 없었다.

"요 2년간 북방의 동향을 주시했지만 브로멜 가문은 침묵을 유지하고 있었어. 녀석들이 움직이기 시작한 건 최근이야."

"주위에서 추대한 걸까, 아니면 처음부터 뒤에서 조종하고 있었을까."

"후자겠지. 장식이라고 하기에는 존재가 너무 두드러져."

가더의 말에 히로는 깊이 고개를 끄덕여 동의를 표했다.

"그럼 어떻게 나오려나……. 힘으로 밀어붙일 것인가, 대화하려 들 것인가."

"지금까지 전쟁에 참여하지 않아서 북방은 타격을 거의 받지 않았어. 대화라는 미적지근한 수단을 쓰진 않을 것 같지만— 적어도 그란츠 중추에 압력은 가하겠지."

히로는 얼굴을 숙이고 생각에 잠겼다.

지금 그란츠 중추가 관심을 두고 있는 곳은 페르젠 속주다.

주력이 자리를 비운 사이에 대제도가 함락되는 사태는 피해야 한다.

'이렇게 빨리 북방이 와해될 줄이야……. 셀레네 제2황자는 대체 뭘 하고 있는 거야.'

히로는 가면을 벗고 지친 듯 손가락으로 미간을 짚고서 작게 한숨을 쉬었다.

"일단 수는 써 두지. 이참에 그녀의 수완을 다시금 확인할까."

"괜찮겠어? 그 책략은 나중에 쓰려고 했었잖아."

"여유 부릴 만한 상황이 아닌 것 같으니까. 북방에 관해서는 조금 더 시간이 있었으면 좋았겠지만, 그란츠가 쓰러지면 말짱 도루묵이야."

의자에 등을 기댄 히로는 천장을 올려다보았다.

'모든 것이 계획대로 되지는 않아. 인간의 움직임은 예상할 수 없어. 어디선가 분명 틈이 생겨.'

히로는 결의를 다지고 가더를 향해 웃었다.

"이번 일은 좋은 기회라고도 할 수 있어. 욕심부리자면 살짝 계획을 수정하고 싶은데."

"그렇다면…… 이 안건은 「독안룡」에게 맡기겠다."

다짐을 받는 가더에게 히로는 미소로 대답했다.

"그래. 다른 곳에는 말 안 해도 돼. 향후 북방에 관해서는 내가 처리해 둘게."

"그럼 무닌은 어쩔 거지? 그대로 계속 조사를 진행시킬까?"

"북방 귀족은 브로멜 가문을 중심으로 다른 자에게 조사를 맡기겠어. 무닌에게는 그대로 「정령벽(프리트호프)」에 가라고 해."

북방의 서쪽에 구축된 「정령벽」.

벽 너머에는 이민족인— 기육족(아르콘), 각인족(알다바오트), 괴물(몬스터)이 산다고 한다.

500년 전에 나타난 「기육족」과 「각인족」이라는 새로운 종족. 그 경이는 북방을 공포에 빠뜨렸다. 사태를 중대하게 본 당시 제22대 황제— 그란츠 열두 대신 중 하나이기도 한 「무신」이 기육족과 각인족을 물리치고 정령들의 힘을 빌려 북방 끝자락으로 몰아냈다.

그 이후로 「정령벽」 너머는 「미개척 영역(상투아리움)」이라고 불리게 되었고 지금도 두꺼운 벽이 그란츠의 북방을 지키고 있었다.

현재는 5대 장군 중 한 명이 수비 중이었다. 500년 동안 여러 번 침공이 있었던 것 같지만 역대 5대 장군들의 분투로 이민족이 벽을 넘은 적은 한 번도 없었다.

어디까지나 그란츠 측의 발표에 따르자면 그랬다.

"현재 상황을 자세히 알고 싶어. 북방이 불안정한 지금, 「정령벽」에 미칠 영향이 신경 쓰여. 무엇보다 인근 북방 귀족들이 딴마음을 먹었을 가능성도 있어."

그란츠 대제국을 둘러싼 상황은 복잡하다.

안에도 바깥에도 적이 있다.

내정을 아는 히로가 바깥에서— 바움 소국에서 보니 그것은 일목요연했다.

"확실히 신경 써서 손해 볼 일은 없겠지……. 그 부분도 포함해서 실력 있는 자를 엄선해 두마. 따로 무닌에게 전할 말이 있나?"

"위험을 느끼면 바로 돌아오라고 해. 다른 사람도 마찬가지야. 예전부터 위화감은 들었지만, 아무래도 북방은 수상쩍은 냄새가 나니까……."

히로가 심각하게 말하자 가더도 깊이 고개를 끄덕여 동의했다.

"문제는 산더미군. 「독안룡」의 책상처럼."

비아냥을 섞어 웃을 수 없는 농담을 건네고서 가더는 입꼬리를 비죽 올렸다.

히로는 쓴웃음으로 대답한 후 불쑥 다른 용건을 꺼냈다.

"모레 출발할 준비는 잘 되고 있어?"

"「아군(鴉軍)」 2천을 호위로 보낼 거야. 마음 같아서는 병사를 더 보내고 싶지만 바움에 정령기사가 남아 있질 않으니까. 치안 유지나 타국의 동향을 생각해서 2천이 한계였어."

무녀공주가 히로를 맞이하기 위해 한발 먼저 그란츠 대제국에 갔다. 그 호위로 바움 소국에 있던 정령기사와 무녀기사들이 전부 동행한 상태였다.

수는 천오백도 되지 않지만 전원이 정령 무기를 소지하고 있으니 어중간한 전력으로는 맞설 수 없을 것이다. 과하다고도 할 수 있으나 중앙 대륙에서 가장 유명하며 여러 나라에 영향력을 미치는 무녀공주의 호위로는 이것도 부족한 감이 없지 않았다.

"뒷일은 맡길게. 그란츠 대제국에 도착하는 대로 무녀공주는 귀국시킬 생각이야. 바움 백성들이 불안해할 테니까."

그렇게 히로가 말해서 가더는 입을 열려고 했다.

하지만 옆에서 루카의 나른한 음성이 끼어들었다.

"「마족」이 무녀공주를 대신하고 있다고 하면 바움 백성들은 폭도로 변하겠죠. 내일 아침에는 맹추의 목이 나투어 광장에 굴러다니고 있을 거예요."

지금까지 침묵을 지키던 루카가 독설을 내뱉었다.

그 말을 들은 가더가 쓴웃음을 짓고서 엄지로 루카를 가리키며 히로를 보았다.

"「독안룡」······ 정말로 저걸 데리고 갈 건가? 그녀의 정체가 탄로 나는 것도 문제지만, 저 험한 입이 외교 문제를 일으킬지도 몰라."

"어쩔 수 없어. 두고 가 봤자 바로 쫓아올 테니까."

늘 틈만 나면 히로의 목숨을 노렸다. 최근에는 그 빈도가 늘어난 것 같기도 했다.

여섯 나라와 그란츠의 전쟁이 가까움을 예감하고 살기등등한 것일지도 모른다.

그런 상황에서 그란츠에 데려가는 것은 확실히 걱정스럽다.

하지만 강제로 바움에 두고 가면 루카가 어떤 행동을 보일지 알 수 없었다. 방에서 날뛸 뿐이라면 괜찮겠지만 사망자가 나오는 사태는 피하고 싶었다.

"……날 두고 가면 거기 있는 맹추의 목이 내일 나투어 광장에 굴러다니고 있을 거예요."

유난히 나투어 광장을 강조하는 루카의 심정은 이해할 수 없으나 그 말에서 진심을 느낀 히로는 헛웃음을 짓고 가더에게 고했다.

"깨끗한 광장을 피로 더럽히는 일은 피하고 싶어. 데려갈 수밖에 없겠어."

"그런 것 같군. 저 왈패는 데려가는 게 좋겠어. 나도 이 방을 피로 더럽히고 싶지는 않으니까."

감당이 안 된다. 가더의 고뇌 가득한 얼굴에서 그런 느낌이 전해졌다.

"그럼 뒷일은 맡길게. 가기 전에 내 일을 끝내야지."

책상에 수북이 쌓인 서류— 초상화를 바라보며 히로는 우울하게 한숨을 쉬었다.

가능한 한 수를 줄여 두지 않으면 돌아왔을 때 몇 배로 불어나 있을 것이다.

"알겠다. 그럼 나는 이만 실례하지. 무슨 일 있으면 바로 알리마."

발길을 돌린 가더는 손을 흔들며 방을 나갔다.

그 모습을 지켜본 후 히로는 의자에서 일어나 침대를 흘낏 보았다. 루카는 이불이 만들어 내는 어둠 속에 숨어 있었다.

침대에서 시선을 뗀 히로는 창문으로 다가가 밤하늘에 뜬 별들을 바라보았다. 하늘은 지상이 험악한 분위기에 휩싸여 있든 말든 알 바 아니라는 듯 평소와 다름없이 아름다운 별의 바다를 형성하고 있었다.

"어둠이 있기에 빛은 반짝일 수 있어. 별이 있기에 달은 무엇보다 아름다워."

떼려야 뗄 수 없는 관계다.

몇 년, 몇십 년, 몇천 년…… 영원한 시간 속에서 서로를 계속 보듬고 있었다.

"그래도 둘이 만날 일은 없어. 달이 하늘에 있을 수 있는 건 잠시뿐, 언젠가는 태양에게 지배권을 넘겨."

창을 활짝 열자 여름 바람이 뺨을 어루만지고 가슴속에 있는 투지를 부추겼다.

"지상의 지배자는 한 명…… 태양과 달처럼 둘은 용납되지 않아."

1000년 전에는 도달하지 못했다. 현재도 멀리서 바라볼 수밖에 없다.

하지만 그것도 끝난다.

"저 별들에 닿을 때까지 계속 손을 뻗겠어. 저 달을 붙잡을 때까지 계속 손을 뻗겠어."

아무리 노력해도 어둠은 빛을 이길 수 없다.

"날이 밝으면 태양이 몸을 모조리 태우겠지."

아무리 되고 싶어도 달은 태양이 될 수 없다.

"리즈…… 누구보다도 강해지는 거야. 신들조차 도륙하고 모든 것을 하나로—."

다가가면 불타고, 멀어져도 눈부시고, 손으로 붙잡을 수 없는 유일한 태양.

"—세계에 「왕」이 다섯이나 있을 필요는 없지."

*****

그란츠 대제국의 북방은 5대 귀족 중 하나— 샤름 가문을 필두로 한 북방 귀족이 다스리고 있었다. 북쪽은 기온이 몹시 낮아 혹독한 추위가 닥치지만 남쪽은 비교적 온난하여 사람들은 이쪽에 주로 거주했고, 남부 일대에 펼쳐진 비옥한 흑토 지대를 배경으로 샤름 가문의 부를 지탱했다.

그 본거지는 북방의 중심에 위치한 《백은성》이었다.

여름이 됐어도 북방은 1년 내내 한겨울이다.

밤을 맞이한 이 시각에 나돌아다니는 괴짜는 아무도 없었다. 그래서 강풍에 덜컹거리는 창문 소리만이 거리에 울려 퍼졌다.

성문은 얼음처럼 차갑게 닫혀 있었다. 방한구를 입은 병사가 성벽 위를 오갔고 때때로 불빛을 일렁이며 성벽에서 아래쪽을 바라보았다.

눈 덮인 성의 내부에는 많은 병사가 순회 중이었고 엄중한 경비 체제가 형성되어 있었다. 아직 전쟁이 터지지는 않았지만 돌아가는 상황은 전시나 다름없었다. 그래서 그런지 병사들의 표정도 진지했고 쥐새끼 한 마리 통과시키지 않겠다는 기개가 느껴질 만큼 긴장감이 가득했다.

그런 《백은성》에 병사가 없는 구획이 있었다.

셀레네 제2황자의 방이 있는 곳이었다.

현재 그는 병상에 있었다. 2년 전에 도적이 황궁을 습격했고 그로 인해 셀레네 제2황자는 한쪽 눈을 잃는 중상을 입었다. 그 습격 사건으로 외숙부인 기리시 재상도 잃었다고 표면상으로는 공표되어 있었다.

하지만— 실상은 달랐다.

"기리시 님의 시신을 방의 지하에서 발견했습니다."

측근 중 한 명— 셀레네 제2황자가 자랑하는 쌍랑 장군 중하나인 헤르마가 원통하게 말했다. 올해 서른 살이 된 야리야리해 보이는 남자지만 갑옷 밑에는 강철처럼 단련된, 군살이라고는 전혀 없는 완벽한 육체를 숨기고 있었다. 그 눈은 매처럼 날카롭지만 지금은 분하다는 듯 일그러져 있었다.

낙담한 헤르마가 고개를 숙이자 작은 한숨 소리가 들렸다.

"그런가…… 외삼촌은 역시 살해당했구나……."

셀레네 제2황자였다. 얼굴 절반을 붕대로 감은 애처로운 모습이었다.

그는 낙담을 숨기지 않고 한숨과 함께 슬픔을 토했다.

"상태는 어땠지?"

"백골화된 것을 보면 상당한 시간이 지난 것 같습니다."

만년 겨울인 북방이라서 살이 썩어 **뼈**만 남으려면 상당한 시간이 필요했다.

즉, 1~2년 지난 수준이 아니라는 뜻이었다.

"마지막으로 외삼촌이 《백은성》으로 돌아온 게 언제였지?"

"3년쯤 전이었을까요. 글라이하이트 폐하가 페르젠을 정벌하러 가셨을 때, 시간이 생겼다면서 이쪽에 들르셨습니다."

"아버지의…… 「풍제」의 감시가 미치지 않는 절호의 기회였나……. 하지만 그런 일이 《백은성》 안에서 버젓이 일어나다니— 아니, 도중에 벌어졌을 가능성도 있으려나."

그렇더라도 석연치 않았다. 기리시 재상은 경계심이 강한 남자였다. 빈틈이 있는 것 같아도 함정을 수십 개씩 깔며 신변 보호에 신경을 썼을 터다. 그런데도 적에게 당하고 말았다. 도저히 믿기 힘든 이야기지만 실제로 기리시 재상의 시신을 발견했으니 사실로 받아들일 수밖에 없었다.

"만약 《백은성》에서 외삼촌이 살해당하고 바꿔치기된 거라면 내부에 배신자가 있다는 말인데……."

분노와 슬픔이 섞인 셀레네의 말에 헤르마가 숨을 삼켰다.

믿을 수 없다는 얼굴이었다.

그럴 만도 했다. 북방은 기리시 재상과 셀레네 제2황자를 필두로 강철 같은 유대를 맺고 있었다.

북방 귀족들도 그들을 받들며 차기 황제로 어울리는 사람은 셀레네라고 정한 뒤 결속하고 있었다.

"믿기 싫더라도 배신자는 반드시 있어. 지금 우리 상황을 보면 알 수 있잖아?"

적측은 몇십 년을 주도면밀하게 준비했다. 셀레네와 기리시에게 들키지 않도록 물밑에서 기회를 엿봤을 것이 틀림없다. 현재 북방 귀족들의 움직임을 보면 명백했다.

"내가 도적에게 패배하고 외삼촌이 죽었음을 알자마자 이 모양이야. 다들 자신의 이익을 추구하면서 움직이기 시작했어. 의리나 인정(人情)은 뒷전이지. 그게 지금 시대의 흐름이야."

셀레네의 자포자기한 말투에 헤르마는 벌레 씹은 표정을 지었다.

"그건…… 그럴지도 모릅니다만…… 의를 버리고 세상을 살 수는 없습니다. 기리시 님은 북방 사람은 모두 자신의 아들이자 딸이라고 하셨습니다. 북방 귀족들도 다들 한 번은 기리시 님께 신세를 졌을 터. 그 은혜를 잊고 주군에게 칼을 들이대다니요."

헤르마는 화를 참을 수가 없는지 돌을 깨물어 부수듯 어금니를 악물었다.

충의 넘치는 측근의 모습에 셀레네는 고심했으나 무난한 말만이 떠올랐다.

"헤르마…… 착각하면 안 돼. 샤름 가문은 북방을 맡고 있을 뿐, 주군은 그란츠 황가야. 그리고 북방 귀족은 그란츠 황가에 의를 가지고 외삼촌에게 은혜를 느낄 뿐, 나 자신은 그들에게 아무것도 해 줄 수 없어."

언제부터인가 셀레네는 그것조차 잊고서 북방만을 바라보

았다.

그들의 마음도 똑같다고 오만하게 결론지었다.

그 응보를 지금 받는 것일지도 모른다. 그렇게 생각하고 셀레네는 눈살을 찌푸렸다.

하지만 납득할 수 없는지 헤르마는 주먹으로 바닥을 쳤다.

"그렇다면 2황자인 셀레네 님도 주군이지 않습니까? 브로멜 가문에 넘어간 무리는 황족에게 이빨을 드러낸 것과 같습니다!"

"리즈도 그란츠 황가야. 그들이 리즈를 지지하는 걸 누가 뭐라 할 수 있겠어?"

도적에게 패배한 제2황자보다도 슈타이센 공화국에서 공적을 올린 제6황녀가 차기 황제로 어울린다고 누구나 생각할 것이다.

무엇보다 리즈는 표면적으로 병상에 있는 황제의 지시를 받고 있지만, 실제로는 리즈와 그 측근들이 그란츠 대제국을 움직이고 있었다.

영광과 좌절, 번영과 쇠퇴, 단맛 쓴맛 다 본 노련한 귀족들이 중추에서 일어난 세세한 변화를 놓칠 리가 없다.

"우리가 안일하게 생각했던 건 사실이야. 북방만 무사하면 된다는 생각이 이번 일로 이어진 거라면 말이지."

"나고 자란 땅을 중요시하는 게 잘못입니까? 무엇보다 북방에는 「정령벽」까지 있습니다. 다른 곳과 비교해도 저희는 늘 긴박한 상황에 놓여 있어요."

헤르마의 말은 틀리지 않았다.

북방의 안정이 그란츠 대제국의 안정으로 이어진다고 해도 과언이 아니었다.

이민족이 「정령벽」을 넘는다면 그란츠는 500년 전의 비극을 다시 겪게 되리라. 정령검 5제를 **세 자루**나 소지했던 제22대 황제와 같은 힘을 가진 자는 그란츠 대제국에 없다.

지금 그란츠에 있는 정령검 5제라고는 리즈가 소지한 「염제」 하나뿐이었다.

"아버지도 죽었어. 외삼촌도 없어. 서방은 피폐하고, 중앙은 혼란스러워. 동방과 남방만이 건재하지. 북방은 언제 불씨가 불길이 되어 확대될지 몰라."

침대 위에서 상체를 일으킨 셀레네는 창문을 보았다.

여름이 찾아와도 북방에는 눈이 내린다. 얼어붙는 공기에 잃어버린 오른쪽 눈이 쑤셨다.

그래도 시간이 지나면서 몸을 움직일 수 있게 됐다.

"조금 있으면 내 상처도 나아. 그러면 반발하는 북방 귀족들을 달랠 수 있겠지. 하지만 그때까지 버틸 수 있을까……."

"브로멜 가문은 주된 북방 귀족을 모아 주야장천 연회를 열어 구슬리고 있습니다. 돌아선 건 확실하겠죠."

"그래도 브로멜 가문과는 한번 얘기를 나누는 편이 좋을지도 몰라."

"아직도 그런 말씀을 하십니까……. 이전 가주라면 대화할 여지가 있었겠지만 현 가주는 이야기를 나눌 만한 인간이 아닙니다. 그치는 야심가인 데다, 셀레네 님을 꼭두각시로 삼으려 하고 있습니다."

"하지만 이전 가주에게는 신세를 졌으니까. 충돌하더라도 한 번은 깊이 이야기를 나눠야지⋯⋯. 타협점이 보일지도 몰라."

지금도 셀레네에게는 황제가 되려는 야심이 없다. 그것이 북방 귀족들의 불만을 조장하더라도 변함없었다. 북방의 안정조차 유지하지 못하는 자신은 황제의 그릇이 못 된다는 것 정도는 이해하고 있었다.

무엇보다―.

"내게는 황제가 될 자격이 없어. 리즈처럼 정령검 5제에게 선택받지도 못했고, 리즈 같은 정통성이 있는지도 의심스러우니 말이야."

"또 그런 말도 안 되는 넋두리를⋯⋯. 정령검 5제에게 선택받지 못한 황제는 여럿 있습니다. 세상 소문에 현혹되지 마십시오."

"선택받지 못한 28대 황제, 30대 황제, 36대 황제의 공통점이 뭔지 알아?"

"⋯⋯검을 다루는 법조차 몰랐다고 들었습니다."

헤르마는 셀레네의 물음을 이해하지 못하고 생각을 그대로 말했다.

하지만 셀레네의 꿰뚫는 듯한 시선에 몸을 경직시키고서 대답이 틀렸음을 깨달았다.

"검 다루는 법을 몰랐다― 그 부분만 주목받고 있지만, 사실 정령검 5제에게 선택받지 못하는 황제가 나오기 시작한 건 300년 전부터야."

많은 귀족 사이에서 어떤 가설이 나돌고 있었다.

현 그란츠 황가는 초대 황제의 핏줄이 아니다, 라는 소문이 었다.

이 이야기가 겉으로 드러나기 시작한 것은 최근이지만 사실 옛날부터 소문은 돌았다.

300년 전에 일어난 황제 암살 사건— 그때부터 초대 황제의 핏줄은 끊겼다는 것이다. 2년 전, 그란츠 황가에 속한 자들이 잇달아 사망하면서 소문에 박차가 가해졌다. 초대 황제의 핏줄이 아닌 자가 옥좌에 앉은 탓에 「정령왕」의 노여움을 산 그란츠는 전에 없는 위기를 맞이한 것이라고.

그란츠 황가의 어둠이라고 불리는 소문은 이제 일반 시민들에게도 침투하기 시작한 상태였다.

"그, 그런 시답잖은 소문 때문에 장미 황희가 옥좌에 적합하다는 겁니까……?"

"흑발과 마찬가지로 붉은 머리도 신성해. 「무신」인 22대 황제의 특징이기도 하니까."

셀레네는 말문이 막힌 헤르마를 흘낏 보고서 강풍에 흔들리는 창문으로 눈을 돌렸다.

"아버지는 그래서 「붉은 머리」를 가진 리즈의 어머니를 그란츠 황가에 들였다지. 무엇보다 리즈는 초대 황제만이 소지했던 「염제」에게 선택받았어. 누구나 소문을 믿을 만한 조건이 갖춰진 거야."

"그래도 신빙성이 부족합니다. 히로 4황자 때도 그렇고, 이 나라 사람들은 너무 과하게 반응합니다."

믿고 싶지 않은 건지, 아니면 고집을 부리는 것인지, 헤르마의 어조는 점점 거세졌고 큰 동작으로 부정했다.

"300년 전에 초대 황제의 핏줄이 끊긴 것이 사실이더라도! 그래도 오늘날까지 그란츠를 지탱한 것은 지금의 황족들이지 않습니까!"

"간단히 타협할 수 있는 문제가 아니야. 그란츠 열두 대신— 신의 후손이 다스리는 나라에 산다는 사실이 그란츠인의 긍지니까. 사람은 역사를 중요시하고, 특히 핏줄에는 강하게 이끌리는 성질을 가지고 있어."

셀레네는 창문에서 시선을 떼고 다시 헤르마에게 진지한 눈길을 보냈다.

"만약 300년 전 황제 암살 사건을 일으킨 것이 현재 황족이라면 백성들은 어떤 행동에 나설까?"

"그, 그건……."

"다들 정당한 주군에게 옥좌를 돌려주려고 하겠지. 아니, 어쩌면 진실조차 외면할지도 몰라."

의심에 지배당한 백성을 적국이 선동하고, 감화된 자들이 각지에서 봉기할 가능성도 있다.

"그란츠 대제국을 붕괴시킬 바에야 난 옥좌 따위 필요 없어. 오히려 리즈라면 넘길 수 있어."

3년 전이었다면 슈트벨 제1황자와 브루탈 제3황자가 건재했으니 리즈를 따르는 자가 적었으리라. 자칫 잘못하면 나라가 둘로 쪼개졌을지도 모른다. 그러나 지금이라면 리즈가 옥좌에 앉아도 아무도 불평하지 않을 것이다.

"그란츠 황가의 어둠은 절대 세상에 드러나선 안 돼."

셀레네가 힘 있게 말하자 헤르마는 부정할 수 없어서 말을 잇지 못했다. 그런 그를 보고 작게 미소 지은 셀레네는 재차 입을 열었다.

"프로디토스는 어쩌고 있어?"

헤르마와 함께 자신을 지지하는 쌍랑 장군의 이름을 꺼냈다.

프로디토스는 헤르마의 여동생인데 혈기 왕성한 성격 때문에 전장을 좋아하는 여걸로, 레벨링 왕국이 융성해지면서 양국의 국경에 구축된 성채에서의 견제 겸 감시를 맡긴 상태였다.

"레벨링 왕국의 동향 조사를 얼추 끝내고 내일 귀환할 예정입니다."

헤르마는 동생의 귀환을 기뻐하는 것 같지 않았다. 오히려 낙담을 감추지 못하며 크게 어깨를 떨궜다. 셀레네는 위로하는 분위기를 풍기면서 쓰게 웃었다.

"조사 결과는 좋지 않은가 보네."

"서쪽 북방 귀족들 대부분이 레벨링 왕국에 넘어간 것 같습니다. 바움 소국의 영향도 있겠지만……."

헤르마가 어물어물 말하자 셀레네는 자조적으로 입꼬리를 비틀었다.

"브로멜 가문이 설치게 놔둔 나한테 오만 정이 떨어진 거구나."

클라우디아가 여왕이 된 뒤로 레벨링 왕국의 기세는 무시무시했다.

예전에는 중앙 대륙을 석권했던 종족이니, 제대로 된 왕을 모시기만 하면 이런 결과가 나오는 것도 당연했다.

반대로 그란츠 북방이 불안정해지면서 북방 귀족— 특히 레벨링 왕국과 가까운 곳에 영지를 둔 귀족들은 불안하여 잠 못 드는 밤을 보냈으리라. 「마족」에 대한 두려움 때문에 자기 보신 쪽으로 마음이 쏠렸더라도 별수 없는 일이었다.

"……하! 언젠가 녀석들은 상응하는 대가를 치를 겁니다."

"하지만 그 전에 일단은 방비를 하자. 프로디토스가 돌아오는 대로 《백은성》 주변을 경계하게 해. 브로멜 가문의 움직임도 조심해야겠지만, 레벨링 왕국에도 세심한 주의를 기울여 줘. 미묘한 시기야. 괜히 자극하면 전쟁이 일어날 거야."

"알겠습니다. 바로 준비하겠습니다."

헤르마는 깊이 고개를 숙인 후 걱정스럽게 셀레네를 일별하고서 방을 나갔다.

그 뒷모습을 지켜본 셀레네는 우울한 표정으로 다시 창문을 보았다.

"「데미우르고스」…… 몽환에 사로잡힌 「무모왕」인가…… 윽."

셀레네는 쓰라린 오른쪽 눈을 손으로 덮고서 격통을 견디며 얼굴을 찡그렸다.

"너는 알고 있었을까?"

2년 전에 헤어진 제4황자를 떠올렸다.

각오를 다졌던 그가 뭔가를 알고 있었음은 확실하다.

그것이 이번 일인지, 아니면 다른 일인지 분명하진 않지만……

어쨌든 그에게 충고를 했던 셀레네가 이런 꼴이 되어 버렸다.

"미안하다— 히로……"

얼어붙은 바람이 창문을 흔들었다.

불안을 조장하며 공포가 세계에 만연해 갔다.

휘몰아치는 눈 때문에 암운이 드리운 것처럼 어떤 경치도 보이지 않았다.

*****

그란츠 대제국의 북방 지역에는 많은 명가가 존재한다.

그중에서도 오래된 곳이 샤름 가문, 헤임달 가문, 브로멜 가문으로 황비를 배출한 곳이라서 그란츠 황가와 인연이 깊은 3공가라고 불렸다.

근래에는 샤름 가문의 융성에 가려졌지만 헤임달 가문은 북방의 요충지인 「정령벽」을 오랫동안 수호하고 있었고, 현 가주인 헤르메스 폰 헤임달은 5대 장군 중 한 명이었다. 그 자식들은 셀레네 제2황자의 쌍벽으로서 샤름 가문을 지지하며 집안의 이름을 과시 중이었다.

브로멜 가문은 2년 전에 선대 가주가 사거하면서 잠시 혼란이 있었으나, 집안을 이어받은 적자의 수완으로 현재는 샤름 가문 이상의 권세를 자랑했다.

브로멜 가문의 본거지는 《백은성》에서 동쪽으로 100셀(300킬로미터) 정도 떨어진 곳에 있었다.

이름은 로그— 북방의 대도시 중 하나였다. 하지만 근래 레벨링 왕국이 번영하며 상인들이 다 그쪽으로 가 버려서 로그의 분위기는 어둡게 가라앉아 있었다.

그 중심에 《히민뵤르그 성》이 여유롭게 서 있었다.

부지 내에서는 많은 병사가 훈련에 힘쓰고 있었고 전시 중이라고 착각할 만큼 삼엄한 분위기가 감돌았다. 성의 안쪽 또한 바깥과 다름없이 중장비를 갖춘 병사들이 늘 순회 중이었다.

그중에서도 가장 경비가 철통같은 곳은 브로멜 가주의 방 앞이지만— 경비병들의 표정은 어딘가 멍했고 죽은 사람처럼 눈동자에 빛이 없었다.

그런 그들이 지키는 방에는 정체 모를 무리가 모여 있었다.

바람도 불지 않는데 책상에 놓인 촛대의 불빛이 일렁였다. 사방의 벽에 여러 그림자가 떠올랐다. 그 수는 일곱— 다들 후드를 뒤집어써서 얼굴은 보이지 않았다.

"우리의 왕, 우리의 주인, 우리의 아버지시여…… 몸은 어떠십니까?"

그림자 하나가 흔들리며 목소리를 냈다.

의자에 앉아 포도주를 즐기는 남성에게 한 말이었다. 그 남자는 방에 모인 자들에게 눈길조차 주지 않고 창문 너머 달빛을 바라보는 것 같았지만, 까마득한 눈길로 아득한 저편을 응시하고 있었다.

그의 이름은 튀포에우스 폰 브로멜― 선대 가주가 장수하여 67세에 공작이 되었다. 늦게 핀 공작으로 유명했지만, 그래도 실물은 서른 전후로 보일 만큼 젊디젊었고 금발과 금안이 위엄을 자아내며 웅대한 기운을 풍겼다. 마치 사자처럼 용맹한 분위기는 방의 공기를 엄격하게 다잡고 있었다.

"상태는 좋다. 하지만 그 밖에도 **준비**해 두는 편이 좋겠어."

"그럼 나머지도 시험해 보시겠습니까?"

"아니. 그것은 「주(呪)」가 너무 많이 쌓였다. 나조차 고통스럽게 느낄 정도이거늘― 용케 살아 있었어."

튀포에우스의 목소리에는 기묘하리만큼 억양이 없었다.

얼음처럼 차가운 태도였으나 냉혹하지는 않았다. 그의 음성에서는 희로애락이 전혀 느껴지지 않았다. 혼잣말하듯 담담히 후드를 쓴 인물들과 대화를 나눴다.

심지어 다른 자들도 그것을 당연하게 받아들였다.

"**당시**에는 그 정도 「주」를 받아들여야 할 만큼 위협을 받았던 것이겠지요."

"그러나 어느 시대든 위협만을 주고 치명상에는 이르지 않았다. 늘 우리는 참고 견디며 시기를 판별하여 녀석들을 고통스럽게 만드는 것에 집착할 수밖에 없었지."

말과는 반대로 역시 튀포에우스의 음성에서는 아무것도 느껴지지 않았다.

반면 후드 쓴 남자들에게서는 증오가 엿보였다. 오랜 원한

이 축적됐는지 공간을 일그러뜨릴 만큼 무서운 열기를 내뿜었다.

"예, 아무렴요, 그렇고 말고요. 하지만 참는 것도 끝입니다!!"

후드 쓴 남자는 가극처럼 과장스럽게 움직이며 말하기 시작했다.

그래도 역시 튀포에우스는 잠깐 돌아보지도 않은 채 부하의 독무대에 귀를 기울일 뿐이었다.

"이미 「정령왕」은 힘을 잃고 행방불명이며, 「요정왕」 또한 노망이 들어 시간문제입니다!"

후드를 쓴 남자의 어조는 거칠었다. 격렬한 증오로 입술이 짐승처럼 비틀렸다.

"우리의 「아버지」와 어깨를 나란히 했던 「흑진왕」은 어디서 굴러먹던 개뼈다귀인지 알 수 없는 남자에게 패하여 물러갔고, 남은 것은 북대륙에서 조용히 지켜보고 있는 「철강왕」뿐입니다!"

호흡조차 잊고 광희에 찬 말을 쏟아 낸 부하가 입을 다물자 튀포에우스는 혐오를 몰아내듯 손을 휘저었다. 그리고 조용히 방에 있는 인물들을 둘러보았다.

"형제자매가 몰락해 가는 모습을 보는 것은 슬픈 일이다. 그러나 이로써 마침내 세계는 하나로 집약된다. 예부터 이어진 투쟁도 끝이지."

튀포에우스는 책상에 놓인 포도주를 발로 차 바닥에 떨어뜨렸고 깨지지 않은 채 바닥을 굴러가는 병을 시선으로 좇았다.

흘러나오는 보라색 액체를 감정이 깃들지 않은 눈으로 바라보았다.

"지금 중앙에 눈을 돌릴 필요는 없다. 알아서 무너질 것이다. 우리는 완전히 무르익었을 때 「인족」을 멸하면 돼."

튀포에우스가 손을 들자 바닥에 쏟아진 포도주가 꿈틀거리며 세계 지도를 형성했다.

"서두르지 마라. 안달하지 마라. 담담히 사냥감을 몰아넣어라."

의자에서 일어난 튀포에우스는 발끝으로 병을 차고 바닥에 그려진 북대륙을 세게 밟았다. 포도주가 튀는 것에 개의치 않고 증오스럽다는 듯 바닥을 짓밟았다.

"우선은 북대륙—「철강왕」을 몰락시켜라."

후드 쓴 남자들은 엄숙한 태도를 보이면서도 열기를 띠며 일제히 머리를 숙였다.

기대와 열락을 느끼며 그들은 하나같이 즐겁게 입술을 말아 올렸다.

"예! 이미 준비는 다 됐습니다. 그곳은 독자적인 문화를 구축했으니 말이지요. 조금 애를 먹기는 했지만 거의 완성했습니다."

"잘했다. 그럼 작은 사람들에게 누가 「왕」인지를 알려 줘라."

"존명."

명령을 받고 네 사람이 소리도 없이 사라졌고, 튀포에우스는 남은 세 사람을 보았다.

"너희에게도 임무를 주겠다. 네메아는 레벨링 왕국에, 키마이라는 여섯 나라에, 히드라는 페르젠에 가라. 세 곳에 최대한 손해를 입혀라."

"페르젠 싸움에 개입해도 됩니까?"

히드라라고 불린 남자가 한 걸음 앞으로 나왔다.

"마음대로 해라. 실컷 즐기고 오도록."

"……명령을 따르겠습니다."

"2황자 때처럼 날 귀찮게 하지 마라."

"존명. 하나만 더 여쭙겠습니다. 바움 소국에 아무도 보내지 않아도 괜찮은 것인지요?"

"상관없다. ……지금은 그냥 둬라. 잠깐의 평온을 주도록 하지."

"알겠습니다."

그 말만을 하고서 남은 세 사람도 방에서 사라졌다.

정적이 찾아왔다. 아무도 없게 된— 아니, 딱 한 명, 방에 남아 있었다.

"라돈…… 나의 「주」가 강해지고 있다."

튀포에우스는 의자에 고쳐 앉아 다리를 꼬고 바닥으로 시선을 떨어뜨렸다.

그때— 파열음이 울렸다. 병이 깨진 것이다. 하지만 병은 금세 재생되기 시작했고, 주위에 흩어진 액체— 포도주와 뒤섞이며 원래 모습으로 돌아갔다.

그러나 완벽하지는 않다. 튀포에우스가 병의 끄트머리를 잡고 들어 올리자 촛불을 받아 내용물이 드러났다. 포도주 안에는 많은 불순물이 포함되어 있었다.

"「생」과「사」와「불(不)」, 세 종류가 뒤섞여 좋지 못한 것으로 변모하려 해. 가짜가「왕」을 뛰어넘으려 하고 있다."

"어떻게 하시겠습니까?"

"건드리지 않는 것이 좋겠지. 일면, 이면, 삼면, 사면, 많은 장면을 지배하려고 해도 어딘가에서 틈이 생길 것이다. 1000년 전과 똑같은 전철은 밟지 않아."

"그럼 감시만 강화해 두겠습니다. 신경 쓰이는 인물이 몇 명 있으니 그쪽도 함께 조사하겠습니다."

"그래. 나의 힘을 얻기 합당한 자들도 선정해 둬라."

"그 왈패는…… 제가 되찾아 올까요?"

"됐다. 언젠가 내 밑으로 돌아올 것이다. 무엇보다 그 실력은 뻔해. 우리를 방해하기에는 역부족이다. 지금은 즐기게 둬라. 나중에 떼를 써도 곤란하니."

"우리의 왕께서 원하시는 대로."

그렇게 말하고 마지막 인물도 모습을 감췄다.

홀로 남은 튀포에우스는 포도주가 가득 찬 병을 계속 바라보았다.

"「흑진왕」,「군신」,「명제」,「쌍흑의 영웅왕」, 여러 이름을 가진 자여. 드디어 네놈의 목을 내 손으로 비틀 수 있겠구나."

모두가 사라지자 튀포에우스의 감정이 폭발했다.

그가 내뿜는 위압을 버티지 못하고 손에 있던 병이 다시 깨졌다. 공기가 파열하는 소리가 섬뜩하게 방에 울렸다. 마침내 인간다운, 그 이상의 증오를 그가 보였다.

일찍이 당한 수모가, 1000년이 지나도 사라지지 않는 원한이 그렇게 만들었다.

굴욕적인 과거를 청산하기 위해 이때까지 살아남았다.

"네놈의 목을 반드시 손에 넣으리라."

자신의 목을 집요하게 어루만지며 튀포에우스는 웃었다.

*****

제국력 1026년 8월 14일.

바움 소국 나투어―「정령왕묘」의 북쪽 구획은 정적에 휩싸여 있었다.

평소 같았으면 엄중한 경비 체제가 구축되어 있는 흰 통로에 병사의 모습은 보이지 않았다.

왜냐하면 바움 소국의 정예― 정령기사들은 무녀공주의 호위로서 그란츠에 갔기 때문이다. 그래서 일반병이 들어올 수 없는 이곳은 정령기사가 없으면 텅 비게 되어 세계의 구석처럼 정적에 지배된다. 그러나 침입하는 자는 없었다. 가장 성가시고 가장 강한 남자가 「정령왕묘」를 지키고 있었기 때문이다.

바움 소국, 제2대 국왕 「흑진왕」― 히로였다.

그는 현재 심복인 가더와 함께 복도를 걷고 있었다.

구두 소리가 정적을 깼지만 그것도 가더가 착용한 갑옷이 절그럭거리는 잡음에 지워졌다.

묵묵히 복도를 나아가던 두 사람은 어떤 장소에서 발을 멈췄다.

먼저 입을 연 사람은 감탄의 한숨을 쉰 가더였다.

"이런 장소가 있을 줄은 몰랐어. 아름다운 곳이군. 마치 다른 세계에 들어온 것 같아."

"이곳은 「정령왕」이 살던 곳이거든. 특정 인물만이 들어올 수 있어."

"호오…… 그런 성역에 「마족」을 들여도 되는 건가?"

눈을 크게 뜬 가더가 중얼거리자 히로는 두 팔을 벌리고 장난스럽게 웃었다.

"무녀공주가 있었다면 혼났겠지만 지금은 그란츠 대제국에 있으니까."

옆을 흘낏 보니 루카가 나무뿌리에 앉아 있었다. 고개를 숙인 채 뭐라고 중얼대면서 나뭇가지로 열심히 땅을 파고 있었다. 음침하지만 늘 있는 일이기에 히로는 까다로운 표정을 지은 가더에게 시선을 되돌렸다.

"무엇보다 여기라면 누구도 이야기를 엿듣지 못해."

"……이 「정령왕묘」에 적국의 밀정이 숨어 있는 건가?"

가더가 경계하며 주위의 기척을 살피기 시작했다.

히로는 어깨를 으쓱이고서 저번에 클라우디아와 무녀공주가 사용한 의자에 입구를 등지는 형태로 앉았다.

"글쎄, 밀정인지 아닌지는 모르겠지만…… 악의를 가진 뭔가가 있는 건 확실해."

히로가 묘하게 침착해서 가더는 여전히 곤혹스러워하며 맞은편에 앉았다.

"……그래서, 왜 이런 곳까지 데리고 온 거지?"

가더가 목소리를 낮추고 얼굴을 가까이 가져오자 히로는 눈을 감고 귓가에 손을 댔다.

"이곳에는 많은 정령이 살아. 목소리가 들리거나…… 모습이 보여?"

"보일 리가 없잖아. 하지만 내 마력이 상쇄되고 있는 건 잘 알겠어."

이곳에는 「마력」과 상반된 힘이 작용하고 있었다. 「마족」인 가더에게는 그것이 현저하게 나타난다. 힘을 행사하지 않는데도 강제로 뽑혀 나가는 듯한 감각을 느끼고 있을 터다.

"이런 곳은 세계에 하나밖에 없어."

히로는 가면을 벗어 민낯을 드러냈다.

압도된 것처럼 가더가 침을 꼴깍 삼키며 등을 젖혔다.

히로의 오른쪽 눈이 금색으로 빛났고 왼쪽 눈은 어둠보다 짙은 심연을 머금고서 섬뜩한 빛을 냈다. 진지한 빛을 띤 상이한 두 눈동자가 가더를 붙잡고 놓아주지 않았다.

"이곳의 이름은 안팡 삼림."

일찍이 히로가 재소환된 장소이자 리즈가 목욕을 했던 장소이기도 했다.

즉, 두 사람이 만난 장소였다.

히로가 말없이 가더의 뒤를 가리켰고 가더는 의자에서 일어나 돌아보았다.

가더의 시선 끝에는 그란츠 열두 대신 중 둘인 「시신」과 「군신」의 동상이 세워져 있었고 빛나는 구체가 두 동상 사이에 떠 있었다. 그 아래에는 작지만 투명한 샘이 펼쳐져 있었다.

"이곳은 특정 인물만이 들어올 수 있는 성역이었어."

"……뭐? 그게 무슨—."

재차 히로에게 몸을 돌린 가더는 말을 끝맺지 못했다.

히로가 손을 내밀어 차단했기 때문이다.

"믿기 힘들지도 모르지만, 이곳은 그란츠 대제국이야."

때가 됐다.

그렇게 말하고 싶은 것처럼 히로의 입가에 희미하게 미소가 떠올랐다.

"너는 총명하니 어렴풋이 눈치채고 있었겠지. 내가 무엇을 숨기고 있는지, 무엇을 바라고 있는지."

참회하듯, 자신을 혐오하듯 히로의 눈은 슬픔에 지배되어 있었다.

이어질 이야기를 들으면 되돌릴 수 없다. 목숨이 다할 때까지 그와 함께해야 한다.

그렇게 느꼈는지 가더는 대비하는 것처럼 몸을 폈다. 그 표정은 긴장으로 굳어 있었다. 그러나 도망치지 않고 그저 한 점만을— 히로만을 바라보았다.

"머나먼…… 정말로 정신이 아득해질 정도로 먼 옛날이야기야."

가더의 각오를 느낀 히로는 고맙다고 말하는 듯이 조곤조곤 옛이야기를 시작했다.

제2장 정적 속에 울려 퍼지는

제국력 1026년 8월 15일.

페르젠 속주와의 국경 바로 앞, 그란츠 대제국의 요충지—델리샤 성채.

이곳에 현재 리즈가 오기 전까지 대리를 맡은 사령관 대리 아우라가 있었다.

"……으음."

고민스러운 한숨을 따라 은빛으로 물든 앞머리가 흔들렸다. 그리고 진지한 빛이 깃든 납빛 눈동자가 바쁘게 움직였다. 이 두 가지 특징이 메마른 인상을 주지만 그녀를 잘 관찰하면 반듯한 조형에 넋을 잃게 되리라.

앞머리를 눈썹에 맞춰 가지런히 잘랐고 커다란 눈동자가 작은 동물처럼 사랑스러워 보호 본능을 자극했다. 거기에 아담하고 호리호리한 외양이 어우러져 가련함을 부각하여 그녀의 매력을 한껏 끌어냈다. 열아홉 살이면서 이 체형인 것은 기적이라고 해도 좋았다.

즉, 2년이라는 세월은 그녀에게 성장을 가져오지 않았다.

본인은 아직 성장을 꿈꾸고 있지만 성장기도 지났으니 이제 포기할 수밖에 없을 것이다. 그러나 차기 황제로 이름난 제6황녀의 측근이자 눈부신 약진을 이어가는 아우라에게 잔혹한 진언을 올릴 수 있는 자는 존재하지 않았다.

그런 그녀에게 주어진 델리샤 성채의 방은 소박했다.

침대와 책상과 의자, 그리고 손님용 의자가 셋.

그 외에는 화려하고 큰 책장이 벽 쪽에 설치되어 있었다. 그녀가 열렬히 사랑하는 「군신」 관련 자료가 대부분이었다.

그런 기괴한 방에 손님이 한 명 찾아왔다. 페르젠 왕가의 생존자 여성이었다.

"부하에게서 연락이 왔는데……."

하란 스카아하 드 페르젠.

나이는 열여덟에서 열아홉 정도인 아름다운 여성이었다.

청록색 머리카락이 비단처럼 매끄러운 윤기를 띠었고 뒷머리는 둥글게 말아서 정리했다. 유리 세공처럼 섬세한 이목구비, 도자기처럼 하얀 피부는 건드리면 깨질 듯 곱고 고아했다. 선이 가는 몸은 중후한 갑옷에 감싸여 고요한 청초함 속에서 살벌한 분위기를 풍겼다. 2년의 세월로 얻은 색기가 더해져 전쟁의 여신 같은 순수한 매력이 더욱 돋보였다.

"아우라 공……? 듣고 있나?"

아우라는 고개를 숙인 채 대답이 없었다. 스카아하는 의아하게 여기고 더욱 다가갔다.

그리고 아우라의 손에 들린 책을 알아차리고서 어이없어하며 양쪽 허리에 손을 얹었다.

"또 「흑지서」를 읽고 있나. 정말 질리지도 않는군……."

"……지금 굉장히 멋진 부분이야."

"아하…… 그렇다면 「군신」과 마왕 중 하나인 히드라의 싸움인가."

수없이 들었다. 히드라와의 싸움은 아우라가 좋아하는 이
야기였다.

스카아하는 이미 귀에 딱지가 앉을 만큼 세뇌당해서— 아
니, 이야기를 들어서 내용을 외워 버렸다.

"……히드라는 「군신」을 폄하하려다가 실패했어. 역시 「군신」
이 더 뛰어났어."

"그 부분이라면 슬슬 결판이 나겠군."

스카아하는 기다리기로 하고 근처의 의자를 끌어다 앉았다.

독서에 열중한 아우라를 방해하면 온종일 심사가 틀어져
버린다.

그것이 「군신」과 관련된 독서라면 분노는 정점에 달하여 업
무에 지장이 생길 수도 있다.

2년간 그 마음은 한층 강해졌는지 세월이 갈수록 감당할
수 없었다.

"……응."

이윽고 아우라는 「흑지서」를 다 읽고 만족스럽게 고개를 주
억거렸다.

정중하게 책을 덮고서 깨지기 쉬운 물건을 다루듯 섬세한
손길로 책상에 뒀다. 그녀의 얼굴은 여전히 무표정했으나 발
산하는 분위기가 일변했다.

"해방군의 수가 5천까지 줄었다는 보고는 나한테도 올라왔어."

2년간 아우라의 외모는 바뀌지 않았지만 그래도 그녀의 두

뇌는 성장을 계속했다. 지금은 큰 전투가 없어서 공적을 기대할 수 없으나, 지금까지 축적한 지식과 지혜를 선보일 기회가 생기면 그녀의 이름은 단숨에 세계에 알려질 것이다.

"알고 있다면 긴말할 필요 없겠군……. 상황이 몹시 안 좋아지고 있어."

한때 페르젠 해방군은 그란츠로부터 페르젠을 해방하겠다며 기세가 대단했지만, 지배자가 여섯 나라로 바뀌고 상황이 안정되기 시작하자 처자식을 위해 병사를 그만두는 자가 속출했다. 매정하다고 할 생각은 없고 강제로 붙잡을 수도 없었다. 그들에게는 그들의 행복이 있으니까.

원래 지배자였던 왕가의 억지를 들어달라고 할 수도 없는 노릇이다.

"이쪽에 대의명분이 있어도 힘들겠지."

"……응. 이대로 여섯 나라를 방치하면 페르젠 국민은 그란츠를 받아들이지 않을 거야."

전쟁이 페르젠에 남긴 상처는 낫지 않았다. 그래도 국민들은 새로운 지배자를 받아들이고 앞으로 걸어가려 하고 있었다. 그런 그들을 다시 전쟁 통에 빠뜨리는 것은 뒤통수를 치는 행위였다.

"루시아 여왕은 제법 수완가인 것 같아. 국민을 해치는 정책을 모조리 배제하고 국민에게 다가가는 정책을 내세웠어."

스카아하는 부하에게 받은 자료를 아우라 앞에 펼쳤다.

"심지어 페르젠의 수도를 천도하고 새로운 주민들을 받아들이는 모양이야. 식사와 주거를 제공하고 세율도 낮춰서 사람을 모으고 있어."

매력적인 먹이를 준비하여 해방군을 무력화하는 정책이었다.

가족을 위해 검을 버린다는 건전한 이유도 마련했다. 그렇게 국민의 지지를 얻어서 그란츠가 가진 스카아하라는 대의명분을 없앨 생각이리라.

아우라는 자료를 훑어보며 책상 서랍에서 작은 종이를 꺼냈다.

페르젠이 상세히 그려진 지도였다.

"루시아 여왕— 여섯 나라 중 하나인 앙귀스국이 통치 중인 곳부터 공격하는 건 어리석음의 극치야. 다른 나라가 다스리는 곳부터 공격해야 해."

앙귀스국이 지배하는 지역은 다른 곳과 비교해도 백성들이 지배층에 우호적이었다.

공격하면 필시 반발이 일어난다. 다른 곳부터 노려야 했다.

"그럼 아직 치안이 좋지 않은 곳부터 노려야겠지만…… 다른 나라들도 앙귀스국을 따라 똑같은 정책을 펴기 시작해서 공격하기 어려워."

"그럴지도 몰라. 하지만 지배층은 전부 오만한 「이장족」이야. 「인족」과 똑같은 정책을 펴도 잘 풀릴 리가 없어."

"그래도 거듭된 전쟁으로 백성이 피폐해진 현재 상황에서는…… 우리가 침략자인 건 변함없어. 「이장족」이든 「인족」이든 말이야."

페르젠 왕가를 신봉하는 자는 많지만 마침내 안정된 생활을 누가 다시 포기하고 싶겠는가. 전쟁 준비는 갖춰지고 있으나 다음 단계로 가려면 계기가 필요했다. 하지만 그란츠 측에는 아직 결정적인 계기가 없었다.

"다음 주면 리즈가 4황군을 이끌고 이곳에 와. 그때까지 타개책을 찾아 두겠어."

그란츠 각지에서 전력이 속속 모이고 있었다.

어떤 이는 차기 황제의 환심을 사려고, 어떤 이는 야심을 품고서, 어떤 이는 막대한 포상을 손에 넣기 위해— 다양한 의도를 지닌 자들이 델리샤 성채에 모여들었다.

믿을 수 없는 자도 물론 있다. 이 싸움으로 가려내야 했다.

리즈에게 방해가 될 만한 자를 일찌감치 찾아서 대처법을 생각하거나 제거해 두지 않으면 향후 그란츠 대제국의 기반이 흔들릴지도 모른다.

"그럼 내 부하에게 정세를 자세히 조사해 보라고— 윽?!"

스카아하는 일어나 발길을 돌리려다가 넘어졌다.

"……괜찮아?"

요란하게 대자로 엎어져 얼굴을 박았는데 꿈쩍도 하지 않았다.

하지만—.

"바, 방금 본 건 잊어 줘……."

곧장 일어난 스카아하는 수치심에 얼굴을 새빨갛게 물들였다. 아우라에게서 고개를 돌리고 반성하듯 천장을 올려다보았다.

"피로가 쌓여서 그래. 조금 쉬는 편이 좋겠어."

의자에서 내려온 아우라가 책상을 돌아 스카아하에게 다가 갔다.

"그렇지…… 발목을 잡으면 안 되니 말이야!"

양손으로 얼굴을 가린 스카아하를 보고 아우라의 무표정한 얼굴에 쓴웃음이 떠올랐다.

"고작 넘어진 것 가지고 그렇게 부끄러워하지 않아도 돼."

"이런 모습을 남에게 보인 건 처음이라…… 어떤 얼굴을 하 면 좋을지 모르겠어."

"……그건 나도 그럴지도."

그렇게 말한 아우라는 소매 속에서 천을 꺼내 스카아하에 게 내밀었다.

"괘, 괜찮아. 시, 실례하지!"

스카아하는 창피해하며 양해를 구하고서 빠르게 방을 나 갔다.

"아―."

아우라가 뭐라고 말하려 했으나 문이 쾅 닫혔다.

복도로 튀어나온 스카아하에게 경비병들의 시선이 꽂혔다.

스카아하는 그들이 말을 꺼내기 전에 한 손으로 가볍게 인 사하고 자리를 떴다.

이윽고 통로의 불빛이 어둑해지자 벽에 기대어 천장을 올려 다보았다.

벽에 머리를 꾹 누르고— 아니, 계속해서 뒤통수를 벽에 박았다.

마치 악몽을 쫓아내듯이······. 그래도 그녀의 표정에서는 불안이 가시지 않았다.

"젠장······ 젠장······!"

내뱉듯 말을 꺼내고 자신의 코에서 흐르는 피를 오른손으로 대충 닦았다.

"피가 멎질 않아!"

시선을 돌리니 피 묻은 손등이 눈에 보였다.

아무리 문질러도 결과는 같았다. 선혈은 멈추지 않고 흘러나왔다.

쇳내가 코를 가득 채우고 미적지근한 감각이 인중에서 사라지지 않았다.

"하하······! 전부 나약한 내가 초래한 일인가."

자조적인 헛웃음과 함께 핏방울이 턱 끝에 맺혔다.

복도에 드문드문 생긴 무늬를 보고 스카아하의 표정에 어두운 그림자가 드리웠다.

"······시간이 없어."

스카아하는 벽을 짚고서 무거운 발걸음으로 복도를 걷기 시작했다.

천을 꺼내 코에 대고 다른 이가 볼 수 없게 고개를 숙여 얼굴을 숨겼다.

"「빙제」^{게볼그}······ 거의 다 왔어. 조금만 더 내게 힘을 빌려줘."

절실한 소원을— 이곳에 없는 파트너에게 빌었다.

대답은 없었다.

스카아하는 눈가를 일그러뜨리고 울 것 같은 얼굴로 복도를 나아갔다.

아직 걸음을 멈출 수는 없었다. 쓰러질 수는 없었다.

전선에서 물러날 수는 없었다.

복수가 아직 끝나지 않았다.

녀석이 살아 있는 한 스카아하는 계속 전장에 있을 수밖에 없다.

"설령 그것이 잘못된 길이더라도."

여전히 부모와 형제자매들이 꿈에 나온다.

피로 물든 세계에서 도와달라고 했다. 피눈물을 흘리며 죽여 달라고 간청했다. 영원하게 느껴지는 고문을 당하며 비참한 모습이 되어서도 죽지 못했다. 부모와 형제자매가 괴로워하는 모습이 머릿속을 떠나지 않았다.

"「빙제」를 통해 느껴져. 네놈이 가까이 있다는 게……."

조국을 잃은 날부터 스카아하의 귀에는 그 녀석의 웃음소리가 계속해서 울렸다.

증오스러운 웃음소리가 귓가에 메아리쳤다.

"……네놈은 반드시 내가 죽이겠어."

증오의 장작이 지핀 원한의 불꽃은 활활 타올랐다.

커지는 증오는 독이 되어 질척이는 진흙처럼 스카아하의 몸을 좀먹고 있었다.

*****

여름 햇볕에 세계가 푹푹 쪘다.

서쪽에 펼쳐진 대해에서 반사된 햇빛이 대지를 비췄다.

그러나 수목이 햇살로부터 사람들을 지켰고, 바다에서 불어온 시원한 해풍이 체감 온도를 내렸다. 오늘도 구릿빛으로 살을 태운 사람들이 무역선에서 짐을 내리고 새로운 짐을 옮기며 출항을 지켜보았다.

이곳은 그라이프국의 수도 피에르테에 있는 항구 도시였다.

연합 국가— 여섯 나라 중에서도 피에르테의 항구 도시는 규모와 무역고(貿易高) 모두 최대를 자랑했다.

그라이프는 현 통일왕의 나라이기도 해서 타국과의 무역이 성행했고 사람들의 왕래도 활발했다. 그래서 도시 인구의 반수가 이국인이었다. 그런 항구 도시를 내려다보는 언덕 위에 호화찬란한 왕궁이 우뚝 서 있었다.

왕궁으로 가는 언덕길에는 병사가 가득했다.

그 수는 1만 이상. 그야말로 압권이었으나 긴장된 분위기 때문에 안심이 되지 않고 불안을 가져왔다.

그런 뒤숭숭한 언덕길에서 벗어난 곳에 간격을 두고 야영지가 구축되어 있었다.

점재한 깃발은 여섯 나라를 형성하는 국가의 문장기였다.

하지만 그들을 이끌고 온 각국의 왕은 어디에도 보이지 않았다.

그들의 왕은 엄중하게 감시되고 있는 언덕길 너머— 여섯 나라의 중추이기도 한 피에르테 왕궁의 한 방에 모여 있었기 때문이다.

"스콜피우스 왕은 또 결석인가?"

원탁에 준비된 의자에 앉은 여성이 부채를 부치며 말했다.

여섯 나라 중 하나인 앙귀스국의 여왕 루시아 레비아 드 앙귀스.

그녀의 외모를 한마디로 표현하자면— 요염.

색기를 품은 향기는 뇌수를 자극할 만큼 감미로웠고 한눈에 타인을 포로로 삼는 현란한 표정이 반듯한 얼굴을 부각했다. 매끄러운 살결은 「이장족」 못지않아서 그 축복받은 외모는 지고하다고 말해도 과언이 아니었다. 그런 그녀가 다리를 꼬니 싱그러운 허벅지가 바깥에 드러났고, 고관절 쪽에 생겨난 어둠에 자연스럽게 시선이 가게 되었다.

"몸 상태가 좋지 않다고 하셔서 이번에도 재상인 제가 참가했습니다."

루시아의 말에 반응한 사람은 스콜피우스국의 대표자였다.

하얀 후드 아래로 드러난 입가만 봐서는 감정을 파악하기 어려웠다. 그래도 특징적인 긴 귀와 흰 피부를 보면 그가 「이장족」임은 거의 확실했다.

루시아는 담백한 대답에 재미없다는 듯 콧방귀를 뀌었다.

"하! 그것참 이상한 이야기로군. 지난달에 내가 면회했을 때는 건강해 보였다만?"

"무리를 하셨던 겁니다. 루시아 님께 괜한 걱정을 끼칠 수 없다면서요."

"그러나 스콜피우스 왕이 몸져누운 지 4년. 뛰어난 지혜를 가진 「이장족」이 진찰하고 있는데도 여전히 병상조차 모른다니, 어떻게 된 일인지 알고 싶구면."

"「이장족」이라고 전지전능하지는 않습니다. 예를 들어 저는 정치라면 다소나마 이해하고 있습니다만 의료에는 완전히 문외한입니다. 「이장족」도 「인족」과 마찬가지로 저마다 소질이 다르답니다."

명확히 말하지 않고 요리조리 피하는 스콜피우스 재상의 태도가 짓궂은 심보를 자극했는지 루시아는 못되게 웃으며 말로 공격하려고 했으나 옆에서 굵직한 목소리가 끼어들었다.

"그렇다마다. 우리 「이장족」에게 과한 기대를 강요하지 말았으면 좋겠군."

우아한 「이장족」치고는 거친 인상을 주는 남자— 티그리스의 왕이었다. 하얀 통짜 외투를 입고 있어서 아쉽게도 그 풍모는 파악할 수 없었다.

"스콜피우스의 재상은 잘하고 있어. 스콜피우스 왕이 병상에 있는데도 훌륭하게 나라를 통치하고 있지. 그런 공신에게 이상한 혐의를 씌우면 안 되지."

루시아를 짜증 나게 하는 원인 중 하나가 그것이었다.

루시아는 화를 감추듯 부채로 입가를 가리고 티그리스 왕을 노려보았다.

"「이장족」 주도로 국가를 운영하는 것을 공신이라 할 수 있는가?"

「인족」을 무시하고 「이장족」이 실권을 잡는 뻔뻔함이 진심으로 마음에 들지 않았다.

여섯 나라에서 앙귀스를 제외하면 「인족」이 다스리는 나라는 둘뿐이다.

통일왕이 있는 그라이프국, 그리고 에젤국이지만 에젤국의 여왕은 젊은 탓에 발언권이 없는 것과 같았고 다른 왕이 말하는 대로 국가를 운영하고 있었다.

지금도 6왕 협의에 출석한 에젤 여왕은 긴장된 분위기에서 도망치듯 굳게 눈을 감고서 다른 왕들의 심기를 건드리지 않게 침묵을 유지 중이었다.

"그대도 한마디 하는 게 어떤가, 에젤 여왕. 신참이라고 사양할 것 없네."

루시아의 시선을 받고 에젤 여왕이 차렷 자세로 일어났다.

뱀 앞에 놓인 개구리처럼 몸을 딱딱하게 굳혔고 동글동글하니 귀여운 이마에 대량의 비지땀이 맺혀 있었다.

"옙! 저, 저는, 저는 아무런 할 말도 없어서…… 하, 하지, 하지만, 무관심한 건 아니고, 그게, 그러니까…….."

말끝이 점점 기어들더니 이윽고 에젤 여왕은 의자에 앉아 작은 목소리로 죄송하다면서 연신 사과하기 시작했다. 팽팽했던 공기가 이완되며 반대로 음침해지려는 것을 루시아는 부채로 몰아내고 탄식했다.

"정말이지, 언제쯤 여왕으로서 위엄을 갖추려는 것인지……."

역시 이 자리에 루시아 편은 없었다.

「이장족」이 6왕 협의를 지배한 뒤부터 「인족」은 발언권을 잃었다.

각국의 인구 분포도 「인족」 이외의 종족이 수를 늘리고 있었다.

이게 다—.

"다들 모이신 것 같군요. 그럼 바로 6왕 협의를 시작할까요."

그렇게 말하며 방에 나타난 사람은 루카와 이젤— 올페스 남매에게서 옥좌를 뺏은 원흉이었다. 올페스국의 선대 국왕이자 그라이프국의 현 재상인 「무명」이었다.

"「무명」 공, 아직 올페스 왕이 오지 않았는데 괜찮은 것이오?"

"예, 상관없습니다. 조금 전에 사죄문이 도착했습니다. 다른 일이 있어 본국을 떠날 수 없으니 협의 결과에 따르겠다더군요."

태연하게 자리에 앉은 「무명」은 마치 자신이 왕이라도 된 것처럼 행동했다.

'이 녀석이 나타난 뒤로 전부 틀어지기 시작했어.'

「무명」은 10년쯤 전에 올페스에서 두각을 드러냈다. 신원도 알 수 없는 정체 모를 인물이 전전대 올페스 왕의 측근까지 오른 것이다.

작게 화제가 됐으나 각국은 타국의 동향을 신경 쓸 여유가 없었다.

그라이프국을 제외하고 전부 세대교체라는 흔치 않은 현상이 일어났기 때문이다.

'뚜껑을 열어 보니…… 다들 「이장족」이 왕이 됐지.'

전전대 울페스 왕의 서거에도 수상한 점이 많았고 울페스국을 지탱했던 중신 대부분이 실각됐다. 다른 나라들도 똑같았다. 왕이 병에 걸리거나 왕족이 실각하면서 「이장족」의 지배력이 강해졌고 통일왕도 몸 상태가 좋지 않아졌다. 남방에 있는 바닐 3국이 내정에 간섭해 온 것도 같은 시기였다.

"통일왕도 결석인가?"

"속이 좋지 않다며 이번에도 제게 맡기겠다고 하셨습니다."

통일왕이 공식 석상에 나타나지 않게 되고 이제는 그의 대리로 「무명」이 여섯 나라를 움직이고 있었다. 아니— 「이장족」이 여섯 나라를 지배하기 시작했다.

"아쉽네요."

말과는 반대로 얼굴에서 미소가 떠나지 않는 스콜피우스 재상.

"어쩔 수 없군. 「무명」 공에게 맡기지."

쾌활하게 웃으며 허락하는 티그리스 왕.

"저, 저는 여러분의 의견에 따르겠습니다, 입니다."

변함없이 쭈뼛거리는 태도로 주위를 살피는 에젤국 여왕.

마치 대본이 존재하는 것 같았다. 미리 말을 맞춘 게 아닐까 싶을 만큼 「무명」의 말은 아무런 의심 없이 받아들여졌다.

'웃기는 연극이군. 협의 따위 하지 않아도 전부 「무명」이 바

라는 대로 전개되겠지.'

루시아는 쓸데없는 협의를 끝내 버리고 얼른 페르젠 속주로 돌아가고 싶은 심정이었다. 형태만 남은 연합 국가— 발언권도 없는 곳에서 하는 협의는 시간 낭비일 뿐이다. 그러나 여기서 강경한 태도를 보이면 「인족」의 입장이 더욱 위태로워진다.

예전의 여섯 나라를 되찾으려면 수상한 움직임을 보이지 말고 호시탐탐 힘을 길러야 한다. 언젠가 「이장족」을 몰아내고 다시 「평등」한 연합을 운영하기 위해.

'그래도 「이장족」과 친한 척하기는 싫지만.'

루시아는 「무명」을 힐끔 봤으나 여전히 그늘이 표정을 가려 입가만 보였다. 그런 루시아의 시선을 알아차렸는지 후드 안을 지배하는 어둠이 꿈틀거렸다.

"그럼 시작할까요. 의제는 페르젠입니다."

음성에서도 감정을 읽을 수 없었다. 기쁜 것 같으면서도 어딘가 딱딱한 목소리였다.

연기인지 진심인지, 요망하다는 느낌마저 들었다.

"현재 저희는 페르젠 전역을 지배하고 있지만, 국경 바로 앞에 그란츠군이 주둔하면서 동쪽으로 갈수록 영향력은 약해지고 있습니다. 그래서 그란츠에 겁을 먹은 페르젠 귀족과 함께 많은 난민이 서쪽으로 흘러들고 있습니다."

각국의 재정을 압박하는 원인이었다. 루시아가 다스리는 앙귀스도 예외는 아니었다.

페르젠 속주는 그란츠의 지배에서 벗어난 뒤로도 페르젠

해방군과 여섯 나라와의 싸움으로 많은 마을을 잃었다. 그 영향으로 치안이 악화했고 붕괴된 고장을 버리고 흘러든 백성에게 여섯 나라는 의식주를 제공하고 있었다.

그중에서도 제일 골머리를 앓고 있는 곳은 가장 큰 지역을 지배 중인 스콜피우스와 티그리스일 것이다. 초기 단계에 잘못된 정책을 펴서 큰 반발이 일어났다. 그 대처에 쫓기느라 일손이 부족했고 국민 정서를 달래기 위해 「인족」에게 재산을 쓴 것 때문에 동족들에게서도 불만이 터져 나오고 있었다.

'눈앞의 이익에 달려드니 그 꼴이 난 것이지.'

루시아가 다스리는 앙귀스는 서쪽의 작은 지역을 통일왕에게 받았다.

다른 곳과 비교해도 치안은 안정적이었다. 그 덕분에 백성의 불신감을 없애는 데 전력을 다할 수 있었다. 그 수고를 인정받아 통일왕의 허락을 얻어서 지배 영역을 확대하는 데 성공했다. 영토는 초기보다 세 배쯤 불어나서 지금은 신왕도를 맡을 만큼 순조롭게 통치가 진행되고 있었다. 타국도 똑같은 수법을 도입했지만 여전히 이익은 생기지 않았다.

"난민을 함부로 다루지 말고 되도록 식량을 나눠 주세요. 후에 반란 분자로 만들지 않기 위해서도 필요한 일입니다. 자국의 재산으로 감당할 수 없을 것 같으면 타국과 협력하여 난민을 지원해 주세요."

루시아를 향해 「무명」의 고개가 흔들렸다.

"일단은 페르젠을 완전히 지배합니다. 그러려면 페르젠 국민이 우리를 받아들여야 합니다. 아직 페르젠 해방군이라는 방해 세력도 존재합니다. 무력을 행사하여 그들을 철저히 제거할 수도 있지만, 그란츠에 개입할 구실을 줄 수는 없습니다. 평화적으로 그들을 약체화하세요."

「무명」은 그렇게 말하고서 입가에 미소를 머금었다.

"대화로 해결하기는 어렵겠죠. 그래서 앙귀스국이 협력해 주셨으면 합니다."

루시아는 난데없는 요청에 확연하게 눈썹을 찡그렸다.

그것을 깨닫고 「무명」의 웃음이 더 짙어졌다.

"페르젠 백성들은 의외로 앙귀스국을 받아들이고 있습니다. 루시아 여왕 폐하의 수완은 정말이지 놀랍군요. 참고하고 싶을 정도입니다."

"「무명」…… 무슨 말을 하고 싶은 거지?"

"그 기술을 타국에 나눠 주셨으면 해서요. 타국이 지배하는 지역으로 앙귀스국에서 지식인을 파견해 주시면 좋겠습니다."

"무리다. 우리나라도 인재가 여유롭진 않아. 그 부분은 각자 노력할 수밖에 없어. 그걸 위한 기술 협력에는 힘을 아끼지 않겠다."

"예. 그러니 부족한 인재는 그라이프에서— 물론 다른 나라에서도 파견할 겁니다. 우수한 자들을 선별할 것이니 루시아 폐하의 부하보다 능력이 못하지는 않을 겁니다."

「무명」의 제안에 루시아는 이를 갈았다. 다른 자들도 「무명」에게 찬성하는지 루시아에게 모두의 시선이 꽂혔다. 이 자리에서 거부하기는 쉽다. 하지만 그랬다가는 「무명」이 강권을 행사해서 루시아를 실각시킬 것이다.

「무명」은 페르젠을 완전히 지배한 후에 앙귀스가 강대해질까 봐 무서운 것이다. 그래서 인재를 빼내 일찌감치 힘을 죽이려는 속셈이리라.

"각국에서 물자도 원조하죠. 여섯 나라의 무궁한 번영과 발전을 위해 각국의 인재 교육에 협력해 주실 수 없을까요?"

어디까지나 협력— 연합 국가로서 「평등」하게 제안한 요청.

그래도 거절하면 루시아의 입장은 당연히 나빠진다. 여기서 사이가 틀어져 「이장족」의 권세에 날개를 달아 줄 수는 없지만, 협력하면 기술이 유출되고 인재도 뺏기고 만다.

'……감시하려는 것인지, 내부에서 탈취할 작정인지. 어쨌든 뭔가 손을 써 둬야겠군.'

루시아는 가슴속에서 소용돌이치는 증오를 즉각 잘라 내고 부채를 펼쳐 입가를 가린 채 「무명」에게 냉엄한 시선을 보냈다.

"좋다. 여섯 나라의 번영을 위해서라고 하니 협력하지 않을 수 없구나."

루시아는 말끝에 힘이 들어가려는 것을 최대한 억누르고 싸늘한 목소리로 덧붙였다.

"—후회할 것이야."

「무명」에게만 들리도록 음성에 살의를 담았다.

"기대하겠습니다."

즐겁게 말을 받은 「무명」의 입가가 희열에 물들었다.

두 사람 사이에 긴장된 분위기가 흐르는 것을 모두가 느꼈지만, 두 사람의 인연을 아는 자들에게는 일상적인 일이라 그저 묵묵히 지켜볼 뿐이었다.

*****

그란츠 대제국의 황궁 베네자인— 그곳에 세계의 세간살이가 모인 방이 존재했다. 하지만 개성 없이 다양한 물건이 뒤섞인 탓인지 호화롭기는 하지만 살풍경하게도 느껴졌다.

이 방의 주인은 선대 황제 글라이하이트, 현재는 황제 대리인 리즈가 물려받았다. 리즈는 싱숭생숭한 모습으로 호화로운 의자에 앉아서 맞은편에 앉은 로자의 이야기를 듣고 있었다.

"4황군 2만이 아까 도착했어. 무주크 가문의 사병 2만까지 더해서 합계 4만의 군세야. 대신 남방에 파견한 동방의 군세 3만은 조만간 수비에 임할 거야. 후방 걱정 없이 페르젠 탈환 작전을 수행할 수 있겠지."

"그쪽은 걱정 안 해. 그보다도 4개국 협의가 신경 쓰여."

머지않아 슈타이센 공화국, 리히타인 공국, 그란츠 대제국, 바움 소국이 참가하는 협의가 열린다.

의제는 슈타이센 공화국과 리히타인 공국의 중개였다.

현재 슈타이센과 리히타인은 잘레강의 권리를 두고 다투고 있었다.

이와 같은 까다로운 상황에 빠진 데는 이유가 있었다.

발단은 지난달, 슈타이센 공화국이 내란으로 정신없는 틈을 타 리히타인 공국이 국경을 넘어 잘레강을 관리하는 슈타이센 측의 브룩 요새를 점령한 것이었다. 하지만 내란으로 피폐해진 슈타이센은 내정을 중시하고 싶어 했고, 리히타인 공국도 대기근으로 허덕이고 있는지라 전쟁을 피하고 국내 정세를 안정시키고 싶어 했다. 두 나라 모두 전쟁할 만한 체력은 남아 있지 않았다.

　"정말이지…… 리히타인 공국이 바움 소국을 끄집어낼 줄은 몰랐어."

　슈타이센 공화국은 리히타인 공국과 대화로 해결할 수 없다고 판단하여 그란츠 대제국에 중개를 요청했다. 하지만 리히타인 공국은 중립성을 믿을 수 없었는지 바움 소국을 끌고 나왔다.

　"덕분에 중앙 가도를 봉쇄해서 수입이 줄었고, 무녀공주를 맞이하기 위해 경비를 늘리면서 국고가 현저히 줄어들었어. 바움 소국의 괴롭힘이라는 생각밖에 안 들어."

　입으로는 그렇게 욕했지만 로자가 진심으로 그렇게 생각하는 것은 아니었다.

　바움 소국 측에서 자금을 제공했기 때문이다.

　그래도 중앙 가도를 며칠이나 봉쇄하는 것은 뼈아픈 일이지만……

　"뭐, 그래도 3개국의 왕을 그란츠 대제국에 묶어 둘 수 있잖아. 덕분에 남방 나라들은 페르젠 탈환에 지장을 주지 않게 됐어."

그것까지 그의 의도일지도 모른다.

4개국 협의는 그란츠에 유리하기만 한 이야기는 아닐 것이다. 바움 소국이 개입했다면 뭔가 목적이 있을 터.

"언니, 조심해. 바움 소국은 분명 뭔가를 꾸미고 있어. 그가 선의만으로 리히타인 공국에 협력할 리가 없으니까."

"알고 있어. 겸사겸사 속을 떠봐야지. 그의 목표가 무엇인지, 무엇 때문에 초조해하고 있는지. 그걸 알면 그란츠를 떠난 이유도 알 수 있겠지."

리즈는 「흑진왕」의 정체를 로자에게 밝혔다.

향후를 생각하면 기묘한 착오가 생기는 일은 피하고 싶었고, 4개국 협의에서 「흑진왕」의 정체를 알게 됐다면 로자의 정신 상태는 무너졌을 것이다. 실태를 보일 바에야 털어놓는 편이 일을 원활하게 진행할 수 있겠다고 생각했다.

'하지만 스카아하는 알고 있었어. 내가 알려 주기 전부터……. 어떻게 알았을까?'

리즈가 생각의 바다에 잠기려던 것을 로자가 즉각 차단했다.

"그리고 1황군인데."

그란츠 대제국에서도 최강이라고 칭해지는 사자의 군세.

그 지휘권은 황제만이 갖고 있어서, 선대 황제 글라이하이트가 서거한 이후로 그들은 그 울분을 중앙 각지에 흩어져 치안을 유지하는 데에만 풀고 있었다.

"멋대로 움직일 수 없어. 황제 대리나 재상의 권한을 이용하더라도 귀족 제후가 반발할 뿐이야. 긴급 사태도 아니니까, 나중을 생각하면 현상 유지가 최선이야."

남방 귀족— 무주크 가문에 파고들 틈을 줄 수는 없다. 지금은 페르젠 탈환에 집중할 때다. 리즈 진영은 쓸데없이 적을 늘릴 만큼 여유롭지 않았다.

"1황군은 움직이지 않고, 치안 유지 명목으로 「금사자 기사단」만 서방에 보낼 거야. 상황이 상황이니 계속 놀릴 수는 없지."

"지휘권은 누구한테 주려고?"

"파견한 후의 지휘권은 리즈가 갖도록 해. 이미 차기 황제는 리즈라는 소문이 돌고 있어. 그들도 순순히 따르겠지."

"군무를 장악한 무주크 가문이 가만있지 않을 텐데?"

"방법이 있어. 바움 소국이 굳이 여기까지 와 주니까 이용해야지. 이제부터 무주크 가문의 권력을 약화시켜야 하지 않겠어?"

못되게 웃으며 로자가 키득거렸다. 무주크 가문을 따돌릴 계획이 있는지 즐거워하는 감정이 표정에 드러났다.

리즈는 쓴웃음을 짓고 충고했다.

"하지만 만만치 않아 보이는 남자가 한 명 있었어. 그 사람은 조심하는 편이 좋아. 가만히 당하지 않을 거야."

"아아…… 로두르를 말하는 건가? 그 녀석이라면 이번에는 페르젠 탈환 작전에 참가하는 모양이야. 나보다도 리즈가 쓰러뜨릴 맛이 있겠다고 판단한 걸지도 모르지."

즐겁게 말하는 로자에게 리즈는 지긋지긋하다는 표정을 지었다.

"……마음 편할 날이 없을 것 같네. 하지만 로두르의 실력을 알게 될지도 모르니까 좋은 기회라고 볼 수도 있어."

"그 부분도 생각하고 있지만, 저쪽에 가면 아우라 공과 스카아하 공이 있어. 힘이 되어 줄 거야. 너무 혼자서만 짊어지지 말고 잘 상담해."

"응…… 그럴게."

"어쨌든 베투는 남방에 틀어박혀 있어. 로두르라는 자가 대리로 병사를 이끌고 왔으니까. 무슨 생각인지 알아보긴 할 거지만, 이번에도 가만히 지켜볼 가능성이 커."

언젠가는 베투와 직접 대치할 때가 반드시 온다. 베투도 똑같이 생각하고 있을 터다. 그렇기에 자기 영지에 틀어박혀 그날을 위해 준비하고 있을 것이다.

"베투의 동향에는 주의를 기울이도록 해. 여섯 나라와 편먹을 가능성도 있으니까."

아무리 조심해도 과하지 않았다. 설마설마했던 일이 벌어지는 것이 국정이다. 이런 안건은 꼼꼼하게 신경 써야 나중에 이상 사태가 벌어져도 잘 대처할 수 있다.

"베투가 자포자기할 것 같지는 않지만…… 일단 최악의 상황은 상정해 두지."

"응. 부탁할게."

남은 문제는―.

"북방일까……. 예전부터 안 좋은 소문이 들렸지만 최근에는 더 현저해졌어. 셀레네 오라버니는 어때?"

"순조롭게 쾌차 중인 것 같지만 그 이상으로 브로멜 가문의 기세가 거세지고 있어. 북방의 균형이 무너지려 하고 있지만, 셀레네 오라버니에게 협력을 제안해도 전혀 받아들이지 않아. 한동안은 상황을 살펴볼 수밖에 없겠지."

"나도 서신을 보내 볼게. 때를 놓쳐 버리면 의미가 없는걸."

"그래 봬도 고집쟁이니까 말이야."

회의적인 표정을 지으며 로자가 심각하게 고개를 숙였다.

"끈기 있게 설득해 나갈 수밖에 없겠지만, 그럴 만한 시간이 남아 있을지가 문제야."

"그렇게 위험한 상황이야?"

"표면상으로는 샤름 가문의 세력이 더 크지만, 브로멜 가문이 구슬린 귀족 제후는 지도상으로 보면 《백은성》을 포위하고 있어."

사면초가, 공격받으면 원군을 부르지도 못한 채 《백은성》은 브로멜 가문의 손에 떨어진다. 그렇게 되면 북방의 안정은 필시 무너지고 그걸 남방이 얌전히 보고만 있지는 않을 것이다. 힘을 합치듯 중앙에 쳐들어오리라.

"노린다면 우리의 시선이 여섯 나라에 완전히 쏠렸을 때겠지. 브로멜 가문은 전격전을 시도할 거야. 그렇게 셀레네 오라버니의 측근을 제거한 후, 오라버니를 인질로 삼고 뒤에서 우리 쪽에 교섭을 걸어올지도 몰라."

"그럼 눈을 떼지 말자. 셀레네 오라버니가 도움을 바라지 않더라도, 위험하다고 판단되면 북방에 개입하겠어. 그 판단은 로자 언니에게 맡길게."

"알겠어. 준비를 진행해 둘게."

그렇게 이야기가 끝난 줄 알았는데 로자가 뭔가를 떠올린 듯 입을 열었다.

"그렇다면 「금사자 기사단」을 북방에 파견해도 좋을 것 같은데…… 어떻게 할래?"

브로멜 가문을 견제하는 의미겠지만 현재 정세에 그 행동은 매우 위태로운 상황을 일으킬 가능성이 컸다.

"무슨 계기로 폭발할지 몰라. 괜히 자극했다가 북방이 황폐해지면 곤란해. 셀레네 오라버니가 뭔가 수를 쓰고 있을 수도 있으니까 지금은 참견하지 말고 그저 상황을 지켜보자."

셀레네도 가만히 당할 성격은 아니었다. 반격할 방법을 생각하고 있을 터다.

로자도 그렇게 믿는지 순순히 고개를 끄덕이고 웃었다.

"알겠어. 그럼 밀정의 수를 늘려서 살피게 하지."

"응. 부탁할게."

"그 밖에도 일이 있어서 난 이만 실례할게."

로자는 일어나 발길을 돌리려다가 움직임을 멈췄다.

"그랬지, 참. 이걸 넘겨줄게. 황제 묘소의 조사 보고야. 너무 기대하진 마. 그쪽도 계속 조사할 생각이야."

그리고서 책상에 두꺼운 보고서를 올렸다.

"내일 페르젠으로 출발할 거잖아. 오늘은 이만 쉬어. 보고서는 가는 길에 읽으면 되니까."

못 박듯 말을 남기고 방을 나갔다.

리즈가 성장했어도 로자의 동생 취급은 변함없었다.

2년간 입장은 역전됐지만 그래도 태도를 바꾸지 않아서 솔직히 고마웠다. 2년 전에는 스스럼없이 인사했던 자들도 꽤 있었는데 지금은 부쩍 줄었다. 쓸쓸하긴 하지만 그래도 옥좌에 다가가고 있다는 고양감이 더 강했다. 그렇기에 명심해야 했다. 자신은 혼자서 여기까지 온 것이 아니다.

"……제대로 읽어야겠지."

리즈는 두꺼운 보고서를 들고 이마를 눌렀다.

로자는 바쁜 와중에 짬을 내서 조사를 계속해 줬다. 재상의 업무도 아닌데 불평 한마디 하지 않고 리즈를 위해 잠도 아끼면서 황제 묘소에 드나든 성과였다.

그렇다면 확실하게 훑어봐야 한다. 안 그러면 벌을 받을 것이다.

"그건 그렇고…… 여기서 읽기에는 정신 사납네."

리즈는 보고서에서 얼굴을 떼고 주위를 둘러보았다.

"이상한 방이야……. 역대 황제들은 이런 방에서 잔 걸까?"

통일성이라고는 조금도 없는 방이었다.

호화찬란하다고 하면 듣기는 좋으나 리즈의 눈에는 창고처럼도 보였다.

도시를 하나 살 수 있을 만한 가치의 물건도 있는 것 같지만 솔직히 말해서 관심 없었다. 팔아서 국고에 보태고 싶을 정도였다.

"침략의 역사— 물건의 수만큼 멸망한 나라가 있어."

황제의 방에는 그런 종류의 물건밖에 없었다.

자신들의 공적을 방에 장식하여 다음 황제에게 물려준다.

너희도 타국을 멸망시켜서 강국의 힘을 보이라고 호소하는 것이다.

"언젠가 청산할 때가 오겠지……. 몇십, 몇백 년 후일지 모르겠지만."

흥하고 망하고, 망하고 흥한다.

역사는 흥망성쇠의 반복이다. 그란츠 대제국도 그 윤회에서 벗어날 수 없을 터다.

"그래도…… 지금은 아니야."

리즈는 어둠에 지배된 방 안에서 창문을 보았다.

"히로…… 너도 그렇게 생각하지?"

*****

제국력 1026년 8월 20일.

그란츠 대제국— 대제도 근교에 있는 류온 마을의 한 구획.

이곳에 인근 마을을 포함하여 죽은 자들을 매장하는 묘소가 있었다.

소규모라 적적한 느낌이 감돌았지만 잘 관리되고 있는지 잡초는 보이지 않았다.

이 안에 트리스 폰 타미에의 무덤도 조용히 세워져 있었다. 다른 무덤과 비교해도 크기가 비슷하고 보석으로 장식된 것도 아니라서 튀지 않고 녹아들어 있었다. 황제 대리의 측근이었던 자의 무덤치고는 얌전한 만듦새였다.

히로는 한쪽 무릎을 꿇고 무덤 앞에 꽃을 놓았다.

온화한 바람을 맞으며 비석에 새겨진 이름을 덧그렸다.

"트리스 씨…… 이런 형태로 만날 줄은 몰랐어요."

슈타이센 공화국에서 일어난 내란으로 목숨을 잃은 리즈의 충신. 그의 생애는 파란만장했으나 리즈를 배신하지 않고 끝까지 섬겼다. 트리스다운 장절한 최후였다고 들었다.

"리즈를 지켜봐 주세요. 그 아이는 가시밭길을 나아가기 시작했어요."

앞으로도 리즈는 충신을 계속 잃을 것이다.

친한 이들이 먼저 죽어 나가도 싸움은 끝나지 않고 마음을 좀먹는다.

1000년 전의 자신과 마찬가지로 마음이 싸늘히 식고 혼이 망가져 버릴지도 모른다.

"그래도 안심하세요. 그 아이는 저와 달리 강해요. 간단히 꺾이진 않을 거예요."

히로는 일어나 작게 인사했다.

"리즈는 맡겨 주세요. 저와 똑같은 길을 걷게 할 생각은 없어요."

히로는 외투를 나부끼고서 척척 걷기 시작했다.

"모든 절망은 제가 먹겠어요. 리즈는 그저 빛을 믿고 걷기만 하면 돼요."

가면을 오른손으로 쓰다듬고 작게 웃었을 때―.

"아까 파발이 왔어요. 아직도 안 오냐며 난리인 것 같아요."

루카가 소리도 없이 뒤에 나타났다. 그러나 히로는 멈추지 않고 계속 걸어갔다.

"그래……. 하지만 내가 그란츠에 온 첫째 이유는 여기니까."

이번에 리히타인 공국의 요청을 받아들인 데에는 몇 가지 이유가 있었다.

그중 가장 중요한 이유가 트리스의 무덤을 찾는 것이었다.

왕이라는 입장은 참 귀찮다. 간단히 외출도 할 수 없다. 성묘하러 갈 수 있을 리도 없었고 타국과의 관계성을 고려하면 무단으로 국경을 넘을 수도 없었다.

구실이 없으면 성묘조차 마음대로 할 수 없었다.

"어디서 닦달을 한 거야?"

"그란츠 대제국 재상이, 슈타이센 공화국의 최고 의장이, 리히타인 공국의 겁쟁이 공작이 보냈어요. 세 통이나 동시에 받다니, 너는 의외로 인기인이군요."

"그걸 인기라고 말해도 되는 건가. 별로 기쁘진 않네……."

"중요한 협의인데 늦은 네 잘못이죠."

"당연하지. 주역은 늦게 나타나는 법이잖아?"

"흥! 자의식 과잉도 유분수네요."

루카는 그렇게 말하고서 자신의 얼굴을 덮은 가면을 짜증스럽게 만졌다.

익숙하지 않은 물건을 착용하라고 해서 심사가 뒤틀렸을 것이다.

"이런 물건을 착용해야 한다니…… 이젤이 저세상에서 울고 있어요."

"폐쇄적인 공간에서 생활하던 바움이라면 몰라도, 이곳은 누가 지켜보고 있을지 알 수 없는 그란츠 영토야. 당당히 네 얼굴을 드러낼 수는 없어."

히로가 설명하자 루카는 코웃음 쳤다.

"하! 굳이 말하지 않아도 알고 있어요. 그저 푸념하고 싶었을 뿐이에요. 너는 정말로 둔하다고 할까, 눈치가 없네요. 남자는 그냥 입 닥치고 듣기나 해요."

"……그것참 미안했어."

조금 설명했을 뿐인데 이 모양이었다.

역시 루카에게 농담을 건네면 비아냥이 몇십 배로 돌아오는 듯했다.

알고 있었을 텐데 아무래도 마음이 해이해졌었나 보다. 히로는 손으로 목덜미를 감싸고 호흡을 반복하여 마음을 다잡았다.

"……무녀공주는 아무 말도 안 했어?"

"「보이니까」 아무 말도 안 하는 거겠죠. 바움 소국 정도는 아니겠지만 그란츠 대제국은 정령이 많은 것 같고, 감시하는 눈은 어디에나 있어요."

"새삼 들으니까 얼마나 대단한지 알겠네."

먼 곳을 내다볼 수 있는 「천리안」. 말을 들을 수는 없으나 사람의 감정을 읽을 수 있으므로 어떤 상황인지 대충 파악할 수 있는 반칙적인 눈이었다.

"너의 「천정안」도 반칙인데요……. 그리고 그 오른쪽 눈도 기묘한 위화감이 들어요."

"흐응……."

히로는 발을 멈추고 흥미롭다는 얼굴로 루카를 돌아보았다.

"뭐죠?"

"아니, 아무것도 아니야. 좌우의 색이 다르니까 기묘하게 느껴지는 거겠지."

히로는 고개를 젓고 어깨를 으쓱인 뒤, 다시 걷기 시작했다.

"……그럴지도 모르죠."

뒤에서 쳐다보는 루카의 시선을 느끼며 오른손으로 오른쪽 눈을 덮었다.

'아직 조정이 필요할지도 모르겠어.'

여섯 나라와의 싸움으로 오른쪽 눈을 잃었다. 그러나 알티우스가 남긴 「기적」에 의해 재생됐다. 완전히 똑같을 수는 없었지만 그래도 지금 히로에게는 없어서는 안 될 것이었다.

'그러고 보니…… 리즈는 어느 쪽일까?'

그날, 황제 묘소에서 갓난아기인 리즈를 안고 있던 선대 황제 글라이하이트.

그 모습을 봤을 때부터— 히로는 확신하고 있었다.

'알티우스…… 리즈가 너의 자손이라면 반드시 개안할 거야.'

*****

그란츠 대제국의 황궁 베네자인은 소란스러운 소리에 지배
되어 있었다.

광대한 부지 내에는 슈타이센과 리히타인의 문장기가 내걸
려 있었다.

그 문장기들은 장미원을 중심으로 동서로 나뉘어 있었다.

유력 귀족의 저택이 늘어선 서쪽 구획의 입구에서는 슈타
이센 병사―「수족」(앤스로)이 대열도 이루지 않고 담소 중이었다.

동쪽에는 제1황군의 정예 「금사자 기사단」의 주거와 훈련장
이 마련되어 있는데, 그 입구에서는 리히타인 병사가 긴장한
얼굴로 조용히 대열을 이루고 있었다.

북쪽은 그란츠 대제국의 국가 중추, 황궁 베네자인― 그 입
구를 그란츠 병사가 지키고 있었고, 수상한 움직임이 없는지
리히타인과 슈타이센, 양국을 감시했다. 그 밖에도 각국의 병
사들이 각처에서 대기 중이어서 황궁은 삼엄한 분위기에 지
배되어 있었다.

그런 그들의 주인은 황궁 베네자인 내부에 있는 널찍한 정
사각형 회의실에 있었다.

원형 테이블과 의자가 쭉 놓여 있을 뿐인 소박한 방이었다.

"「흑진왕」 폐하라는 녀석은 언제 오는 거야?"

「수족」의 수장이자 슈타이센 공화국의 최고 의장이 사납게 이를 드러냈다.

스카디 베스틀라 미하엘.

그녀는 당장에라도 날뛸 것처럼 짜증을 부리고 있었다. 그 무시무시한 모습을 못 본 체한다면 소름 끼치도록 아름다운 여성이었다. 피부를 많이 노출하는 민족의상을 입었고 보석 장식이 반짝이며 훌륭한 기품을 풍겼다. 그러나 유감스럽게도 허리에 매단 훈제 고기와 거친 말투 때문에 야성이 전면에 드러났다.

"그, 글쎄요…… 어, 어떻게 된 걸까요. 아하하."

억지웃음을 짓는 남자는 리히타인 공국의 젊은 공작 카를이었다. 병약함을 나타내듯 안색이 좋지 않았고 여독이 풀리지 않았는지 얼굴은 수척했다. 연약한 태도를 보이는 카를이 마음에 안 드는지 스카디가 혀를 찼다.

"칫. 넌 아까부터 왜 그렇게 쭈뼛거리는 거야?"

"아, 아뇨…… 그저 긴장되어서 그렇습니다."

"흐응~ 훈제 고기라도 먹을래?"

스카디는 단도를 뽑아 재빠르게 훈제 고기를 잘랐다.

칼끝에 고기를 올린 채 카를에게 내밀었다.

"괘, 괜찮습니다…… 네. 죄송합니다, 배고프진 않아서……."

"그래?"

스카디는 호쾌하게 칼끝을 입에 넣어 훈제 고기를 씹었다. 카를은 파래진 얼굴로 그 모습을 바라보다가 시선을 돌려 또 다른 여성에게 도움을 구했다.

미스테 칼리아라 로자 폰 켈하이트.

그란츠 대제국의 전 제3황녀— 켈하이트 가문의 가주 대리이자 그란츠 대제국의 재상이었다.

그 영롱한 미모는 타국에 널리 알려져 있었다. 오만한 대귀족의 엄격함에서 요염함이 풍겼고 아리따운 동작은 무섭게 뇌수를 자극했다. 2년 전보다도 마성이 한층 더 강해져 있었다.

카를은 로자와 시선이 마주치자 부끄러워서 바로 눈을 돌리고 말았다. 서로 다른 두 미녀 사이에 낀 카를의 처지는 딱했으나 본인들은 자각 없이 주위를 매료하고 있었다.

로자는 고개를 숙여 버린 카를을 의아하게 여기며 입을 열었다.

"아까 중앙 가도 방향에서 난 환호성을 들었겠지⋯⋯? 「흑진왕」께서 오신 모양이지만 여러 가지로 준비할 것이 있을 테니 좀 더 걸릴 거야."

그란츠나 바움처럼 역사가 긴 나라는 본인들의 뜻이 어떻든 간에 형식에 구애받는 경향이 있다. 선조가 쌓아 올린 권위를 떨어뜨리지 않기 위해서도 그런대로 준비가 필요하다며 신하들이 고언을 올렸다.

로자도 가끔 귀찮게 여길 때가 있지만 역시 국가의 대표자로서 타국에 간다면 아무리 시간이 아까워도 어지간해서는 형식에 따라 일을 진행할 것이다.

"⋯⋯애초에 환영할 필요가 있는 거야?"

불퉁한 표정으로 스카디가 입술을 삐죽였다.

"그란츠 대제국에 있어 바움 소국이 중요한 동맹국인 건 이해하지만, 왜 중앙 가도를 봉쇄하면서까지 환영하는지 모르겠어."

스카디가 그란츠를 찾아왔을 때 백성들은 흥미롭게 바라봤을 뿐 환영하는 느낌은 아니었다. 그랬던 사람들이 동쪽 끝에 있는 소국의 왕이 왔을 뿐인데 황궁까지 들릴 정도로 환호성을 질렀다. 「수족」은 전시든 평상시든 눈에 띄기를 좋아했다. 그래서 자신보다 눈에 띄는 「흑진왕」이 스카디의 짜증을 유발했다.

"뭐…… 리히타인 공국과 비교하면 그나마 나을지도 모르지만."

스카디는 카를에게 동정 어린 시선을 보냈다.

그란츠 백성들은 리히타인 공국을 싫어하는지 시종 욕을 퍼부었다.

대국에 사는 백성으로서 칭찬받을 만한 행동은 아니었으나 그 기분은 이해가 갔다.

지금껏 벌어진 모든 전쟁은 리히타인에서 비롯됐다고 여겨지고 있었다.

그들이 3년 전에 그란츠와 전쟁을 일으켜 주변 나라들을 자극하지 않았다면 지금 같은 상황이 되지 않았으리라고 그란츠 백성들은 생각했다.

"하하…… 돌을 던지지는 않았으니 그나마 다행이죠."

카를은 한심한 얼굴로 땀을 닦으며 대답했다. 지금 당장 조국으로 돌아가고 싶다고 그의 표정이 말했다. 돌을 맞지는 않았어도 트라우마가 된 듯했다.

"한심하기는. 타국 백성이라고 거리끼지 마. 욕을 퍼붓는 속 좁은 녀석들은 냅다 갈겨 버려!"

스카디는 흠칫거리는 카를에게 외쳤지만 카를을 더욱 위축시키는 결과가 되었다.

한심한 그의 모습에 땅이 꺼져라 한숨을 쉰 스카디는 카를의 어깨를 세게 두드리고 씩 웃었다.

"뭐, 그랬다가는 그란츠와 전쟁이 벌어지겠지만."

크게 웃는 스카디를 보며 카를의 얼굴에서 핏기가 가셨다.

"아니, 백성들이 무례를 저지른 것은 사과하지. 그들도 언제 끝날지 모르는 전쟁에 불안해져서 그런 거야. 아무쪼록 용서해 줬으면 좋겠군."

"아, 아닙니다. 사죄를 받고 싶었던 건 아니라서……. 어떤 마음인지는 이해하니까요."

로자가 사죄하자 카를은 당황하여 얼굴이 더 창백해졌다.

그런 두 사람을 바라보며 스카디가 뒤통수에 깍지를 끼고 휘파람을 불었다.

"근데 나 재상님한테 궁금한 게 있어."

"뭐지?"

로자는 스카디의 막역한 태도에도 불쾌해하지 않고 웃으며 대답했다. 확실히 스카디는 예의를 모르는 여성이지만 겉과

속이 다르지 않은 성격은 오히려 호감이 들었다. 리즈에게 먼저 이야기를 들었기 때문일지도 모른다.

"공주님이 페르젠에 갔다던데. 그란츠의 전력은 충분한 거야?"

무슨 생각으로 물어본 것인지 헤아리기 어려웠으나 그런 정보를 재상인 로즈가 누설할 수는 없었다.

"……흠, 미안하지만 우리나라의 기밀에 해당하는 사항은 대답하기 어려워."

"그래? 그럼 질문이 아니라 제안을 할게."

"응?"

이야기를 종잡을 수가 없어서 로자는 고개를 갸웃했다.

성질이 급하다고 리즈에게 들었지만 그 정도가 상당했다.

"나는 이번에 병사 5천을 이끌고 그란츠에 왔어. 만약 그란츠가 도움이 필요하다면 슈타이센은 힘껏 협력할 거야."

"호오……."

언제든 힘을 빌려주겠다고 똑바로 말해 주는 것만큼 기분 좋은 일은 없다.

다만 서순이 잘못된 것이 아쉬웠다.

"슈타이센은 리히타인과 대치 중일 텐데? 이번 협의 결과에 따라 전쟁이 벌어질지도 모르는데 그런 말을 해도 되나?"

로자의 지적은 지극히 타당했다. 카를도 놀란 얼굴로 스카디를 보고 있었다. 하지만 스카디는 희열에 물든 얼굴로 고개를 끄덕였다.

"응. 전쟁이 터지더라도 상관없어. 공주님과 약속했으니까.

「수족」은 두말하지 않아."

주먹으로 테이블을 때린 스카디는 사냥감을 겨냥하듯 눈을 가늘게 뜨고서 카를을 보았다.

"먼저 5천의 군세를 페르젠에 보낼 거야. 그사이에 내가 리히타인을 멸망시키고 페르젠에 가는 거지."

"자, 잠시만요. 이야기를 나누기도 전에 그런 말을……."

카를은 스카디의 자신만만한 말에 완전히 압도된 상태였다.

"수족은 말이지…… 궁지에 몰린 뒤부터 제 실력을 발휘하거든."

결정 사항이라고 결론짓는 듯한 스카디의 말투에 카를은 사형 선고를 받은 죄인 같은 표정으로 자리에서 엉거주춤 일어났다.

"이번 일도 그래. 네가 우리 백성을 상처 입히지 않고 요새를 점거했기에 협의하기로 한 거야. 이야기를 나눌 여지가 있다고 판단한 거지. 만약 마을이나 도시를 불태웠다면 내란의 영향이 있든 없든, 병사가 부족하다느니, 식량이 부족하다느니 변명하지도 않고 널 죽였을 거야."

사납게 웃는 스카디가 강렬한 열량을 띤 살기를 보내자 카를은 식은땀을 줄줄 흘렸다. 말을 꺼낼 여유조차 없어서 남은 수단은 그녀의 선고를 기다리는 것뿐이었다.

"그리고 리히타인 공국의 배후에 바움 소국이 있었던 덕분이지."

"……."

카를은 마른침을 꼴깍 삼켰으나, 머리는 의외로 냉정한지 눈을 피하지 않고 침묵을 관철했다. 현명한 선택이었다. 말을 잘못 꺼냈다면 교섭하기 전에 결렬됐을지도 모른다.

　스카디는 협박과 본심을 섞어 명백하게 카를을 시험하고 있었다. 그의 역량을 이 자리에서 가늠해 보려는 의도가 로자에게는 보였다. 하지만 조금만 삐끗해도 유혈 사태가 벌어질 수 있는 행동이었다. 원래는 엄중히 경고해야겠지만 로자는 그냥 넘어가기로 했다.

　"스카디 공에게 묻고 싶은데…… 리히타인 공국을 멸망시키지 않는 건 바움이 그란츠와 한통속일 가능성을 고려했기 때문인가?"

　"아니, 리히타인 따위를 도우려고 그란츠와 바움이 손잡지는 않겠지. 그래서 그건 상관없지만, 바움의 왕이 「흑진왕」이라는 이름을 쓰는 게 신경 쓰였을 뿐이야."

　스카디가 꺼낸 「흑진왕」이라는 말은 신중한 울림을 담고 있었다.

　로자는 스카디의 심정을 완전히 파악할 순 없었으나 그녀가 무슨 생각으로 이 협의에 참가했는지 어렴풋이 헤아릴 수 있었다.

　"분명 「수족」은 「흑진왕」을 신으로 섬겼지?"

　요컨대 자국에서 모시는 신의 이름을 쓰는 자의 정체가 궁금한 것이다.

　스카디의 기대에 못 미치는 인물이라면 「흑진왕」은 이 자리에서 칼침을 맞을지도 모른다. 일국을 맡은 자가 그런 경솔한 행동을 보이지는 않겠지만 호전적인 종족으로 유명한 「수족」의 행동은 현재 상황을 포함해서 미지수였다.

"그래. 굳이 신의 이름을 댔잖아. 한 번쯤 봐 두고 싶은 거지."

"그렇군……."

로자가 다시금 고개를 깊이 끄덕이자 방문이 벌컥 열렸다.

그리고 방 입구를 지키고 있던 병사가 들어왔다.

『실례합니다! 「흑진왕」 폐하가 도착하셨습니다!』

긴장한 표정과 목소리로 병사가 말했다.

로자는 열린 문 틈새로 들어오는 바람에 「그」의 기척이 섞여 있음을 알아차렸다. 숨기지 않아도 바로 알 수 있었다. 이렇게 무시무시한 패기를 뿜어낼 수 있는 사람은 세상에 얼마 없다.

잘 단련된 병사가 긴장할 만도 했다. 카를의 얼굴이 창백해지는 것도 어쩔 수 없는 일이었다. 스카디조차 표정을 굳히고 경계하며 「수족」 특유의 으르렁거리는 소리를 냈다.

하지만 어째서인지 로자는 긴장하지 않고 미소 짓고 말았다.

그 이유는 명백했다.

매우 온화한 기운이 공기에 섞여 있음을 눈치챘기 때문이다.

그를 알기에 그 침착함을, 상냥함을 느낄 수 있었다.

"입실을 허가한다. 바로 들여보내."

『예!』

발길을 돌린 병사가 문 너머에 있는 인물에게 말을 건넸다.

그리고 곧—.

"기다리게 해서 미안하군."

흰 외투를 걸친 가면 쓴 남자가 바닥을 울리며 나타났다.

덧없는 인상을 주는 주제에 강한 파동이 공기를 진동시켰다.

구름처럼 막연한 존재감, 그러나 허리에 찬 꺼림칙한 흑도가 이상한 분위기를 풍기며 타인을 기묘하게 위압했다.

"바움 소국, 2대 국왕 「흑진왕」이다. 잘 부탁한다."

강렬한 중압이 방 안에 있던 **두 사람**을 덮쳤다.

정체 모를 힘이 방을 침식하기 시작한 것을 스카디가 가장 먼저 알아차렸다.

"너……."

본능이 위험하다고 신호를 보내서 온몸의 털이 곤두섰다.

"—싸우자는 거야?"

위협적으로 으르렁거리고 허리에 달아 뒀던 갈고리발톱을 손에 장착했다.

난데없는 호전적인 태도에 카를이 깜짝 놀랐다.

"힉, 스카디 공?!"

반면 「흑진왕」은 뚜렷하게 웃으며 스카디를 바라보았다.

도발적인 동작에 입술을 실룩거린 스카디는 화를 폭발시켰다.

"좋아, 해보자고!"

찰나— 스카디의 모습이 사라졌다.

눈을 깜박일 새도 없었다.

승부는 순식간, 창문이 열려 있지도 않은데 강풍이 실내에 휘몰아쳤다.

폭발음에 가까운 격렬한 금속음이 실내에 울려서 방에 있던 자들의 시선은 전부 「흑진왕」에게 향했다.

　"그 정도인가…… 날 실망시키지 마."

　거대한 어둠을 내뿜는 흑도가 투명한 갈고리발톱을 막고 있었다.

　모두가 놀란 표정을 지었으나 가장 경악한 사람은 공격을 가한 스카디일 것이다. 그녀는 눈을 크게 뜨고서 어안이 벙벙한 표정으로 「흑진왕」을 보았다.

　"어떻게, 내 공격을?!"

　스카디는 바로 거리를 뒀다. 하지만 두 번째 공격을 가하지는 않았다. 그저 「흑진왕」을 노려볼 뿐이었다. 그런 그녀에게 「흑진왕」이 낮은 목소리로 말했다.

　"끝인가?"

　등골이 얼어붙는 살기가 실내의 긴장감을 먹어 치웠다.

　"그럼 다음은 내 차례군."

　누구도 손가락 하나 까딱하지 못하는 가운데, 히로가 뿜어낸 한없이 깊은 어둠이―.

　"잠깐!"

　외친 사람은 로자였다. 그녀는 위험을 무릅쓰고 두 사람 사이에 끼어들었다.

　히로는 그런 로자의 행동에 항의를 나타내듯 흘끗 눈길을 주고서 어깨를 으쓱이고 흑도를 칼집에 넣었다. 조금 전까지 팽팽했던 살기는 순식간에 무산되었고 정적이 찾아왔다. 로자는 스카디에게 냉담한 시선을 보내며 입을 열었다.

"스카디 공, 그대가 잘못했어. 느닷없이 공격하다니 무슨 생각이지."

"먼저 도발한 건―."

스카디는 반론하려고 했지만 로자의 강한 시선을 받고 두 손을 들었다.

"알고 있어. 먼저 공격한 내 잘못이야."

순순히 인정하는가 싶더니 불만스럽게 입술을 비틀고서 히로를 쏘아보았다.

"칫, 근데 마음에 안 들어. 뭐든 안다는 얼굴로 사람을 깔보는 듯한, 그런 눈이야."

"기분 나빴다면 사과하지."

히로는 스카디의 항의를 흘려버리고서 억양 없는 목소리로 말하고 자리에 앉았다.

"자, 스카디 공도 자리로 돌아가."

로자는 스카디의 등을 밀어 착석을 재촉했다.

그리고서 자기 자리로 돌아가 묘한 분위기를 바꾸기 위해 헛기침을 한 번 했다.

"그럼 모두 모였으니 4개국 협의를 시작하지."

로자는 세 왕에게 각각 눈짓했다.

씩씩거리며 고개를 끄덕이는 스카디, 안절부절못하며 눈을 굴리는 카를, 태연자약하게 팔짱을 끼는 히로. 3인 3색의 태도에 로자는 피곤한 얼굴로 한숨을 쉬었다.

"후우…… 그럼 의제인 슈타이센과 리히타인, 양국의 휴전 조건에 관해 이야기를—."

로자의 말을 뭉개며 둔탁한 소리가 실내에 울려 퍼졌다.

테이블에 발뒤꿈치를 내리찍은 스카디가 카를에게 날카로운 눈빛을 날렸다.

조금 전에 히로와 싸운 여파가 다 가시지 않았는지 무시무시한 기백이 담겨 있었다.

"당연히 슈타이센에 머물고 있는 리히타인군의 즉각 국외 퇴거지."

이루 헤아릴 수 없는 압력에 카를은 눈보라가 닥친 것처럼 덜덜 떨었다.

그래도 국가를 짊어지고 있다는 책임감 때문인지 질 수 없다는 듯 스카디를 마주 노려보았다.

"……저, 저는 브룩 요새 주변을, 리히타인과 슈타이센의 공동 통치 구역으로 삼고 잘레강을 관리하고 싶습니다."

"웬 잠꼬대야? 더는 잘레강을 막지 않겠다잖아. 그걸로는 안 된다는 거야?"

"그, 그래서는 리히타인의 심장을 슈타이센이 계속 쥐고 있는 꼴입니다. 그런 불안을 안은 채로 어떻게 될지 모르는 약속을 할 수는 없습니다."

"신용이 없네…… 하긴, 있을 리가 없나."

자조적으로 웃은 후 스카디는 자신의 뿔을 긁적이고 침음했다.

"그렇더라도. 잘레강을 막았던 건 니다벨리르파야. 우리는 그런 비겁한 짓은 안 해."

"파가 다르더라도 슈타이센 공화국인 것은 변함없습니다."

"그야 확실히 그렇지만. 계속 점령하고 있어 봤자 브룩 요새에서 굶어 죽을걸? 우리는 언제든 방벽을 탈환할 수 있는 상황이야."

현재 슈타이센과 리히타인 국경에 있는 방벽은 리히타인 공국이 점령하고 있다. 그러나 그 방벽은 외부의 힘에는 강해도 내부의 힘에는 약했다. 그것은 주지의 사실이기에 카를은 강하게 나가지 못하고 이를 갈았다.

"이쪽은 선의로 말하고 있는 거야. 납득해 주지 않을래?"

"납득할 수 있을 만큼 리히타인에 여유는 없습니다. 막혔던 강을 마침내 해방했으니 당연한 일이죠. 백성들도 기뻐하고 있는데, 역시 슈타이센에 브룩 요새를 돌려줬다고 하면 반란이 일어날 겁니다."

카를은 창피를 무릅쓰고 리히타인의 내정을 이야기하기 시작했다. 약점을 보이게 되더라도 양보할 수 없다는 확고한 의지를 나타내려는 것이리라. 하지만 상대에게 약점을 보였다고 해서 동정심이 유발될 리는 없었다. 카를도 알고 있을 테지만 그래도 그는 이야기를 그만두지 않았다.

"귀족 제후의 불만도 조금이나마 누그러뜨렸습니다. 그랬는데 다시 강이 막힌다면 리히타인은 이번에야말로 확실하게 멸망하겠죠. 그러니까 다시 강이 막히는 상황만큼은 저지해야

합니다."

"안 막겠다니까 그러네."

"그런 구두 약속을 믿을 수는 없습니다. 「소인족」은 욕심 많고 믿을 수 없는 녀석들이었지만, 「수족」 또한 탐욕스러워서 믿을 수 없습니다."

이야기는 평행선을 달렸다. 쌍방의 의견을 듣건대 타협할 수는 없을 것 같았다. 중개 역을 맡은 로자도 복잡한 듯 머리를 싸맸다.

거기서 히로가 손을 들었다.

"내가 제안을 하나 하지."

모두의 시선이 일제히 모였다.

하지만 그는 동요하지 않고 담담히 말을 자아냈다.

"잘레강을 관리한다는 명목으로 건축된 브룩 요새를 헐었으면 해."

"갑자기 무슨 소리야?"

스카디가 눈썹을 찌푸리는 것도 당연했다. 불쑥 한다는 말이, 이야기의 논점인 브룩 요새를 파괴하라니……. 이에 로자도 조금 놀란 얼굴로 히로를 보았다. 하지만 히로는 그런 시선 따위 개의치 않고 담담히 속내를 밝혔다.

"그 요새는 그저 강의 방위에 필요한 것이니 헐어도 문제는 없을 테지."

"확실히 니다벨리르파가 약 올릴 목적으로 만든 거니까, 쓸데없는 군비를 삭감하는 의미에서도 헐고 싶긴 한데."

"밭일을 잃은 리히타인 백성에게 그 일을 시켜 줬으면 좋겠군."

"……과연."

히로의 목적을 깨달았는지 스카디가 인상을 썼다.

"그러면 우리한테 무슨 이득이 있지? 내란으로 일자리를 잃은 자는 슈타이센에도 많아. 그런데 타국 사람을 고용하면 어떻게 될지 뻔하잖아."

히로는 작게 고개를 끄덕여 스카디에게 동의하고서 손가락을 하나 세웠다.

"일자리를 잃은 슈타이센 사람— 니다벨리르파였던 「소인족」을 우리나라에서 일부 받아들이지. 살짝 조건을 붙이겠지만 말이야."

히로의 이야기를 조용히 들을 생각인지 스카디는 계속 말해 보라는 듯 턱짓했다.

"그리고 리히타인 공국에도 기근으로 파괴된 마을이 있어. 그곳에 「소인족」을 파견하여 외화를 벌면 돼. 내란이 끝났다고는 하지만 「수족」과 「소인족」의 불화가 없어진 건 아니잖아?"

"솔직히 답하자면 네 말이 맞긴 해."

"그럼 「수족」과 「소인족」, 두 종족 사이에 거리를 둬서 냉각 기간을 갖는 건 어떨까."

나쁘지 않은 제안일 터다. 리히타인과 슈타이센에는 일자리를 잃은 자가 많이 있다. 다들 한창 일할 나이의 사람들이었다. 그들을 계속 놀게 두기는 아깝다. 그렇다면 타국에 일을 보내는 편이 이익을 기대할 수 있다.

"좋은 조건 같지만…… 넌 그걸로 좋아?"

스카디가 카를을 힐끗 보자 그는 망설이지 않고 고개를 끄덕였다.

"저는 「흑진왕」 폐하의 의견에 찬성합니다."

그렇게 스카디를 무서워했던 남자가 주저 없이 잘라 말했다.

기묘한 위화감을 느낀 스카디는 눈을 가늘게 뜨고서 카를을 관찰했으나 그는 고개를 숙여 버렸다.

"……그래? 그럼 나도 반대할 이유는 없어."

"그럼 리히타인군은 근일 중으로 슈타이센 공화국에서 철수한다고 결론을 내려도 되겠지?"

로자가 카를에게 확인하자 그는 곧바로 힘차게 고개를 끄덕였다.

"상관없습니다. 하지만 브룩 요새가 허물어진 뒤에도 잘레강을 막지 않겠다는 보증을 받고 싶습니다."

카를의 당당한 모습을 본 스카디가 얼굴을 찌푸리며 그를 노려봤지만 효과는 미미했다.

"물론이야. 협정이 계속되는 한, 만약 슈타이센 공화국이 약속을 어길 시에는 그란츠와 바움이 책임지고 리히타인을 지원하겠어. 슈타이센도 이에 동의하겠지?"

"좋아. 「수족」은 두말하지 않아. 리히타인과 싸우게 되더라도 강을 막는 비겁한 짓은 안 해."

잘레강을 막으면 리히타인은 바움과 그란츠의 조력을 얻게 된다.

반대로 잘레강을 막지 않으면 그란츠와 바움은 움직이지 않는다는 뜻이다.

리히타인과 슈타이센, 쌍방에 나쁘지 않은 이야기였으나 이 결론에 이르기까지 유도된 느낌이라 스카디는 불쾌한 듯했다.

"그럼 방침이 정해졌으니 자세히 검토해 나가기로 하지."

로자가 이야기를 진행하는 동안 스카디는 줄곧 히로를 응시하고 있었다.

*****

4개국 협의가 끝나고 히로가 방을 나가자 로자가 그를 불러 세웠다.

"주이―「흑진왕」 공, 잠시 기다려 주겠나."

"……무슨 용건이라도?"

돌아보니 조금 기뻐 보이는 로자가 서 있었다.

2년 전과 비교하면 약간 야위었을까. 재상이 된 뒤로 그녀가 몹시 다망하다는 이야기는 들었다. 그래도 처음 만났을 때처럼 여전히 아름다웠다. 오히려 더 세련되게 변했다고 해야 할까.

"조금 할 얘기가 있어. 오늘 밤, 내 방에 와 주겠어?"

"……알겠어. 반드시 가지."

용건은 대충 파악하고 있었다. 2년간 그란츠의 정보는 모조리 히로에게 전달되었다. 무엇보다 그란츠 측― 리즈 진영에 있어 이번 바움 왕의 내방은 적대 파벌을 따돌리는 의미에서도 중요한 사안이었다. 변함없이 승기를 놓치지 않는 로자의 혜안이 놀라웠다.

"즐겁게 기다리겠어. 그럼 이만 실례하지."

다른 할 일이 많을 것이다. 로자는 그렇게 말하고서 뒤돌았고 손을 흔들며 빠르게 떠나갔다. 그녀의 뒷모습을 지켜보던 히로는 다시 발을 떼려고 했지만.

"「흑진왕」 폐하, 기다려 주십시오."

카를이 히로 앞으로 돌아들었다. 그 얼굴은 기쁨에 차 있었고 흥분했는지 약간 숨이 거칠었다.

"당신께 부탁하길 잘했습니다. 정말로 감사합니다."

"서로의 이해관계가 일치했을 뿐이야. 하지만 약속은 지켜줘야겠어."

히로는 연신 고개를 꾸벅거리는 카를을 흘겨보았다. 깊이 가라앉은 냉담한 시선이었다. 그것을 눈치채지 못하고 카를의 표정은 밝아질 뿐이었다.

"물론입니다. 바로 리히타인에 돌아가 약속한 물건을 신속히 넘기겠습니다."

란킬에게 희소식을 전할 수 있어서 기쁜지 카를은 들뜬 발걸음으로 호위병과 함께 떠났다.

"후우⋯⋯."

지친 듯 고개를 흔든 히로는 다시 발을 떼려고 했지만—.

"잠깐 기다려."

"……."

오늘은 자주 불리는 날이다.

넌더리가 난 표정으로 돌아보자 스카디가 우뚝 서 있었다.

"무슨 볼일이라도 있나?"

"미리 말을 맞췄던 거지? 그렇게나 빌빌대던 주제에 고집불통이었던 남자가 네 이야기를 듣자마자 바로 수락했어. 로자 재상은 눈치채지 못한 모양이지만, 넌 뭘 꾸미고 있지?"

당장에라도 달려들어 물어뜯을 듯한 분노가 느껴졌다.

그래도 히로는 여전히 태연한 표정으로 그녀를 냉담히 바라볼 뿐이었다.

"소국이라고 불리고는 있지만— 국가라는 거대한 조직을 책임지고 있어. 누구든 계획이 한두 개쯤 있겠지."

서로서로 사이좋게 국가를 운영할 수 있을 만큼 세계는 녹록하지 않다. 분기하면 타국에 멸망당하고, 걸음을 떼면 나라는 붕괴되어 버린다. 그렇다고 후퇴가 허락되지는 않아서 계속 앞을 볼 수밖에 없었다. 그 끝에 파멸이 기다리고 있어도 국가라는 괴물을 막을 수는 없으니까.

"그렇기에 국가와 국가는 서로 다가서. 때로는 적대하고, 다시 손을 잡고, 문제를 해결하면 또 새로운 싸움을 낳지."

빠져나갈 수 없는 윤회. 사람들은 영원히 그 틀에 붙잡혀 있다.

"맞아. 하지만 네 사고방식은 달라."

스카디는 단언했다. 정면으로 히로의 진리를 부정했다.

"넌 우리를 발판으로만 생각해."

"왜 그렇게 생각하지?"

"우리를 안 보니까. 어딘지는 모르겠지만 넌 아득한 앞을 보고 있어. 우리들의 나라 따위 신경도 쓰지 않아. 그저 통과점, 길가의 돌멩이처럼 차갑게 바라볼 뿐이야."

"흐응…… 관찰안이 예리하네. 그건 칭찬할게."

히로는 스카디의 지적을 부정하지 않고 천천히 손을 들어 검지를 세웠다.

"하지만 하나 잘못 생각하고 있어. 난 딱히 너희를 발판으로 삼을 생각이 없어."

그리고 중지를 세우며 스카디에게 다가가 미소 지었다.

"하지만 모든 사람과 사이좋게 걸어갈 생각도 없지."

마지막으로 약지를 세운 후, 다시 주먹을 쥐고 벽을 때렸다.

"이 앞에 있을 시간의 흐름을 거스르지 못하는 자는 두고 갈 생각이야."

히로의 일련의 행동에 경계심이 들었는지 스카디는 뒤로 크게 뛰어 거리를 벌렸다.

과한 반응을 보이는 그녀에게 히로는 실소를 보내고서 앞으로 한 걸음 내디뎠다.

"방해된다고 말할 생각은 없어. 뻔히 알면서 죽게 두는 것이 싫을 뿐이야."

지옥의 업화를 견딜 수 있는 자만이 이 앞에 필요하다. 한 줌의 강자만이 살아남을 수 있다.

…판밖에 안 되는 약자는 내 앞을 가로막지 말고 조용히
…오면 돼."

　…단한 말씀, 잘 들었어."

　…로의 도발적인 언동에 한계에 달했는지 스카디가 허리에
…고 있던 갈고리발톱을 뽑았다.

　스카디의 분노에 호응하여 그 서슬이 까맣게 물들었다.

　히로는 기이한 현상에 놀라지도 않고 감정이 깃들지 않은
눈으로 그녀의 무기를 보았다.

　"용황검(龍鳳劍) 5각(刻) 중 하나― 「광조(狂爪)」구나. 일찍
이 하늘을 지배했던 「왕」의 발톱이야."

　그렇게 히로가 말하자 스카디의 얼굴에서 감정이 사라졌다.

　"……넌 정말로 정체가 뭐지?"

　예상했던 반응을 그대로 보여서 히로는 웃음을 참듯 고개
를 숙였다.

　"내 정체를 알고 싶어?"

　오른손으로 가면을 누르며 즐거운 목소리를 자아냈다.

　"……너의 「광조」가 안 가르쳐 줘?"

　"그래, 가르쳐 주고 있어. 너하고 싸우라고 말이야."

　스카디가 주위를 둘러보았다. 어느새 사람이 모이기 시작한
상태였다.

　"하지만 여기서는 좀 곤란해."

　여기서 두 사람이 싸우면 피해는 막대하리라.

　"따라와. 차분한 장소에서 붙어 보자고."

등을 돌린 스카디는 히로가 따라올 것을 확신하는지 ~번
도 돌아보지 않고 복도를 당당히 나아갔다.

"……과연,「광조」가 선택할 만한 그릇은 되는 건가. 단순~
전투광은 아닌 것 같아."

숨김없는 언동, 당찬 성격, 정이 많고 부정을 싫어하는 결벽.

저돌 맹진을 미덕으로 여기는「수족」치고는 제법 우수한 부
류였다.

자신의 옛 부하— 흑천오장 중 한 명이었던「수족」남자를
방불케 했다.

"재미있을 것 같네. 그와 마찬가지로 오만한 태도를 교정하
기로 할까."

히로는 패배를 모르는「수족」의 등을 바라보며 즐겁게 웃었다.

*****

"이야기하던 중이거늘, 어딜 보는 거지?"

루시아는 뜬금없이 동쪽 하늘을 올려다본「무명」에게 의아
한 눈길을 보냈다.

하지만 대답은 돌아오지 않았다. 그저 말없이 하늘을 계속
보고 있었다.

"……무슨 생각을 하는지 참으로 알 수 없는 녀석이로군."

따라서 하늘을 봐도 흰 구름이 흐르고 있을 뿐, 평소와 다
를 바 없는 푸른 하늘이 펼쳐져 있었다.

시선을 내리니 발코니에서 피에르테의 항구 도시를 둘러볼 수 있었다.

파란 바다와 하얀 벽에 둘러싸여, 피쿠스 수페르바라고 불리는 파릇파릇한 수목이 사람들을 햇살로부터 지키고 있었다. 오늘도 항구에는 많은 배가 와 있었다. 대다수는 남쪽에 있는 바닐 3국에서 온 교역선이었고, 구릿빛 사람들 틈으로 피부가 하얀 「이장족」의 모습이 한층 두드러졌다. 계속 보고 있으니 항구에 감도는 기묘한 분위기를 느낄 수 있었다.

"여전히 낯선 광경이야."

중앙 대륙 서쪽에서는 「이장족」이 드물지 않다.

동쪽과 비교하면 훨씬 많았다. 그래도 이렇게까지 「이장족」이 당연하게 눈에 보이게 된 것은 최근 수십 년 사이의 일이었다.

"틀어박혀 있던 것들이…… 잘도 이렇게나 밖에 나왔군."

원래부터 「이장족」은 바깥세상과의 접촉을 별로 좋아하지 않았다.

서대륙과 바닐 3국 외의 나라에서는 여섯 나라 중 하나인 티그리스 주변이 「이장족」을 흔히 볼 수 있는 지역이라고 할 수 있을 것이다. 그랬는데 최근 수십 년 사이에 여섯 나라 전체에서 그 모습을 목격할 수 있게 되었다.

"참으로……어디에 우글우글 숨어 있었는지."

오랫동안 공공연하게 활동하지 않았던 「이장족」의 인구는 적다고 여겨졌었다.

문헌 등에는 장수해서 출산율이 낮다고 적혀 있었고 아름다운 외모와 어우러져 신비성이 강조되어 있었다. 하지만 이렇게 「이장족」의 모습을 보니 그 생태가 수수께끼에 쌓여 있음을 알 수 있었다.

　"실제로…… 이렇게 많은 「이장족」이 존재하니까 말이야."

　루시아는 부채를 펼쳐 자신을 향해 부치며 옆에 있는 「이장족」에게 시선을 되돌렸다.

　"마침내 돌아온 모양이군. 어디 갔었지?"

　후드로 가려진 얼굴에서는 당연히 표정을 읽을 수 없었다.

　어둠 속에서 무슨 생각을 하는지 입가를 보고 헤아릴 수밖에 없는 것이다.

　"……잠시 먼 곳에 갔었습니다."

　"재미있는 것이라도 「보았는가」?"

　"글쎄요, 어떨까요. 재미보다는— 무서웠습니다."

　괴상한 감상이었다. 엿보기가 취미인 「무명」치고는 간소한 대답이라고 할 수 있었다.

　즉, 그럴 만한 무언가를 「봤다」는 것이지만…….

　"무슨 얘기를 하고 있었죠?"

　루시아가 내용을 물어보기 전에 「무명」의 질문이 고막을 진동시켰다.

　이렇게 되면 캐물어 봤자 둘러댈 뿐이다. 루시아는 간단히 포기를 선택하고 이야기를 되돌리기로 했다.

　"……페르젠에 돌아가도 되는지, 그 이야기를 하고 있었다."

"그랬죠. 네, 상관없습니다. 페르젠 통치는 일단 루시아 여왕 폐하의 지시에 따르기로 하지 않았습니까. 폐하가 원하시는 대로 하세요."

"그럼 얘기는 끝이구나."

「무명」과 친하게 지내고 싶지 않은 루시아는 성큼성큼 걷기 시작했다. 그러나 떠나가는 루시아를 향해 「무명」이 말했다.

"그란츠에 빈틈을 보여서는 안 됩니다. 약해진 모습을 보인다면 사자는 반드시 달려들 테니까요. 늙었다고는 하지만 예리한 이빨은 쉽사리 심장을 뚫겠죠."

충고의 의미─ 그것은 잘 알고 있었다.

그란츠 대제국뿐만 아니라 루시아의 앞을 가로막는 벽은 많았다.

"그대야말로 위쪽만 쳐다보다가는 발이 걸려 넘어질 것이야."

"후후, 루시아 여왕 폐하도 **신변**을 조심하십시오."

묘하게 의미심장한 말이었지만 루시아는 어떤 괘념에 생각이 이르렀다.

"흥, 굳이 말하지 않아도 알고 있느니라."

역시 방심할 수 없는 인물이었다. 루시아는 고개를 돌려 쏘아보았다.

"쓸데없는 충고였던 모양이군요. 안심했습니다."

"그럼 나중에 보자꾸나."

루시아는 언짢은 기분을 숨기지 않고 크게 발소리를 내면서 떠나갔다.

그녀가 떠나는 모습을 지켜보던 「무명」은 다시 동쪽 하늘을 올려다보았다.

"이빨과 발톱의 충돌……."

자신의 몸을 끌어안았다. 따뜻한 바람에 휩싸여도 한기가 끊임없이 엄습했다. 조금 전에 「본」 무서운 광경을 떠올리고 「무명」의 입이 떨렸다.

"세계에 절망을 가져왔던 옛 왕, 멸하고 1000년이 흘렀어도 남은 힘은 건재하다니…… 정말로 두려운 존재입니다."

무시무시한 파괴력이 뇌리에 새겨져 있었다. 양자가 격돌했을 뿐인데 땅이 흔들리고 대지가 갈라졌다. 선명하고 격렬한 광경이 뇌리에 되살아날 때마다 심장이 경종을 울렸다.

그래도 열기는 오래가지 않았다. 이윽고 「무명」의 떨림은 멎었고 입가에 희미한 웃음이 그려졌다.

"결국은 과거의 유물에 불과하지만 말이죠."

「무명」은 시선을 떼고 두 번 다시 하늘을 올려다보지 않은 채 정처 없이 걷기 시작했다.

"후후후, 고고한 두려움의 존재— 그러나 몸을 잃은 지금은 「왕」이 될 수 없어요."

웃음소리만을 남긴 채 「무명」은 아지랑이처럼 윤곽을 일렁이다 사라졌다.

"세리아 에스트레야 전하, 왜 그러십니까?"

부르는 소리에 리즈는 동쪽 하늘에서 시선을 떼고 나란히 달리는 제4황군— 장미 기사단의 단장을 보았다. 그리고 주위를 둘러보니 많은 병사가 리즈를 에워싸고 수호하는 모습이 눈에 날아들었다.

그러자 세계의 소리도 돌아왔다. 애마의 발굽이 자갈을 밟는 소리, 고막을 진동시키는 바람 소리, 거기에 섞여 병사들이 연주하는 군화 소리와 절그럭거리는 갑옷 소리가 울렸다.

"아무것도 아니야."

리즈는 미소 짓고서 자신의 「눈」을 손등으로 비볐다.

최근 들어 눈에서 기묘한 위화감이 들었다. 때때로 안개가 낀 것처럼 시야가 흐려졌다. 세계가 어긋난 느낌이 들 정도로……. 시력이 떨어졌는가 하면 그렇지도 않았다.

오히려 예전보다 잘 「보이게」 되었다.

그런데도 가까운 곳보다도 멀리, 먼 곳보다도 가까이, 거리감을 알 수 없게 될 때가 있었다.

'2년 전쯤부터였나…….'

루카 마몬 드 울페스— 그녀와의 싸움 전후부터 변화는 찾아왔다.

그때부터 다양한 것을 눈으로 느낄 수 있게 되었다.

날씨 변화, 바람의 흐름, 공기의 무게, 미묘한 감정 차이, 피부로 느끼던 것들이 시각화되었다. 마치 말을 걸어오는 것처럼 세계가 자신의 「눈」에 뛰어들었다. 자는 동안에도 그랬다. 이 이상한 변화에 불안을 느끼고 로자 몰래 황궁의 전속 의사에게 진찰받은 적도 있었다.

하지만 거듭된 전쟁으로 신경이 예민해져서 그럴 것이라고 진단받았다. 아니면 다망한 탓에 눈에 피로가 쌓여서 그럴 거라고……

'피곤해서 그런 게 아니야. 신경이 예민해진 것도 아니야.'

지금도 느껴졌다. 멀리 떨어진 대제도에 있는 히로의 기척이 눈에 보였다.

확실하지는 않았다. 뿌옇게 안개 낀 경치 속에서 그의 존재를 느낄 수 있었다. 그러는가 싶다가도 햇빛이 비쳐 든 것처럼 갑자기 안개가 걷힐 때가 있었다.

선명한 광경이, 스카디와 히로가 충돌하는 영상이 뇌리에 흘러들었다.

'델리샤 성채에 도착하면 아우라와 스카아하에게 물어볼까……'

박식한 그녀들이라면 뭔가 알고 있을지도 모른다.

리즈의 눈에 일어난 이변에 대한 답을 줄 가능성이 컸다.

"둘 다 잘 지내고 있으려나……"

제3장 각각의 의도

그란츠 대제국— 황궁 베네자인.

알현실 근처에 재상의 방이 있었다. 그 실내는 황제의 방과 비교해도 소박했고 무미건조할 만큼 물건이 없었다.

전임자였던 기리시가 사치를 싫어했기 때문이 아니라, 현 재상인 로자가 그의 개인 물건과 남아 있던 세간을 전부 처분했기 때문이었다.

그래서 방에는 새로 만든 책상과 의자 외에 간이식 침대밖에 없었다.

실내 모습을 확인하던 히로는 중앙에 앉은 로자에게 다시 시선을 보냈다.

"재상의 방치고는 아무것도 없네."

"물건을 들여서 지내기 편해지면 이 방에 살아야 하잖아?"

업무와 사생활을 구별한다는 걸까. 혹은 로자 자신이 재상 자리를 별로 고집하지 않는 것처럼 여겨지는 발언이었다.

"그리고 여기에 오래 있고 싶진 않으니까. 되도록 켈하이트 가문의 저택에서 쉬고 있어."

저번에 왔을 때보다 경비가 엄중하다고는 하지만 상대는 몇 번이나 황궁을 습격한 자들이다. 안전을 생각하면 불안 요소는 많다. 그러나 멋대로 재상의 방을 개축할 수도 없었다. 켈하이트 가문의 저택처럼 함정을 깔 수도 없었다. 그쪽도 한

번 돌파당했지만 아무런 대책도 없는 것보다는 안심이 될 것이다.

"그보다 그런 곳에 서 있지 말고 앉지 그래?"

로자가 의자를 권해서 히로는 순순히 따랐다.

그리고—.

"무사히 재상이 된 모양이네. 축하해."

"고맙다고 해야 하나? 개인 재산을 많이 잃었어."

쓴웃음을 짓는 로자에게 히로는 그저 웃을 뿐이었다. 어딘가 서먹서먹한 두 사람 사이에 희미한 긴장감이 감돌았다.

아니, 오랜만에 히로를 만난 탓인지 로자가 굳어 있었다.

"훗…… 나답지 않군. 뭘 긴장하고 있는 건지."

그럴 만도 했다. 분명 로자는 히로에게 여러 가지로 따지고 싶을 터다.

분노, 슬픔, 기쁨, 다양한 감정이 뒤섞여 가슴속에서 날뛰고 있을 것이다.

욕이 날아와도 이상하지 않았지만—.

"우선 당신이 무사해서 기쁘게 생각해."

용서한 것이 아니라 타협을 택한 듯했다. 그녀의 표정에서 의연한 위정자의 태도가 보였다. 원래부터 아이처럼 빽빽거리는 여성도 아니었다. 늘 앞날을 생각하고 행동했다. 즉, 그녀는 자신이 유리해지도록 조금씩 사냥감을 몰아넣는 수단을 좋아했다. 뭘 꾸미고 있는지 알 수 없다는 섬뜩함이 히로의 등골을 차갑게 훑었다.

"당신이 없는 사이에 이런저런 일이 있었지만, 하나 보고해야 할 것이 있어. 당신과의 사이에서 생긴 아이는 숨겨둔 채 키우고 있어."

실제로는 태어나지도 않았지만 재상 자리를 손에 넣기 위해 필요한 거짓말이었으리라. 그녀답다고 생각함과 동시에 문득 불안이 히로의 가슴을 스쳤다.

"그렇구나…… 귀한 혈통의 목숨을 노리는 족속은 많으니까 지극히 타당한 이—."

히로가 의문을 입에 담기 직전에 로자가 입꼬리를 히죽 올렸다.

"언젠가 알게 될 거짓말이지만, 재상이 된 지금은 밝혀지더라도 영향이 적겠지. 중앙과 서방의 실권은 잡았고, 중추도 거의 장악했으니까."

"그건 다행—."

"그래, 정말로 다행이야. 제거 가능한 불안 요소니까."

로자는 히로의 말을 즉각 차단했다. 히로가 떠들 시간을 잠시도 주지 않았다.

"당신이 살아 있으니 책임을 져야 하는데, 각오는 되어 있겠지?"

사냥감을 단숨에 몰아넣는 노도와 같은 공격이었다. 날카롭게 꽂히는 눈길이 가면 밑에 있는 히로의 뺨에 한 줄기 땀을 흐르게 했다. 거절하고자 한다면 할 수는 있지만 두 사람 사이에 결정적인 균열이 생길 것이다. 향후를 위해서도 그건 피하고 싶으나, 이쪽의 죄를 인정해 버리면 평생 로자에게 꼼짝 못 하게 된다.

"홋, 뭐, 좋아. 「책임」은 반드시 져야 할 거야."

히로가 침묵을 관철하자 로자는 다정하게 표정을 누그러뜨렸다. 그것이 더 무서웠으나 히로는 뭐라고 말할 수 있는 처지가 아니었다. 한 번 배신한 것은 분명하니까.

"그리고 내게 「빚」을 졌으니 제대로 갚아 줬으면 좋겠군."

4개국 협의— 그 자리에서 대화를 원활히 진행하기 위해 로자는 철저히 진행 역이 되었다. 스카디는 로자가 눈치채지 못했다고 말했지만 그녀는 알면서도 광대가 되었을 뿐이었다. 전부 히로에게 빚을 지우기 위해. 그걸 회수하려고 이곳에 부른 것이다.

"아아…… 그렇지, 참. 슈타이센 공화국의 최고 의장 스카디 공에게서 조금 전에 서신이 도착했어."

"뭐래?"

"이번 협의에서 결정된 일은 본국에 돌아가는 대로 이행하겠다더군. 굳이 전달하다니 성실하기도 하지. ……그런데 무슨 짓을 한 건가?"

"조금 이야기를 나눴을 뿐이야. 여러 가지로 불안해하던 것 같았으니까."

그렇게 둘러대면 더 궁금해지는 것이 사람의 심리다.

로자 또한 예외는 아닌 것 같았으나 그런 사소한 일로 「빚」이나 「책임」을 내세울 수는 없을 것이다. 비장의 카드를 하찮은 일에 쓰지 않을 터. 히로는 쓴웃음을 짓고 나서 성실한 표정을 꾸몄다.

"……할 얘기라는 건 뭐야?"

지금까지 한 대화는 본론으로 들어가는 입구에 불과하다. 로자 자신이 유리한 위치에 서기 위한 책략.

스카디 이야기는 덤이었다. 방심을 유발하고 경계심을 없앤다. 운이 좋으면 약점도 잡고 싶었겠지만 역시 「의리」만으로 거기까지 양보할 수는 없었다.

"그 전에 가면을 벗어 주지 않겠어?"

히로는 로자의 바람대로 가면을 벗었다.

온화한 얼굴이 드러났다. 2년 전과 변함없는— 아니, 장엄하게 빛나는 오른쪽 눈을 알아차렸는지 로자는 슬프게 눈을 내리뜨고서 뭐라고 말하려 했지만 작게 고개를 가로저었다.

"……그편이 좋아. 가면을 보고 말하는 것보다 훨씬 가깝게 느껴지니까."

분위기를 밝게 만들기 위해 명랑하게 웃은 로자는 팔짱을 껴 풍만한 가슴을 강조했다.

색기가 통용되지 않더라도 자신의 무기를 최대한으로 사용했다. 숙달된 기술이라는 생각이 들 만큼 자연스러운 동작이었다.

"그럼 단도직입적으로 말할게. 협력해 줬으면 하는 일이 있어."

"협력?"

"이번 페르젠 탈환에 협력해 줬으면 해."

"······그건 내게 이득이 있는 얘기일까?"

사사로운 감정을 따른다면 페르젠 탈환에 참전할 수는 있다.

그러나 참전해 봤자 바움 소국에는 아무런 이익이 생기지 않는다.

페르젠 탈환은 어디까지나 그란츠 대제국의 자존심을 되찾는 싸움이니까.

그리고 바움 소국은 영토 확대를 바라지 않는다. 떨어져 있는 페르젠 땅을 일부 받는다고 해도 난감해질 뿐이리라.

'아아, 하지만 「개인적」으로는 페르젠에 볼일이 있어······.'

그러나 로자가 히로의 「개인적」인 용건을 알 리도 없었다. 그렇다면 여기서 「빚」이나 「책임」을 꺼낼까. 그렇게 생각하고 히로는 준비했지만······.

"믿을 만한 일손을 파견하겠어. 나투어와 떨어진 땅에서 뭔가 만드는 것 같던데. 협의 중에 「소인족」을 받아들이겠다고 해서 대충 감을 잡았지."

히로는 조용히 뒷말을 재촉했다. 로자는 사냥감을 노리는 맹금류처럼 날카롭게 눈을 빛냈다.

"그 밖에도 리히타인 공국으로부터는 광산을 빌린 듯하고······ 슈타이센 공화국의 이번 내란은 주인의 생각대로 일이 진행된 모양이야. 아무런 이득도 없이 중개자로 불려 나와 가장 손해 보는 역할을 하나 싶었는데 최종적으로 바움 소국이 제일 이득을 보고 있어."

"과연······ 여전히 감이 좋구나."

무마하는 것은 간단하다. 추태를 부리면 된다. 하지만 그것은 교섭 실패를 의미했다. 히로는 팔을 벌리고 당당히 가슴을 펴고서 짙게 웃었다.

　"거기까지 알고 있다면 숨길 필요 없겠지. 확실히 나는 「장인」과 「일손」이 필요해. 하지만 그건 이번 4개국 협의로 해결했어. 그란츠 대제국이 도와줄 건 없어."

　히로가 그렇게 말하자 로자가 즐겁게 목을 울렸다.

　"주인, 원래는 그쪽에서 제안해야 할 것을 이쪽에서 제안하고 있어. 괜한 눈치 게임은 필요 없으니 솔직해지는 게 어때?"

　로자가 어디까지 정보를 아는지 궁금했지만 정확하게 바움의 내정을 파악하고 있을 가능성이 컸다. 2년 사이에 바움 소국은 사람의 왕래가 잦아졌다.

　정보 제공자는 드나드는 상인일까. 나름 엄선했는데 다시 생각할 필요가 있는 듯했다. 그에 관해서 화는 나지 않았다. 굳이 따지자면 상대의 역량을 잘못 본 자기 자신에게 화가 났다.

　"……알겠어. 그럼 솔직히 말할게."

　정보가 샌 것은 이쪽의 실수다. 그렇다면 수정해야 한다. 본래 코스로 돌아가기 위해 그녀를 끌어들이는 것이다. 도망칠 수 없는 길로 보내게 되리라. 그 각오는, 그녀의 눈을 보니 알 수 있었다. 그렇다면 거리낌 없이 로자를 공범자로 만들자고 히로는 결심했다.

　"물자가 부족해. 그란츠 대제국 측에서 원조해 줬으면 좋겠어. 그리고 일손도. 그걸 약속한다면 바움 소국은 그란츠 대제국을 전면적으로 지지할 거고, 페르젠 탈환 계획에도 참가하겠어. 바움— 아니, 나 「개인」은 아낌없는 협력을 약속할게."

일단 말을 끊은 히로는 입꼬리를 올렸다.

"북방 견제에 「흑진왕」의 이름을 이용해도 좋아."

로자는 눈을 크게 떴지만 바로 의미를 이해했는지 못되게 웃었다.

"홋…… 교섭 성립이군. 그럼 하나 더, 내 「개인」 권한으로 레벨링 왕국에서 오는 물자는 검사하지 않고 통과시키기로 하지. 대량의 「찻잎」밖에 없으니 쓸데없는 수고는 덜고 싶어."

"고마워. 나중에 서면으로 정리해서 다시 문관을 파견할게."

히로는 일어나 방을 나가려고 했다. 그 등을 향해 로자가 말했다.

"주인, 나는 재상이 됐어. 그란츠 대제국의 재상이야. 개인의 힘은 약하지만 직함만큼은 강하다고 자부해. 2년 전에는 미덥지 못했을지도 모르지만 지금은 달라. 의지해도 돼."

"……검토해 볼게."

히로는 가면을 쓰고 작게 고개를 끄덕였다.

"리즈도 그걸 바라고 있어. 2년간 그 아이는 아름다워졌고, 늠름해졌고—"

로자는 숨을 들이쉰 뒤 뭔가를 선고하듯 간격을 두고서 말을 꺼냈다.

"—리즈는 주인보다 강해졌어."

단정. 오늘 이곳에서 히로와 만난 로자가 무엇을 보고, 무엇을 가지고서 그렇게 느꼈는지는 알 수 없다. 하지만 로자는 히로보다도 리즈가 더 강하다고 판단했다.

히로는 입을 열려다가 천장을 보고 곧장 바닥으로 시선을 떨어뜨렸다.

"그럼 됐어……. 기쁜 일이야."

"페르젠에 가면 그 아이를 한번 보도록 해. 분명 깜짝 놀랄 거야."

"그래, 기대할게."

무뚝뚝한 반응이 재미없는지 로자는 입을 삐죽하고서 의자에 깊이 앉았다. 그렇게 히로의 등을 바라보고 있었지만 그가 움직임과 동시에 짓궂은 계획을 떠올린 표정을 지었다.

"오늘은 자고 갈 건가?"

"응…… 응?"

히로는 허를 찔리고 깜짝 놀라서 돌아보았다.

장난에 성공한 아이처럼 순진무구하게 활짝 웃는 로자가 있었다.

"아직 유효 기한은 지나지 않았어."

"오늘은 그만둘게. 감시하는 「눈」이 있으니까."

히로가 자신의 눈을 가리키자 로자는 아쉽다는 얼굴로 탄식했다.

"그런가…… 무녀공주가 있었군. 나도 남한테 보여주는 취미는 없어. 즐거움은 다음으로 미루지."

"그래 주면 고맙겠어. 그럼 나는 의심받기 전에 실례할게."

"그래, 또 봐."

로자의 상냥한 말을 들으며 히로는 방을 나갔다.

손을 뒤로 돌려 방문을 닫고 보니 촛대에 놓인 연약한 촛불이 복도를 비추고 있었다.

어둠을 완전히 몰아내지는 못해도 불꽃은 끊임없이 타올라 복도를 밝혔다.

그래도 불빛이 닿지 않는 곳은 존재했다. 히로는 깊은 어둠이 서린 복도 구석을 보았다.

"아직 안 돌아갔어?"

히로의 목소리에 반응하듯 어둠이 일렁였다.

이윽고 그곳에서 낯익은 여성이 천천히 나왔다.

무녀공주였다.

그녀는 고개를 숙이더니 진지한 얼굴로 입을 열었다.

"「흑진왕」 폐하께 말씀드리고 싶은 이야기가 있어서 내일 출발하기로 했습니다."

"내 방에서 들을까?"

히로는 신묘한 그녀의 태도를 보고 주위의 기척을 살폈다. 수상한 기운은 느껴지지 않으나 그쪽 기술은 무녀공주가 더 뛰어났다.

"아뇨, 지금은 듣는 이가 아무도 없으니 괜찮습니다. 무엇보다 그렇게 시간을 뺏을 순 없죠."

그녀가 그렇게 말한다면 믿을 수밖에 없다. 이동해서 쓸데없이 시간을 낭비하기도 싫었다. 무엇보다 히로가 불안해하든 말든 그녀의 「눈」이 틀리는 일은 없었다.

"……그래. 그럼 얘기를 듣지."

히로는 벽에 등을 기대고 무녀공주에게 시선을 옮겼다.

등을 곧게 펴 자세를 바로 한 무녀공주는 말을 고르듯 천천히 목소리를 냈다.

"리즈 님에게서 징조가 보입니다. 아마 곧 개안할 거예요."

"……그렇구나. 하지만 비관할 일은 아니야. 오히려 환영할 일이지."

"조금 전에 「보고」 있었는데, 「흑진왕」 폐하는 페르젠으로 가시려는 거죠? 그렇다면 한번 리즈 님을 뵙고 확인하는 게 좋지 않을까요?"

역시 로자와 만나는 것을 본 모양이다. 당당히 자백하니 아무 말도 할 수 없었다. 게다가 반성하는 기색도 없이 당연하다는 듯 이야기해서 후련한 기분이 들었다. 히로는 쓴웃음을 짓고 고개를 가로저었다.

"……아니, 특별히 문제가 있는 건 아니야."

어느 쪽이 개안할지 궁금하기는 하지만 굳이 확인할 필요도 없는 일이었다. 이로써 유일한 걱정거리가 사라졌다.

"덕분에 확실해진 게 있어."

"무엇인가요?"

"그란츠 정통의 증명, 그녀야말로 틀림없이 알티우스의 후손이야."

히로는 벽에서 몸을 떼고 짙게 웃으며 외투를 나부꼈다.

"무녀공주, 난 페르젠에 가겠어. 뒷일은 맡길게."

바닥을 밟으면서 걷기 시작한 히로의 등을 향해 무녀공주는 깊이 머리를 숙였다.

"알겠습니다. 마음껏 힘을 발휘해 주세요."

불안, 걱정, 심려, 무녀공주의 음성에서 다양한 감정이 느껴졌지만 그래도 그녀는 붙잡으려 들지 않았다. 꾸며낸 말에 히로가 멈출 리 없음을 알기 때문이다. 그녀가 걱정하는 마음도 이해했다. 페르젠에는 좋게도 나쁘게도 신세 진 사람이 많이 있으니까.

"그래, 조금 「빚」을 갚고 올게."

*****

여름은 끝물에 들어섰으나 그래도 강한 햇살은 한여름과 다르지 않았다.

중앙에 비해 서방은 그래도 시원한 편이다. 하지만 그런 사소한 기온 차이를 느낄 수 있는 자는 극소수였다. 설령 다소나마 시원하다고 해도 땀은 멎지 않았고 여름은 여름대로 겨울은 겨울대로 다를 것이 없었다.

두 지역의 차이라고 하면 생업이리라. 중앙은 농업이 활발했고 서방은 무명베와 참깨의 특산지였다. 그 밖에 말 육성에도 힘을 쏟아서 역마차 등은 서방산이 많이 쓰였다.

그 외에도 중앙과의 차이가 하나 더 있었다.

서방은 늘 타국과 인접해 있었고 자연 방벽이 존재하지 않기에 소규모 분쟁이 빈발했다. 그래서 국경에는 많은 성채가 세워져 국토를 지켰다.

그중에 델리샤라고 불리는 성채가 있었다.

델리샤는 페르젠과의 국경 바로 앞에 있는 굳건한 성채로 그란츠 대제국 방위의 열쇠였다. 현재는 페르젠 탈환 계획의 주요 거점 중 하나로서 사용되고 있었다.

제국력 1026년 9월 4일.

그란츠 대제국의 제6황녀— 황제 대리 리즈가 델리샤 성채에 도착했다.

성채에 사는 그란츠 국민이 리즈를 환영했고 많은 귀족 제후가 인사하러 왔다.

델리샤 성채는 가벼운 축제 분위기에 휩싸여 있었으나 사령부에는 무거운 공기가 가득했다.

"아우라, 스카아하, 오랜만이야. 잘 지냈어?"

사령부에 들어간 리즈는 맞이해 준 두 사람에게 웃으며 인사했다.

리즈의 출현, 그것뿐인데도 방에 충만했던 음울한 기운이 청량감을 주는 온화한 기운으로 변했다.

"아우라는 조금 키가 큰 것 같은데?"

"……전혀 안 자랐어."

아우라는 불만스럽게 입을 삐죽이며 말했다. 2년 전과 다름 없이 작은 몸집—「소인족」의 피라도 섞여 있는 것은 아닌지 의심이 들 만큼 성장하지 않았다.

정말로 리즈보다 나이가 많은지 미심쩍었다. 군복도 소매 길이가 맞지 않아 늘어져 있었다. 일단은 여성용을 준비했으나 그래도 아우라에게는 너무 컸다. 아동용 군복은 존재하지 않으니 원래는 주문 제작으로 만들어야겠지만 당사자가 여성용 군복을 좋아해서……라는 것은 구실이고, 아직 성장 도중이라며 소매는 긴 편이 좋다고 우기고 있었다.

리즈는 어린아이 같은 일면을 남긴 아우라를 보고 웃은 후, 그녀 옆에 선 스카아하에게 얼굴을 돌렸다.

"스카아하는…… 기운 없어 보이네? 무슨 일 있었어?"

스카아하는 어딘가 어두운 분위기를 휘감고 있었다.

주위 사람들과 비교해도 차이를 알 수 있을 만큼 무거운 분위기가 그녀를 짓누르고 있었다.

"아니, 아무 일도 없어. 왜 그런 질문을 하지?"

헛웃음을 한 번 짓고서 스카아하는 연약한 미소를 입가에 머금었다.

리즈에게 걱정 끼치지 않으려고 억지로 만든 미소임을 알 수 있었다.

리즈는 추궁하려고 했지만 아우라가 의아한 얼굴로 자신을 보고 있음을 깨달았다.

거기서 이해했다. 자신이 또 「보고」 말았음을…….

리즈는 웃음으로 얼버무리고 고개를 흔들었다.

"기분 탓이었나 봐. 미안해."

"훗, 드디어 왕가 재흥의 조짐이 보이기 시작했어. 침울해하고 있을 여유 따위 없지. 오히려 기분은 고양되어 있어."

살짝 말이 빠른 것에서 스카아하의 불안이 보였다. 역시 뭔가를 숨기고 있음이 명백했지만 다른 사람들은 스카아하의 이변을 눈치채지 못한 듯했다.

사소한 변화─ 아주 잠깐 나타나는 것이라, 「보이는」 리즈조차도 착각인가 생각할 만큼 스카아하는 교묘하게 숨기고 있었다.

"그것도 그러네. 마침내 스카아하의 꿈이 이루어지려 하고 있으니 말이야."

살피는 듯한 리즈의 시선을 느꼈는지 스카아하는 얼굴을 살짝 숙이고 팔짱을 꼈다.

"뭐, 걱정이 없는 건 아니지만."

고집스럽게 듣지 않으려고 했다. 그녀의 완고한 성격을 생각하면 이 이상 떠보는 건 위험했다. 마음을 닫아 버릴 가능성도 있었다. 단둘이 됐을 때 깊이 이야기를 나누는 편이 좋겠다고 순식간에 생각을 정리한 리즈는, 바로 사고를 전환한 뒤 아우라에게 다시 시선을 보냈다.

"역시 페르젠에 개입할 실마리가 안 보여?"

"응. 어려운 상황이야. 이제 와서 여섯 나라는 물자 배급을 늘리고 있어."

지금까지 페르젠 서쪽만 중시하던 여섯 나라가 최근 들어 동쪽에 배급을 개시했고, 치안 유지와 함께 파괴된 마을 재건에 힘쓰며 페르젠 백성들의 지지를 모으고 있었다.

"그래도 틈은 있어."

아우라는 리즈에게 등을 돌리고서 참모들이 에워싸고 있는 책상으로 향했다.

리즈는 아우라와 떨어져 상석으로 향했다. 의자에 도착하여 차렷 자세로 책상을 둘러싼 참모들을 보았다. 긴장한 얼굴로 경례하는 참모들에게 반례하고 착석했다. 그 모습을 확인한 아우라가 지도상에서 여섯 나라 중 하나인 티그리스국이 다스리는 세난 지방을 가리켰다.

"티그리스국은 「이장족」으로만 구성된 국가야. 여섯 나라 중에서도 「인족」 멸시가 심한 나라이기도 해. 그건 페르젠에서도 변함없어. 오만한 대응 때문에 각지에서 큰 반발이 일어나고 있어."

아우라는 담담히 상황을 설명해 나갔다.

"여섯 나라는 이 상황을 타개하기 위해 앙귀스에서 파견한 인물을 새로운 지휘관으로 앉혔지만, 인종 차이 때문에 조정이 제대로 되지 않아서 지휘 계통은 혼란스러워."

"즉, 우리한테는 좋은 기회구나⋯⋯. 세난 주민들의 탄원은?"

"페르젠 해방군 쪽으로 와 있어. 대의와 명분은 이로써 갖춰졌어. 세난 지역을 발판 삼아 페르젠 전역으로 손을 뻗쳐 나가는 거야."

지도에 새로운 말을 둔 아우라는 리즈를 보았다.

"이미 5대 장군 중 한 명— 카인 대장군에게 제1군 3만을 맡겼고, 페르젠 해방군의 협력하에 침공을 개시한 상태야. 어제 온 보고에 의하면 성채 셋과 도시 둘을 해방했어."

아우라의 이야기를 듣고 리즈의 가슴에 의문이 싹텄다.

지도를 훑어보면서 의문의 답을 찾으며 입을 열었다.

"카인 대장군은 언제 출발했어?"

"엿새 전에."

그 짧은 기간에 성채 셋과 도시 둘을 함락했다. 세난 지방의 절반에 달했다.

아무리 5대 장군이 이끌고 있다지만 너무 경이적인 속도였다.

"상대가 저항하지 않은 거야?"

리즈가 말하자 아우라가 긍정했다.

"적측은 싸우지 않고 제1군이 보이기만 해도 도망간대. 함정일 가능성도 있으니 신중히 행군하라고 지시하긴 했지만…… 현재로서는 아무 일도 안 일어나고 있어."

적군이 연승하도록 해서 방심을 유도하는 책략은 있다. 아무리 많은 훈련을 했어도 계속 승리하면 기세를 타면서 긴장감은 끊어지고 태만이 싹튼다. 그렇게 해이해졌을 때 공격하면 5대 장군이 이끌고 있어도 군대를 재정립하기 어렵다. 일단 행군을 정지시키고 상황을— 거기까지 생각한 리즈의 뇌리에 아까 아우라가 한 이야기가 스쳤다.

"……「인족」을 위해 싸울 생각이 없는 걸지도 모르겠네."

여섯 나라에 있는 티그리스 본국과 페르젠의 세난 지방은 너무 멀리 떨어져 있다. 그런 장소를 자기 영토라고 여기기에 2년이라는 세월은 짧았다.

무엇보다 지휘관이 「인족」으로 바뀌었다면 사수하라고 명령해도 자존심 강한 「이장족」이 순순히 따르지 않을 것이다. 그렇지 않더라도 지휘 계통의 혼란이 계속되고 있다면 리즈의 예상은 현실미를 띤다.

아우라의 생각은 어떤지 궁금해서 리즈가 시선을 보내자 그녀는 만족스럽게 고개를 끄덕였다.

"맞아. 함정은 없어. 그래서 지금은 후방을 신경 쓰지 않고 닥치는 대로 티그리스와의 교전을 허락하고 있어. 오늘 중으로 제2군을, 이틀 후에 제3군을 보내 끊임없이 침공해서, 한 달 후에는 페르젠 구왕도인 스큐에를 그란츠 본대가 점령하여 서쪽 지역을 감독하는 게 목표야. 그러면 페르젠 동쪽은 그란츠가 되찾을 수 있어."

탁탁, 경쾌한 소리를 내며 아우라가 말을 놓았다.

"이번에는 시간과의 싸움이야. 그래서 병참은 최단 루트를 골라 재구축했어. 전에 쓰던 진로는 앞으로도 미끼로 활용할 생각이야."

리즈는 아우라의 이야기를 다 듣고 문제가 없는지 다시금 머릿속으로 계획을 정리했다.

아우라는 그런 리즈를 믿음직하다는 듯 바라보며 잘라 말했다.

"아마 여섯 나라는 동쪽을 버릴 거야."

원래부터 페르젠 동쪽은 치안이 악화되어 불안정했다.

걸리적거린다면 잘라내는 것이 낫다. 여섯 나라가 이 싸움을 장기전으로 보고 있다면 페르젠 동쪽을 완충 지대로 이용하여 군비를 갖추고 다시 쳐들어올 터다.

리즈는 스카아하를 걱정스럽게 한 번 봤다가 입을 열었다.

"그렇겠지…… 듣기로 동쪽은 오랫동안 방치됐던 것 같고, 전쟁터가 되면 여섯 나라는 가치를 못 느끼고 버릴 거야. 물자가 반입되고 있다고는 하지만 지금이라면 아직 손해는 적어."

앞으로 그란츠가 통치할 것을 생각하면 이 이상의 혼란을 피하고 치안 개선에 착수하는 편이 좋았다. 세난 지방을 되찾더라도 도적이나 산적이 횡행하는 곳에 사람들은 돌아오지 않을 테고 반란이라도 일어나면 차마 눈 뜨고 못 볼 참사다.

"응, 페르젠 백성은 거의 한계야. 향후 원활한 통치를 위해서도 가장 짧고 빠른 길로 페르젠을 탈환해야 해."

아우라의 말이 끝나기를 기다리고서 리즈는 스카아하에게 진지한 눈길을 보냈다.

"한 번만 더, 이게 마지막 확인이야."

뜸을 들이듯 최대한 스카아하에게 생각할 시간을 주며 말을 자아냈다.

"페르젠을 탈환한 후에는, 정말로 괜찮은 거지?"

"그래…… 문제없어."

스카아하는 깊이 고개를 끄덕이고 자조적으로 웃었다.

"페르젠 왕가의 생존자라고는 하지만, 부모와 형제자매를 죽인 원수를 다시 불러들인 왕녀야. 누구도 나를 받아들여 주지 않겠지. 페르젠 왕가를 재흥시킨 뒤에 옥좌는 다른 이에게 양도할 생각이야."

스카아하가 그란츠 측에 제시한 페르젠 탈환의 조건이었다.

중앙 대륙의 패자라고 칭송받는 그란츠라도 무상으로 전쟁을 할 수는 없다.

가장 먼저 돈, 막대한 전쟁 비용을 스카아하 개인이 가지고 있을 리 없었다. 대신할 수 있는 것이라고는 페르젠 왕녀라는 지위뿐이었다.

그래서 스카아하는 페르젠 왕가를 담보로 삼아 페르젠을 탈환한 후에, 그 피가 흐르는 자를 옥좌에 앉힘으로써 그란츠에 지배권을 양도하기로 했다. 그 조건이 있어서 그란츠의 귀족 제후는 무거운 엉덩이를 들고 이번 페르젠 탈환에 협력하고 있었다.

"알겠어. 전력을 다해 페르젠을 되찾자."

아무리 마음 아파도 사사로운 감정은 버려야 한다.

그란츠 대제국의 황제가 되려는 자가 동정만으로 움직이는 것은 금기다.

"고맙군. 나도 아낌없이 힘을 발휘하겠어."

깊이 머리를 숙이는 스카아하에게 리즈는 건넬 말을 찾을 수 없었다.

*****

"호오…… 그란츠가 티그리스부터 공격했나."

보고를 들은 루시아는 유쾌하게 미소 지었다.

"그란츠 놈들도 잘 아는군. 역시 「이장족」부터 공격해야지."

"웃을 일이 아닙니다. 모처럼 페르젠 동쪽이 안정되나 싶던 차에 일어난 일이니까요."

측근인 청년 장교 셀레우코스는 그렇게 말했지만 루시아의 부하인 만큼 그도 이 상황을 즐기고 있었다. 그의 말에서는 「이장족」에 대한 희미한 조소가 배어났다.

"그란츠의 기세가 대단한 모양이라 이미 동쪽의 절반은 점령됐다고 봐도 될 겁니다."

"티그리스 녀석들이라면 어차피 내빼고 있겠지."

"그렇긴 합니다만 이해할 수가 없습니다. 도망칠 거면 왜 세난 지역을 점령한 걸까요. 적잖은 자금이 동쪽에 투입되고 있을 텐데요."

셀레우코스가 하고자 하는 말도 이해가 가지만 루시아는 티그리스의 행동이 정답이라고 생각했다. 상황만 보면 한심하다고 할 수 있으나 실로 현명한 판단이었다. 이기지 못하면 쓸데없이 자국 병사를 줄일 뿐이다. 그렇다면 욕을 먹더라도 도망쳐서 승산이 생길 때까지 후퇴하는 것이 바람직하다.

무엇보다 페르젠에 정이 들기에는 점령한 기간이 얼마 안 되었고 많은 자금이 투입되지도 않았다. 「돈」과 「목숨」 중에 무엇이 중요하냐고 묻는다면 후자다.

"그보다 그란츠 대제국의 수는 얼마나 되지?"

"현재 침공 중인 수는 제1군 3만, 제2군 4만으로 합계 7만이라는 대군입니다. 그리고 제3군과 본대가 남아 있지만 수는 불명입니다. 추측건대 10만은 가볍게 넘겠죠."

"그 정도 수를 잘도 모았구나."

역시 국토와 인구의 차이는 뒤집기 어려운 듯했다.

2년 전의 충돌로 그란츠 대제국의 피해는 막대했을 터인데 고작 2년 만에 이 정도 수를 갖추다니, 여전히 서로 삐걱거리는 여섯 나라 측으로서는 한없이 부러웠다.

"슈타이센 공화국이 일단 잠잠해졌으니 후방을 걱정할 필요가 없어졌다고 판단한 거겠죠. 그란츠 동방이 군대의 중심이 된 모양이지만 남방 병사가 많은 것 같습니다."

"이대로 조용히 보고만 있기도 아니꼽구나."

이 상황을 방치할 수는 없다. 뭔가 수를 쓰지 않으면 페르젠은 눈 깜짝할 사이에 그란츠 색으로 모조리 뒤덮일 것이다. 하지만 그란츠를 격퇴하고 싶어도 여섯 나라가 보조를 맞추지 못하면 각개 격파당하고 끝날 뿐이다.

원군을 보내 봤자 티그리스가 계속 도망친다면 소중한 병사들을 헛되이 죽이게 된다. 앙귀스가 움직이려면 티그리스 쪽에서 먼저 원군 요청을 보내야 하지만 「이장족」의 자존심을 생각하면 「인족」에게 도움을 구하지는 않을 것이다.

연합 국가의 폐해……라기보다 「이장족」과 「인족」의 불화 때문이라고 해야 했다. 긴급 시에도 종족의 벽이 존재한다는 사실에 루시아는 넌더리가 났다.

"태평한 행동일지도 모르지만 기다릴 수밖에 없겠구나. 일단 티그리스에 파발을 보내라."

"알겠습니다. 그리고 단편적인 정보지만 바움 소국의 왕이 그란츠 서방으로 향했다는 보고도 올라왔습니다."

"호오……."

2년 전에 미처 끝장내지 못했던 히로 제4황자의 얼굴이 루시아의 뇌리에 떠올랐다.

가짜 「죽음」과 왕의 「탄생」 시기를 생각하면 십중팔구 그가 틀림없다.

"이번 싸움에 참전할 생각일지도 모릅니다. 그렇다면 귀찮아질 겁니다. 그의 환심을 사면 무녀공주의 호감도 살 수 있으니 그란츠의 귀족 제후에게는 천재일우의 기회…… 이웃 나라에는 별로 기쁜 일이 아니지만요."

바움은 「정령왕」의 가호를 얻은 나라다. 섣불리 건드리면 「왕」의 노여움을 산다. 안 그래도 영향력이 강한 나라였다. 혼란을 틈타 바움을 공격하거나 그란츠에 쳐들어가는 어리석은 짓을 저지르는 자는 없을 것이다. 한동안은 철저히 상황을 지켜볼 터다.

"거기에 그란츠 대제국 5황군의 정예 부대인 「금사자 기사단」, 「황흑 기사단」, 「장미 기사단」까지 있으니, 진심으로 페르젠을 탈환하려는 거겠죠."

"그렇구나……."

멸망한 나라— 황폐해진 곳을 되찾는 데 투입하기에는 조금 거창한 전력이었다. 확실히 페르젠이 원래대로 돌아오면 많은 이익이 생길 것이다. 그러나 그것은 내일이나 내일모레 이야기가 아니라 안정되고 10~20년의 세월이 흐른 뒤의 이야기다. 그란츠 측에 대의명분이 있다고 해도 필사적으로 되찾으려 할 만한 매력이 지금의 페르젠에 있다고는 도저히 생각되지 않았다.

"뭔가 신경 쓰이는 점이라도 있으십니까?"

"아니, 그란츠는 어디까지 보고 있을까 싶어서 말이야."

"페르젠 탈환 아닙니까?"

"틀렸다."

부채로 지도를 때린 루시아는 턱을 쓰다듬었다. 그란츠가 무슨 생각을 하고 있는지 상대방의 입장이 되어 사색했다. 다양한 정보를 대조하며 지도상에 말을 놓았다가 치우고 처음부터 다시 했다.

온전히 집중하여 똑같은 동작을 반복하는 루시아를 셀레우코스는 눈을 동그랗게 뜨고 지켜보았다.

이윽고 루시아는 움직임을 멈추고 바닥에 말을 버리더니 의자에 등을 기댔다.

"녀석들은 기세를 몰아 여섯 나라를 침공할 생각이야."

"설마요……. 페르젠을 되찾더라도 할 일이 태산입니다. 한다고 해도 병참선이 너무 길어져요."

"10만 이상의 병력에 맞춰서— 그란츠의 정예 5황군까지 움직였고, 거기다 바움의 왕까지 끄집어냈어. 그렇게까지 전력을 갖춰 놓고 페르젠만 탈환하기는 아쉽지."

침을 꼴깍 삼킨 셀레우코스는 믿을 수 없다는 표정으로 조금 전까지 루시아가 사용했던 지도를 바라보았다. 만약 루시아의 말이 현실이 된다면 여섯 나라는 몹시 위험한 상황에 내몰린다.

"그란츠도 여섯 나라를 깡그리 멸망시킬 작정은 아닐 것이야. 트라반트 산맥 너머에 있는 그라이프국은 현실적으로 어렵지만, 에젤국을 점령하고 완충 지대로 삼아 페르젠을 완전한 지배하에 둘 생각일지도 모르지."

"에젤이 함락되면……."

"그래. 여섯 나라는 연대할 수 없게 돼. 그라이프와 앙귀스는 완전히 고립되겠지."

여섯 나라의 강점은 연합 국가라는 점이다. 그 강점을 잃으면 일국의 전력은 보잘것없다. 그란츠 대제국을 상대로 혼자 싸울 수 있는 나라는 존재하지 않는다.

"곰곰이 생각해 보면 여섯 나라는 페르젠이라는 벽이 있었기에 살아남을 수 있었던 것일지도 모르겠구나."

"이대로는…… 위험하지 않습니까?"

마침내 핵심에 생각이 미쳤는지 셀레우코스는 늘 짓고 있던 웃음을 감추고 지도를 빤히 바라보았다. 그런 그의 모습이 재미있어서 루시아는 무심코 웃고 말았다.

"큭큭, 위험하지. 이대로 방치한다면 말이다."

티그리스가 페르젠에서 철수하는 길을 택한다면 최악이다.

「이장족」은 머리 회전이 빠른 탓인지 판단을 빨리 내린다.

고결한 피를 야만족의 피로 더럽힐 수는 없다. 그런 하찮은 이유로 철수할 수도 있다.

그렇게 되면 다른 나라들도 도망치기 시작할 가능성이 크다.

여섯 나라 중에서 도망칠 수 없는 곳은 통일왕의 나라인 그라이프와, 페르젠과 면한 에젤이다. 그리고 에젤이 함락되면 곤란한 루시아의 앙귀스다.

"3개국의 군세를 합쳐도 5만이 안 돼. 심지어 한곳에 모여 있지도 않고 페르젠 각지에 흩어져 있지."

그란츠가 여섯 나라의 내정을 안다면 공격은 더욱 격렬해질 것이다.

아니— 이미 여섯 나라의 상황을 파악했을 가능성이 크다.

"그란츠는 10만 이상을 데려왔어. 진지하게 여섯 나라를 멸망시킬 생각인 게야."

"저희끼리 정면으로 대군에 맞서도 승산은 없습니다."

"아무 대책도 없다면 그렇겠지."

루시아는 묵고했다. 여러 책략을 머릿속에 그리며 모색했다.

지금 필요한 것은 여섯 나라가 살아남는 길— 아니, 연합 국가를 좀먹는 「이장족」을 진지하게 임하도록 만들 최적의 책략이다. 그러면서 그들을 따돌릴 만한 통쾌한 책략이 필요했다. 이것은 통일왕에 다가갈 좋은 기회이기도 했다. 내던질 수는 없다. 복잡하게 뒤얽힌 실을 풀어내듯 지금까지 모인 정보를 정밀히 분석하여 루시아가 도출한 답은—.

"흠…… 두 가지 계책이 나왔구나."

부채로 가볍게 책상을 친 루시아는 막힘없이 말을 꺼냈다.

"먼저 시간을 번다. 그리고 「무명」에게 전령을 보내서 증원을 부탁하기로 할까."

"증원은 이해가 가지만 어떻게 시간을 번다는 겁니까? 티그리스, 스콜피우스, 울페스는 도움이 안 될 겁니다."

셀레우코스가 말한 세 나라는 「이장족」이 지배하는 곳이었다.

페르젠 동쪽을 주로 지배하고 있었고, 그란츠와 싸우지 않고 제일 먼저 도망치고 있는 녀석들이었다. 루시아가 싸우라고 지시해 봤자 순순히 따르지 않을 것이다.

그렇다면 그런대로 이 상황을 최대한 이용할 수밖에 없다.

"구왕도 스큐에까지 그란츠에게 내주기로 하지."

계속 도망치는 데도 한계가 있다.

그 한계점은 페르젠 서쪽으로 가는 입구— 구왕도 스큐에일 것이다.

열심히 거기까지 도망치게 해서 그란츠군을 유도하는 것이다.

"그다음에는 그란츠의 움직임을 둔화시킨다."

루시아는 앙귀스가 지배하는 지역을 부채로 가리켰다.

셀레우코스는 그 동작만 보고도 눈치챘는지 즐겁게 웃었다.

"……아아, 페르젠 백성을 이용하여 교착 상태를 만드는 거군요."

"그렇지. 그란츠가 다시 페르젠 백성을 핍박하러 왔다고 유포해라. 대의가 없으면 군대는 의미를 이루지 못하고, 명분이 없으면 인심은 모이지 않아."

"그럼 교착 상태에 빠진 사이에 각지에 흩어져 있는 군세를 집결시키는 겁니까?"

"그래, 페르젠도 광대한 영지다. 기세를 탄 지금은 괜찮겠지만 안정되면 각지에서 큰 문제가 여럿 생길 것이야. 그걸 이용해 그란츠의 전력을 감소시킨다."

"알겠습니다. 그쪽 준비도 진행해 두겠습니다."

셀레우코스는 납득하고 수긍했으나 곧 고개를 갸우뚱하며 루시아를 보았다.

"그런데 또 다른 계책은 무엇입니까?"

"작은 보험을 들어 둘까 해서 말이다."

루시아는 셀레우코스가 아니라 어째선지 천장에 시선을 보냈다. 요염한 분위기를 풍기며 무섭게 입꼬리를 말아 올렸다. 마치 이곳에 없는 누군가를 도발하는 것 같았다.

그런 루시아의 모습을 보고 셀레우코스가 탄식했다. 또 나쁜 버릇이 나왔다고 말하는 듯했다.

"보험 말입니까?"

눈을 가늘게 뜨고 목을 울리는 루시아의 모습은 그야말로 사냥감을 발견한 뱀 같았다. 같은 편이어도 강렬한 오한이 들었다. 루시아는 시선을 내려 몸서리치는 셀레우코스를 보았다.

"새로 고용한 여자가 있었지. 메리라는 까무잡잡한 몸종이."

"아아…… 그 일 잘하는 분이요."

"이곳에 데려왔겠지?"

"예, 오늘은 식사 시중을 시켰는데, 그분은 왜 찾으십니까?"

"오늘 밤 내 방에 오라고 해라."

입술을 적신 루시아가 입맛을 다셨다.

이유를 들을 필요는 없었다. 그녀가 겨냥했다면 그것은 사냥감이다.

"……알겠습니다. 전달하겠습니다."

"큭큭, 그럼 어떻게 놀아 줄까."

떠들썩한 웃음이 울렸다. 루시아는 남의 눈치 따위 보지 않고 배를 잡고 웃었다.

"큭크크크하, 하하하! 과연 어떤 얼굴을 보여 주려나."

상스럽고 잔혹하며 어두운 감정을 띤 목소리가 거리낌 없이 울려 퍼졌다.

*****

세계는 어둠의 장막에 덮여 있었다.

두꺼운 구름 때문에 별빛은커녕 달빛도 지상에 닿지 않았다.

내일은 비가 올까. 그런 생각을 하며 후긴은 영주의 저택에 도착했다.

『오! 메리 씨. 오늘은 어쩐 일이야?』

입구를 수호하는 병사가 이름을 불렀다. 정확히는 잠입하기 위해 준비한 가명이었지만…… 어쨌든 불러 세울 줄은 몰랐기에 후긴은 놀란 얼굴로 병사를 돌아보았다.

"어, 어라, 영주님께서 부르셨는데요…… 못 들으셨나요?"

『농담이야. 이야기는 확실히 들었어. 지나가도 돼.』

"으음, 문을 열어도 될까요?"

평소라면 병사가 문을 열어 주는데 오늘은 징그럽게 웃으며 후긴을 바라볼 뿐이었다. 품평하는 듯한 시선에 소름이 돋았다.

『아아…… 그랬지. 미안. 자, 영주님을 뵙고 와.』

작위적인 느낌을 주는 병사의 행동을 의아하게 여기면서도 후긴은 문을 지났다.

동시에 기분 나쁜 감촉이 엉덩이를 스쳤다.

"꺄악?!"

『어이쿠, 미안. 문을 닫으려고 했는데 손이 미끄러졌네.』

돌아보니 병사가 실실 쪼개고 있었다.

멍청한 얼굴을 후려갈기고 싶어졌지만 후긴은 필사적으로 마음을 가라앉혔다.

"조, 조심해 주세요~"

이마에 혈관이 불거지긴 했으나 후긴은 살갑게 웃으며 빠르게 그 자리를 떴다.

"젠장, 저 자식, 전장에서 만나면 썩어 빠진 미간을 꿰뚫어 주겠어."

쿵쿵거리며 복도를 나아가는 후긴. 복도 벽에 설치된 횃불이 얼굴에 만들어 낸 그림자가 표정을 따라 격렬하게 춤췄다.

"게다가 이 옷은 뭐야! 이런 꼴로 제대로 일을 할 수 있겠냐고!"

몸을 감싼 귀여운 제복— 옷자락에 달린 프릴을 보고 후긴은 진심으로 싫다는 듯 입술을 삐죽였다. 당장에라도 찢어 버릴 것처럼 프릴을 잡아당기다가 복도 앞쪽에서 들리는 발소리를 깨닫고 곧장 자세를 바로 했다.

순회병이었다. 벽 쪽으로 붙고 스쳐 지나갈 때 살갑게 웃으면서 인사했다.

"수고 많으십니다~ 오늘도 힘내세요~."

귀여운 목소리로 아양을 떠는 자신이 기분 나빠서 입꼬리가 약간 떨렸다.

『오! 오늘도 늦게까지 일하느라 수고가 많아.』

『그란츠의 침공이 시작됐으니 말이지. 어서 고향으로 돌아가는 게 좋을 거야. 뭐, 지금 페르젠은 어디로 도망쳐도 똑같나.』

그렇게 말하고 순회병들은 떠났다. 앙귀스에 잠입하고 많은 병사와 안면을 트게 됐는데, 솔직히 말하자면 그들과는 전장에서 맞닥뜨리고 싶지 않았다. 사선에서 만난다면 봐주지 않을 생각이지만 역시 친해진 자가 죽어 가는 모습을 보는 것은 기분 좋은 일이 아니었다. 직업상 그런 상황에 몇 번 직면한 적이 있으나 익숙해지지 않았다. 이번에도 잠입 조사가 끝나면 후긴은 전장에 나가게 된다. 언젠가는 방금 그 병사들과 싸워야만 할 것이다.

"정이 들기 전에 일을 끝내는 게 가장 좋겠지만…… 마음대로 되는 건 아니니까."

역시 이번에는 앙귀스 진영에 너무 오래 있었다. 게다가 루시아 여왕의 몸종이 되어 버려서 그녀의 측근과는 거의 면식이 있었다.

"위험을 느끼면 귀환하라고 했지만. 아무런 성과도 못 얻은 채 돌아가긴 싫고…… 어쩌면 좋을까."

분명 성과 없이 귀환해도 히로는 아무 말 없이 따뜻하게 맞이해 주리라.

그러나 후긴은 귀환할 생각이 없었다.

뭔가 유용한 정보를 가지고서 돌아가고 싶었다. 무리하면 가능하겠지만 그러면 히로는 화를 낼지언정 칭찬해 주지는 않을 것이다.

즉, 이번 임무는 끝이 보이지 않았다. 그래서 조바심이 났다.

고민하는 사이에 목적지에 도착했다.

"……그 사람, 불편하단 말이지. 꼭 만나야 하는 걸까."

처음 대면했을 때부터 루시아라는 여성은 생리적으로 거부감이 들었다.

입은 호선을 그리고 있는데 눈이 웃지 않았다. 그 안쪽에서 번뜩이는 요요한 빛. 파충류 같은 기분 나쁜 느낌이 숨어 있었다. 한때는 정체를 들킨 걸까 싶었지만 그렇지는 않았다. 기본적으로 루시아는 누구에게나 진짜 웃음을 보여 주지 않았다.

"아아~ 싫다, 싫어."

후긴은 작게 중얼거리고 문을 세 번 두드렸다.

대답은 없었다. 하지만 대신 문이 열렸다.

"저기~ 루시아 님?"

방 안을 들여다봤지만 실내는 몹시 어두웠다.

책상에 놓인 촛대의 불빛만이 유난히 눈부시게 일렁이고 있었다.

조심조심 안에 발을 들이자 오한이 엄습했다.

"……저, 저기, 루시아 님?"

기묘한 분위기에 비지땀이 솟아났다. 몸이 덜덜 떨리고 한 발자국도 움직일 수 없게 되었다. 그야말로 뱀 앞에 놓인 개구리 같은 상황이었지만 압력을 가하는 자는 방에 없었다.

급속도로 목이 타는 느낌에 후긴은 옷깃을 풀어 내부에 쌓인 열을 내보냈다.

순간— 뒤에서 요란한 소리가 울렸다.

"……햐으?!"

후긴은 연기가 아니라 진짜로 놀라서 돌아보았다. 바람도 안 부는데 문이 저절로 닫혀 있었다.

기묘한 상황, 일반인이라면 영문을 알 수 없어 안절부절못하고 난리를 피웠을 것이다.

그러나 후긴은 호흡 한 번으로 침착함을 되찾고 이곳에서 벗어나기로 결단했다. 한순간의 망설임이 죽음을 부른다. 속단 속결, 살아남기 위한 최선의 길을 찾는다.

하지만 그런다고 반드시 살 수 있는 것도 아닌 게 현실이었다.

"몸종치고는 경험이 많구나."

"큭?!"

후긴은 뒤에서 들린 목소리에 재빨리 반응을 보였다. 긴 치마를 걷어 올리고 숨겨둔 칼로 손을 뻗었다. 돌아봄과 동시에 소도를 뽑고— 일섬. 눈에 보이지 않을 만큼 빠른 숙련된 동작이었지만…….

"아니?!"

소도의 밑동이 부러져 칼날만이 바닥에 꽂혔다. 후긴은 경악한 표정으로 바라보고 있었으나 턱을 부술 듯한 압력이 가해져서 숨을 삼켰다.

어느새 몸은 벽에 눌리고 눈앞에 요염한 미녀— 루시아가 있었다.

"그럼 질문 하나 할까."

"누, 누가— 윽?!"

턱에서 섬뜩한 소리가 났다. 바이스에 조여지는 것처럼 턱뼈가 삐걱거리기 시작했다.

격통을 느끼면서도 비명을 지를 수는 없어서 후긴은 신음할 뿐이었다.

"어느 쪽 내통자지? 그란츠인가? 바움인가?"

"……대, 대답할 것 같아?"

"고집스럽구나. 팔 하나를 잃어 보겠느냐?"

루시아는 후긴의 목을 들어 올려 내동댕이치듯 벽에 눌렀다.

"그대처럼 당돌한 여자는 좋아하지만, 상황에 따라서는 싫구나."

목에서 손을 떼는가 싶더니 멱살을 잡아 바닥에 내던졌다.

"으헉?!"

폐에서 산소가 단숨에 빠져나갔다. 숨을 쉴 수 없어서 얼굴이 새빨개졌지만 후긴은 굳건한 의지로 루시아를 노려보았다.

"그렇군…… 제법 배짱이 있는 여자야."

발뒤꿈치로 후긴의 배를 찍은 루시아는 부채를 펼쳤다.

"그렇다면 벌을 주마……. 입을 열 때까지 병사들의 노리개가 되어라."

루시아의 얼굴에서 웃음이 사라졌다. 잔혹한 빛이 깃든 눈동자가 후긴을 내려다보았다.

후긴은 도망치려고 필사적으로 몸부림쳤으나 루시아의 발은 미동조차 하지 않았다.

"간단히 망가지지 말려무나. 나를 즐겁게 해다오."

*****

페르젠 속주는 일찍이 그란츠 대제국에 비견할 만한 대국이었다.

북쪽에 있는 앙피니해에서 풍부한 어패류가 잡혀 어업이 활발했고, 서쪽의 여섯 나라와 동쪽의 그란츠 대제국을 잇는 동서 교역의 요소이기도 하여 멸망하기 전에는 양국과의 교역으로 번영했던 나라다. 그러나 그란츠 대제국과의 결전에 패한 이후로 치안이 급격히 악화되어 상인은 페르젠을 피하게 되었고, 비옥했던 대지는 거듭된 전쟁으로 인심과 함께 황폐해지고 말았다.

다양한 언어가 오가며 교역선이 넘쳐 났던 가도는 한산했고 아름다웠던 초원은 메말라 버려서 옛 모습은 조금도 남아 있지 않았다.

그중에서도 격전지가 되었던 곳이 그란츠와 국경을 접한 세난 지방이었다.

계속된 전쟁 탓에 페르젠의 현관인, 수도보다도 번영했던 도시 넥스는 폐허가 되어 주민이 한 명도 남아 있지 않았다.

제국력 1026년 9월 17일.

현재 넥스는 그란츠군이 점령하고 있었다. 곳곳에 막사를 세운 것은 건물 대다수가 무너질 우려가 있기 때문이었다. 중심에 있는 영주의 저택에서는 그란츠 대제국의 문장기와 제6황녀의 깃발인 백합 문장기가 바람에 펄럭이고 있었다.

거기서 조금 떨어진 곳에 영주의 저택이 내려다보이는 높직한 언덕이 있었다.

귀족의 오락 목적으로 만들어진 공원으로, 넥스의 영주는 이곳에서 자신의 저택과 주변에 펼쳐진 거리를 내려다보길 좋아하는 사람이었다고 한다. 그랬던 그도 그란츠에 패배하여 그란츠 5대 귀족이었던 크로네 가문에 의해 일족이 모두 처단되었다.

처형장이 된 곳이 이 언덕이어서 이 지역 사람들은 비극의 언덕이라고 불렀다.

그런 사연이 있는 곳에서 자는 괴짜는 그란츠 대제국에 없었으나, 별난 감성을 가졌는지 바움 소국의 정예 부대 「아군」은 비극의 언덕에 막사를 세웠다.

"편안히 잠들기를. 너희가 복수할 상대, 크로네 가문은 몰락했어."

바움의 왕— 히로는 꽃을 바치고서 차가운 밤바람에 목을 움츠렸다.

그런 그의 뒤에서 한쪽 소매를 흔들며 루카가 걸어왔다.

"후긴한테서 뭔가 연락이 있었나요?"

루카가 든 햇불이 어둠을 몰아내 그녀의 표정이 드러났다. 히로를 보는 것 같지만 보고 있지 않았다. 그 시선은 어딘가 먼 곳에 가 있었다.

"아니, 한동안은 연락을 삼갔으니까. 슬슬 연락할 생각이긴 해."

페르젠 속주에 도착한 뒤로 루카는 매일같이 히로에게 후긴과 연락하라고 요구했다. 루카에게 후긴은 죽은 남동생 이겔의 환생인 모양이라, 뭐가 어떻게 돼서 그런 결론에 이르렀는지 이상하기 짝이 없지만 그 집착심은 틀림없이 진짜였다.

"무슨 일이 생겼으면 어쩔 거예요. 지금 당장 파발을 보내세요."

"최대한 움직이지 말라고 했으니까 괜찮을 거야."

오빠인 무닌이라면 독단으로 조사하겠지만 후긴은 기본적으로 명령을 충실히 지키는 경향이 있었다. 히로의 명령을 무시하고 멋대로 움직이지는 않을 터다.

"후긴은…… 루시아 옆에 있잖아요."

"그게 왜?"

"그 성격 더러운 여자가 후긴의 부드러운 피부에 흠집을 냈을 거라고 생각하니 죽여 버리고 싶어요."

살벌한 말에 히로는 어이없어하며 쓴웃음을 지었다.

"왜 웃죠? 후긴이 걱정되지 않나요?"

"물론 걱정돼. 후긴뿐만 아니라 무닌과 다른 사람들도. 역시 그들의 역할은 늘 죽음과 인접해 있으니까 신경 쓰지 않는 날이 없어."

정체가 탄로 나면 첩보원의 목숨은 간단히 날아간다. 군웅할거의 중앙 대륙에서 타국의 동향을 경계하지 않는 나라는 없다. 의심에 사로잡힌 왕은 충신조차 처단한다. 그런 나라들에 잠입한 첩보원이 발각되면 어떻게 될지 상상하기 어렵지 않았다.

"나는 후긴만 걱정돼요."

횃불을 땅에 버리고 거리를 좁힌 루카가 히로의 팔을 잡았다.

"다른 자는 어찌 되든 좋아요. 어중이떠중이가 죽어도 마음 아프지 않아요."

오싹한 한기가 느껴지는 눈으로 쏘아보듯 히로를 올려다보았다.

붙잡힌 팔에서 뼈가 우두둑거리는 소리가 났다. 예전부터 후긴에게 비정상적으로 집착한다고 생각했지만 마음의 균형을 유지할 수 없을 정도로 의존하고 있을 줄은 몰랐다.

그렇기에, 그녀에게 「사실」을 털어놓을 수는 없었다.

하지만 이 상태인 루카를 방치하면 혼자서 앙귀스의 영역에 갈지도 모른다.

"알겠어. 그렇게 걱정되면 나중에 파발을 보낼게."

히로는 타이르듯 말하고 루카의 손을 천천히 떼어 냈다.

루카는 믿을 수 없는지 의심하는 눈으로 히로를 보았다.

"꼭 그래야 해요."

"그래. 약속할게."

깊이 고개를 끄덕인 히로는 미소 지었다. 루카는 의심에 찬 시선을 보냈지만 마주 보고 있어 봤자 의미가 없음을 깨달았는지 이내 뒤로 물러났다.

"……너는 여기서 뭘 하고 있던 거죠?"

묻지 않아도 알고 있겠지만 높직한 언덕에서 아래를 보면 그란츠의 야영지가 펼쳐져 있었다. 그 중앙에 있는 영주의 저택에서 그란츠의 차기 황제라고 칭해지는 리즈가 쉬고 있었다. 히로의 시선을 따라간 루카가 납득했는지 고개를 끄덕였다.

"붉은 머리 소녀인가요. 동쪽 끝, 바움 소국까지 소문이 났었죠. 시대가 달랐다면 경국지색이 됐을 거라던데, 실제로는 어떨까요."

"소문은 믿을 만한 게 못 돼. 하지만 그녀의 소문만큼은 믿어도 되지 않을까."

알티우스와 닮은 용맹한 여성으로 성장했을까. 아니면 모친을 닮아 당차고 활발한 여성으로 변모했을까. 어느 쪽이든 외모는 보증되어 있었다.

"기대되긴 하지만…… 겉모습보다 내면이 신경 쓰여."

"그럼 군의에 얼굴을 내밀지 그랬어요?"

페르젠에서 그란츠군과 합류한 뒤로 히로는 한 번도 리즈와 만나지 않았다.

몸 상태가 좋지 않다고 우기며 군의에도 나가지 않고 대리로 「아군」의 지휘관을 파견하고 있었다.

"이번에 바움 소국이 할 역할은 이미 다 했어. 이제 어딘가 부대에 소속되어 행군하기만 하면 돼. 군의에 참가할 의미는 없어."

그 밖에도 이유는 있었다. 히로가 참가하면 그란츠 측에 불화를 낳는다.

그란츠의 장교와 귀족 제후 중에는 바움 소국을 특별하게 보는 자가 적지 않다. 그러나 반대로 귀찮게 여기는 자도 많았다.

그런 상황 속에서 히로가 군의에 참가하면 반드시 의견을 요구받을 테고 받아들이는 자와 받아들이지 않는 자가 나올 것이다. 그렇게 되면 서로 간에 반드시 언쟁이 벌어진다.

"괜히 참견하지 말고 조용히 지켜보— 읏?!"

히로의 설명은 도중에 끊겼다. 영주의 저택에서 한 여성이 나왔기 때문이다.

횃불을 받아 붉은 머리가 반짝였다. 그 특징을 가진 자는 그란츠에 한 명밖에 없었다. 그란츠 대제국의 제6황녀이자 황제 대리, 세리아 에스트레야 엘리자베스 폰 그란츠였다.

히로 옆에 있던 루카도 알아차렸는지 눈을 떼지 못했다.

"……말이 안 나올 정도로 아름답게 자랐네요."

루카의 독설은 예리함을 잃었다. 그녀치고는 드물게도 진부한 감상이 나왔다. 욕하지 못한 이유는 이해가 갔다. 리즈의 외모는 「상상」의 영역을 뛰어넘었다.

"저건 정말로 「인족」인가요? 굳이 따지자면 분위기는 「이장족」과 비슷한 것 같은데요."

"……어째서?"

"응? 왜 그러죠?"

루카가 어둠 속에서 시선을 집중하여 히로를 보니 그는 입을 틀어막은 채 말을 잇지 못하고 있었다.

지금 공격한다면 백발백중, 확실하게 목숨을 뺏을 수 있다. 그 정도로 그는 못 박혀 있었다.

그렇다고 해서 아름답게 성장한 리즈에게 넋이 나간 것 같지는 않았다. 눈을 한계까지 부릅뜨고 현실을 받아들일 수 없다는 듯 멍하니 서 있었다. 동생의 죽음을 목격한 루카의 모습과 비슷했다.

"……어째서 **그녀**가 있지?"

"넌 무슨 말을 하는 건가요? 붉은 머리 소녀를 보러 왔으니 당연히 있겠죠."

"그게 아니야……. 그런 게 아니야."

그저 헛소리처럼 계속 중얼거렸다.

대답다운 대답은 없었다. 히로는 강렬한 의지를 담아 고요한 얼굴로 리즈만을 바라보았다. 하지만 그런 시간도 오래가지는 않았다.

히로와 루카가 있는 곳으로 리즈가 시선을 보냈기 때문이다.

루카가 허둥지둥 히로의 머리를 눌러 엎어뜨렸다.

"……숨을 필요는 없었겠네요. 이쪽이 보일 리가 없으니까요."

루카는 자신의 행동을 부끄러워하듯 쓰게 웃었다.

"애초에 발견되더라도 문제는 없을 테고요."

바보 같은 짓을 했다고 중얼거리며 루카는 일어나려고 했지만 도중에 히로의 얼굴을 곁눈질로 확인하고 움직임을 멈췄다.

"아니…… 그녀에게는 「보여」."

"뭐라고요?"

"보통은 달빛도 비치지 않는 어둠 속에 있는 인간 따위 찾을 수 없어."

루카가 가져왔던 횃불은 진흙탕에 처박혀 꺼졌다. 다른 광원으로는 「아군」의 막사가 있지만 너무 멀리 떨어져 있어서 히로가 있는 곳까지 빛이 닿지 않았다.

더군다나 두꺼운 구름에 달이 가려진 상황에서 보통은 히로와 루카를 찾을 수 있을 리가 없다. 그런데 리즈는 망설이지 않고 히로를 「봤다」.

"틀림없어……. 그녀는—."

"리즈, 왜 그래?"

"이상한 기운이 느껴져서 밖에 나왔는데."

"적국의 간첩?"

"아니, 그저 바람에 풀이 흔들렸던 건가 봐."

리즈는 쓴웃음을 지은 후 뒤에서 다가오는 아우라를 돌아보았다.

"풀의 기척까지 느낄 수 있다니, 리즈 공의 성장은 놀랍군."

농담하며 나타난 사람은 스카아하였다.

그녀는 밖에 나오자마자 조금 전까지 리즈가 쳐다봤던 비극의 언덕을 일별하고 납득한 듯 고개를 끄덕이고서 흥미로워하는 시선을 보냈다.

왠지 관찰당하는 기분이 들어서 리즈는 저도 모르게 스카아하로부터 시선을 돌리고 말았지만, 순간적인 행동을 자신도 이해할 수 없어서 곤혹스러웠다.

리즈는 괜한 추궁을 피하기 위해 동요를 감추고 화제를 바꿨다.

"그보다 스카아하는 정말 그걸로 괜찮은 거야?"

스카아하는 내일부터 「아군」과 함께 행동한다. 그녀가 리즈와 따로 행동하기를 원했기 때문이다. 그 이유는 어렴풋이 알아차리고 있었다. 리즈가 이제부터 향할 곳은 페르젠의 구왕도 스큐에였다.

밀정의 보고에 의하면 현재 체재 중인 넥스와 마찬가지로 폐허나 다름없는 참상이라고 한다. 그래서 스카아하가 황폐해진 구왕도 스큐에 가지 않고 바움 소국과 동행하겠다고 했을 때는 솔직히 가슴을 쓸어내렸다.

"그래……. 2년 전보다 상황이 지독할 건 틀림없을 테니까."

왕을 잃고, 병사를 잃고, 백성을 잃은 구왕도를 습격하는 것은 도적— 범죄자들이다.

그렇기에 여섯 나라는 천도했을 것이다. 불타 버린 가옥을 수복하는 것보다, 모조리 약탈당한 궁전을 수선하는 것보다, 도망친 주민을 다시 불러들이는 것보다 수고가 훨씬 덜 드니까.

"한심한 이야기지만, 왕도를 보고 평정심을 유지할 자신이 없어."

스카아하의 솔직한 고백에 리즈는 말없이 고개를 끄덕였다.

스카아하에게 해 줄 말이 없었다. 따지고 보면 페르젠을 파괴한 것은 그란츠 대제국이다. 그 원흉이기도 한 그란츠 황가에 속한 인간이 네 마음을 다 이해한다고 말해 봤자 위안도 되지 않는다.

리즈가 해야 하는 것은 말보다는 태도로, 태도보다는 행동으로 스카아하에게— 아니, 페르젠에 사죄의 마음을 표현하는 것이리라.

"나중에 다시 합류하자. 그때는 페르젠이 해방될 때일 거야."

당초 방침이 변경되어 양쪽에서 페르젠을 공략하게 되었다. 제1군과 제2군의 침공 속도가 예상보다 빨랐기 때문이다.

이미 행동을 개시한 제1군과 제2군은 그대로 구왕도 스큐에까지 돌진하고, 리즈가 이끄는 본대가 거기 합류할 예정이다. 제3군과 바움 소국은 남쪽 방면에서 침공하여 앙귀스의 움직임을 억제하는 역할을 맡았다.

　그리고 구왕도 스큐에를 제압한 리즈가 남하하여 앙귀스를 협공해서 섬멸, 페르젠에서 여섯 나라를 몰아내는 것이 이번 작전이었다.

　"그래. 드디어 여기까지 왔어. 나도 전력을 다할 거야."

　"그리고 일단 바움 소국의 승낙은 받았지만, 낯선 환경에서 지내기 힘들 테니까 조심해."

　"마음 써 줘서 고맙지만…… 리즈 공과 아우라 공에게도 페르젠은 낯선 토지야. 둘 다 건강 조심해."

　스카아하의 상냥한 말에 리즈는 미소 지었으나 문득 의문이 머릿속을 스쳤다.

　"근데 왜 바움 소국이야?"

　스카아하는 그란츠 제3군이 아니라 「아군」과 함께 행동하는 것을 택했다.

　확실히 현재 페르젠의 상황을 보면 스카아하의 말에 귀를 기울일 국민은 많지 않았다. 앙귀스가 지배하는 서쪽이라면 특히 현저하리라. 욕하는 데서 그치지 않고 돌을 던질 가능성도 있다.

　하지만 어차피 전선에 나갈 수 없다면 제3군의 후방이어도 좋았을 터다. 굳이 더 뒤쪽에 있는 「아군」을 택한 이유를 알 수 없었다.

"……「흑진왕」 공과 조금 이야기해 두고 싶은 게 있어서 말이야."

둘러댈 줄 알았는데 스카아하는 솔직히 가르쳐 줬다.

"2년…… 아니, 이제 3년이 되나. 그가 무엇을 생각하는지 확인해 볼 생각이야."

"유익한 이야기가 되기를 기도할게."

무슨 이야기를 할지 궁금했지만 역시 내용까지 순순히 알려 주지는 않을 것이다. 스카아하라면 언젠가 털어놓을 터. 그렇게 생각하고 보낼 수밖에 없었다.

"그보다 아까 하던 이야기 말인데, 「눈」에서 위화감이 든다고?"

리즈가 갑자기 밖으로 뛰쳐나간 탓에 흐지부지된 화제였다.

"응. 그에 관해 두 사람의 의견을 듣고 싶었어."

리즈는 저택 안으로 발을 들이고 두 사람에게 손짓했다.

"자세한 얘기는 안에서 하자."

문을 닫기 직전, 리즈는 비극의 언덕을 흘낏 보고 저택 안으로 사라졌다.

*****

제국력 1026년 9월 18일.

앙피니해에 접한 페르젠 속주의 항구 도시. 이곳도 다른 곳처럼 그란츠와의 싸움이 남긴 영향으로 무법 지대가 되어 있었다. 해적선이 제집인 양 항구에 정박하고 주변 마을에서 약탈을 되풀이했다.

하지만 그것도 옛말로, 그들도 지금은 그란츠의 내습을 눈치채고서 바다로 도망쳐 도시는 텅 비어 있었다.

피로 물든 모래사장에는 엄청난 수의 시체가 가득했다. 복장을 보면 미처 도망치지 못한 주민들이리라. 다들 고문을 받은 듯한 멍이 보였고 시신은 현저히 손상되어 있었다.

그런 썩은 내가 감도는 모래사장을 가벼운 발걸음으로 걷는 이가 있었다.

후드를 뒤집어쓰고 손에는 석장을 든 순례자 같은 차림이었다.

만약 제삼자가 있었다면 실의 속에서 죽어 간 자들을 공양하러 온 성직자라고 착각했을지도 모른다.

그러나 그 인물을 아는 자들은 다들 이렇게 부른다. 「무명」이라고.

모래사장을 벗어난 「무명」은 걷기 힘들게 바위가 어지럽게 놓인 곳으로 들어갔다.

이윽고 도착한 곳은 안쪽이 어둠에 뒤덮여 앞이 보이지 않는 섬뜩한 동굴이었다.

평범한 사람이라면 들어가길 망설일 곳에 「무명」은 전혀 주저하지 않고 발을 들였다.

감옥보다도 차가운 공기가 내부를 가득 채우고 있었다. 침입자를 거부하듯 짐승이 으르렁거리는 듯한 소리가 메아리치고 물방울이 바위 표면을 타고 떨어져 섬뜩함을 가속시켰다.

그래도 「무명」의 입가에는 희미한 미소가 떠올라 있었다.

비밀 기지로 향하는 어린아이처럼 가벼운 발걸음은 당장에라도 통통 튈 것 같았다.

이윽고 「무명」은 걸음을 멈췄다. 시선 끝에는 제단처럼 생긴 것이 있었다.

제단 위에는 촛불 수만 개가 일제히 켜져 있었고, 인간과 동물과 「괴물」의 뼈가 아무렇게나 놓여 있었다. 그 주위에는 여전히 마르지 않은 피가 듬성듬성 튀어 있었다. 처참한 살해 현장으로도 보이는 중앙에서는 쇠사슬에 사지를 묶인 백발의 근육질 남자가 낮게 울고 있었다.

"오오오……."

초점 나간 눈을 까뒤집고서 쇠사슬을 끊으려고 날뛰었으나 금방 지쳤는지 힘을 빼고 늘어졌다. 그 피부는 인간이라고 생각할 수 없을 만큼 짙은 보랏빛으로 물들어 있었다.

「인간」은 아니었다. 「짐승」도 아니었다. 어디에도 속하지 않는 애매한 존재— 이를테면 그 남자는 「괴물」이라고 해도 지장이 없었다. 그런 남자에게 「무명」이 한 걸음 다가가자 자갈 소리가 동굴에 울렸다.

"……드디어 왔나."

남자는 조금 전과는 딴판으로 침착한 모습을 보였다.

「무명」을 올려다보는 눈동자는 탁했으나 이성이 엿보였다.

"기분은 어떠십니까?"

"……나쁘지 않아. 「먹이」도 풍부했고 말이지."

반쯤 벌어진 입으로 대량의 침을 흘리며 남자는 지면에 흩어진 뼈를 바라보았다.

"그거 다행입니다. 이곳을 고르길 잘한 것 같군요."

「무명」은 만족스럽게 고개를 주억거렸다. 그리고서 고개를 갸웃하더니 짙게 웃었다.

"슬슬 나설 차례인데 괜찮겠습니까?"

"……문제없다. 이전처럼 폭주하지도 않겠지."

"몸을 풀기 딱 좋은 상대가 있습니다."

「무명」은 가볍게 말하고서 석장 끝으로 지면을 찍었다.

방울 소리가 동굴에 울려 퍼지자 쉬고 있던 박쥐가 일제히 날아올랐다.

"……누구지? 아는 녀석인가?"

"그란츠 대제국, 5대 장군 중 한 명, 호완(豪腕)의 카인입니다."

그 이름을 들은 남자는 탄식하고서 우습다는 듯 콧방귀를 뀌었다.

"중앙의…… 싸우는 것 말고는 아무 능력도 없는 남자 말이군."

"시험 삼아 싸우기에는 딱 좋은 상대 아닙니까? 그다음에는 그란츠 대제국의 6황녀와 싸워 주셔야겠습니다."

"……강해졌겠지."

"네. 당신의 예상보다 더 강해졌습니다."

「무명」이 단언하자 남자는 떠들썩하게 웃었다. 눈물을 흘리며 고대하고 있었다는 듯 사지를 묶은 쇠사슬을 출렁이면서 남자의 웃음소리는 격렬해졌다.

"훗, 크크크크…… 역시 정통 그란츠, 성스러운 혈통 그란츠─ 멸망의 홍색을 물려받은 황녀야."

남자의 기쁨은 잠시였다. 곧 무표정이 되더니 탁한 눈을 이리저리 굴렸고 입에서 대량의 침이 흘러 지면에 떨어졌다. 그 모습을 본 「무명」은 입가를 일그러뜨리고서 싸늘한 음성을 내뱉었다.

"저주받은 불쌍한 황녀에게 죽음을 선사하세요."

"……알고 있어."

「무명」은 순순히 고개를 끄덕이는 남자 곁으로 다가갔고, 두 사람뿐인데도 불구하고 작은 목소리로 귓가에 속삭였다.

"그것이 당신의 역할입니다. 알겠지요?"

"그래…… 내 사랑하는, 사랑하는…… 당신을 위해 승리를. 반드시 녀석들을 이 손으로 죽여 버리고 그 저주받은 혼을 받치겠노라."

「무명」은 격렬하게 움직이기 시작한 남자에게서 떨어져 무너지는 동굴 천장을 올려다보았다.

날뛰는 남자의 힘을 버티지 못하고 먼지와 잔해가 끊임없이 떨어졌다.

"예, 그렇습니다. 정령의 저주를 이겨 내십시오. 그러면 당신은 유일무이한 존재로 승화할 수 있습니다."

「무명」의 말을 신호로 쇠사슬을 끊은 남자는 쩌렁쩌렁하게 소리를 질렀다.

분노, 슬픔, 기쁨, 세 종류의 감정이 뒤섞인 광기의 외침이었다.

「무명」의 입가가 희열에 물들었다.

한없이 깊고, 한없이 어둡고, 한없이 검은 웃음이었다.

"그란츠 황가에 복수를— 우리의 증오를 세계에 떨치는 겁니다."

무너지기 시작한 동굴 속에서 두 웃음이 울려 퍼졌다.

*****

페르젠의 신왕도는 서남쪽에 있는 산디날이다.

천도는 여섯 나라가 강제로 진행했지만 페르젠의 귀족과 왕족 대부분이 전사 혹은 행방불명 상태였기에 이의를 제기하는 자는 없었다.

페르젠 잔당군이 존재했으나 그들의 전력으로는 저항할 수 없었고, 구왕도 스큐에도 폐허가 된 지 오래라서 국민의 지지는 여섯 나라 쪽으로 기울었다.

산디날은 여섯 나라의 입구인 에젤과 가까워 급격하게 발전 중이었다. 황폐한 동쪽과 비교하면 산디날 주변은 아예 다른 나라처럼 영화로웠다. 영주의 저택에는 오늘도 많은 이가 찾아왔고, 거리의 분위기도 전시 중이라는 생각이 들지 않을 만큼 밝았다.

현재 산디날의 영주는 여섯 나라 중 하나인 앙귀스의 여왕 루시아였다. 그녀는 영주의 방에서 책상 위에 쌓인 보고서 뭉치와 격투 중이었다.

측근 중 하나가 계속해서 가져오는 양피지 더미를 보고 루시아는 입가를 실룩였다.

"……「무명」 녀석, 다른 이에게 일을 떠넘기고 어딜 간 것인지, 원."

"북쪽 방면의 모습을 보러 간다고 했던가요?"

"그래. 그 뒤로 도무지 소식이 없구나. 그 녀석은 지금 상황을 이해하고 있는 걸까."

루시아는 신경질적으로 말하고서 깃펜을 던지고 의자에 등을 기댔다.

"오늘은 그만해야겠다. 지금은 그란츠와의 싸움에 집중해야 해."

쓴웃음을 지은 측근이 재빨리 홍차를 준비하여 루시아 앞에 놓았다.

루시아는 조용히 홍차를 마시며 책상 위를 정리하기 시작한 측근에게 시선을 보냈다.

다 쓴 보고서 뭉치에 편지지 한 장이 끼어 있었다.

"됐다. 그건 셀레우코스에게 맡겨라."

루시아는 벽 쪽으로 눈을 돌렸다. 우아하게 홍차를 마시는 남자가 한 명— 오랫동안 앙귀스 왕가를 섬긴 셀레우코스였다. 항상 웃고 있는 경박해 보이는 남자지만 그 실력은 확실해서 루시아의 오른팔이라고 해야 할 남성이었다.

"셀레우코스, 다른 이에게만 맡기지 말고 가끔은 그대도 일하는 것이 어떤가?"

루시아가 턱짓하자 셀레우코스는 어깨를 으쓱이고 작게 탄식했다. 그리고서 고개를 가로저으며 측근에게 다가가 친근하게 어깨를 두드렸다.

"……나머지는 내게 맡기고 쉬세요."

"하, 하지만, 셀레우코스 님께 수고를 끼칠 수는 없습니다."

"가끔은 저도 일해야죠. 안 그러면 루시아 님이 절 강등시킬 겁니다."

거의 뺏다시피 양피지 뭉치를 양손으로 끌어안은 셀레우코스는 루시아를 흘낏 보고서 문으로 향했다. 그러나 양손을 쓰지 못하는 상황에서 문을 열 수 있을 리도 없었다.

무리한 자세로 손잡이를 잡으려 하다가 양피지 뭉치가 바닥에 우수수 쏟아졌다. 그 모습을 침착하게 바라보는 셀레우코스와는 대조적으로 측근은 허둥지둥 보고서를 줍기 시작했다.

셀레우코스는 착실한 그를 향해 미소 지었다.

"미안합니다. 역시 이 양을 혼자 옮기는 건 효율이 안 좋을 것 같네요. 도와주시겠습니까?"

"알겠습니다."

셀레우코스는 측근과 함께 양피지를 주우며 편지지 한 장을 재빨리 품에 넣었다.

그리고서 아무렇지도 않은 얼굴로 일어나 문을 열었다.

"그럼 루시아 님, 저희는 잠시 자리를 비우겠습니다. 무슨 일이 생기면 입구에 있는 병사를 불러 주십시오."

측근과 함께 셀레우코스가 인사하고 방문을 닫았다.

루시아는 조용해진 방에서 홍차를 쭉 들이켜고 의자에서 일어났다.

창가로 다가가려고 했을 때—.

"상황은 어떤가요?"

"웃?!"

루시아가 놀라서 돌아보니 창문도 없는 벽 앞에 「무명」이 서 있었다.

잔받침을 들고 홍차를 마시고 있었다.

"좋은 차를 쓰시는군요."

미소 짓는 「무명」을 보고 정신을 차린 루시아는 부채를 펼쳐 얼굴 절반을 가렸다.

"……그대는 늘 난데없이 나타나는구면. 심장에 안 좋으니 그만둬."

"성격인지라 새삼 그만둘 순 없습니다. 무엇보다 이 아가씨가 남을 놀래키기 좋아하거든요. 정기적으로 비위를 맞춰 주지 않으면 버려질 겁니다."

「무명」은 들고 있는 석장을 쓰다듬었다. 이에 루시아가 혐오감을 드러냈다.

"그래서 그대의 나정문(羅淨門)을 싫어하는 것이야."

"만다라가 있으니 허를 찔리더라도 치명상이 되진 않겠죠."

"흥! 치명상은 피할 수 있더라도, 허를 찔리면 아무리 나라도 다치지 않겠는가."

속을 떠보는 축에도 들지 못했다. 서로가 겉치레뿐인 관계임을 이해하고 있었다. 그런 두 사람의 대화는 어딘가 공허했다.

시간 낭비라고 생각했는지 「무명」은 고개를 몇 번 젓고 잔받침을 책상에 내려놓았다.

"상황은 어떤가요?"

"이쪽으로 오거라."

루시아는 집무 책상에서 떨어져 창가 근처에 놓인 긴 책상으로 향했다.

그 위에 페르젠의 지도가 펼쳐져 있었다. 색이 다른 말이 여러 개 놓여 있었는데 대부분 페르젠의 중앙부터 서쪽에 집중되어 있었다.

"그란츠가 양쪽에서 공격하고 있어. 북쪽 방면의 그란츠 제1군과 제2군의 기세는 멈출 수 없겠지. 후방에는 본대가 대기하고 있으니 형세는 참으로 불리해."

설명을 듣던 「무명」의 시선이 남쪽으로 향했다.

"그럼 다른 하나는 남쪽 방면인가요……?"

"그래. 그란츠 제3군과 바움 소국이지. 에젤국이 분투 중인 덕분에 이쪽의 침공 속도는 여전히 둔해."

에젤국이 수비하는 곳이 돌파당하면 산디날까지 일직선이다.

여섯 나라가 산디날을 잃으면 페르젠은 다시 그란츠의 손에 넘어가게 된다. 그렇게 되면 곤란한 곳은 인접한 에젤이리라. 그렇기에 필사적으로 싸우고 있겠지만 전력 차를 간단히 뒤집을 수는 없었다. 언젠가 산디날까지 물러나게 될 것은 명백했다.

"그러나 시간은 벌 수 있다. 에젤보고 조금만 더 버티라고 해야지."

"그렇군요……. 그럼 급한 문제는 북쪽 방면이네요. 타국은 뭘 하고 있죠?"

"변함없이 티그리스는 도망 다니고, 스콜피우스도 조용히 지켜보고만 있다. 자신들이 피해 보는 게 싫은 거겠지. 울페스가 구왕도에 진을 치고 있지만, 그런 도시에 틀어박혀도 벽 따위 의미가 없어. 머지않아 도망칠지도 모르겠구나."

각기 그란츠를 상대해 봤자 당연히 패배한다. 병사의 숙련도가 똑같아도 경험이 너무 달랐다. 상대는 늘 승리하던 나라— 연계도 안 되는 연합군 따위 게임도 되지 않는다.

"그렇군요. 그건 안 될 일이죠. 제 쪽에서도 뭐라고 말해 두겠습니다."

가볍게 반응하는 「무명」에게서는 초조함이 느껴지지 않았다. 이렇게 될 줄 알았다는 듯한 어조였다.

"……그래 주면 고맙겠구나."

의심스러운 눈으로 「무명」을 바라본 루시아는 자신의 입가를 부채로 가렸다.

"그래서 향후 방침이다만, 그란츠가 구왕도를 제압하면 여섯 나라는 철저히 안쪽에 틀어박히기로 했다."

"일부러 동쪽을 넘기는 건가요?"

"그래. 원래부터 페르젠 전역을 손에 넣는 것은 무리였어. 그렇다면 페르젠을 동서로 나누는 것이지."

3년 전, 그란츠에 침공했다가 맛본 패배의 영향은 여전히 남아 있었다. 페르젠 영토를 점령하기에는 병력이 조금 부족했다. 루카가 반수 가까이 길동무로 삼지 않았다면 그나마 유지할 수 있었겠지만 이미 일어난 일을 가정해 봤자 소용없었다. 실제로 병사가 부족하니 타협안이 필요했다.

"확실히 동쪽은 관리하기 귀찮았습니다. 그걸 그란츠에 넘기면 적어도 여섯 나라의 부담은 줄겠네요."

지도를 주시하는 「무명」이 찬동을 나타내며 고개를 주억거렸다.

루시아는 그 모습을 보고 눈을 가늘게 뜨면서 어깨를 작게 떨었다.

"그걸 위해 서쪽에서는 백성을 선동하여 그란츠에 대한 거부감을 강화하고 있다."

"하지만 아직 완벽하지는 않은 것 같군요."

"그대는 남의 마음을 아주 잘 읽는구나. 하지만 그 말이 맞긴 해."

루시아가 지도에 있는 말 몇 개를 뿔뿔이 떨어뜨렸다.

"백성의 벽이 아직 만들어지지 않았다. 페르젠 잔당군이 그란츠를 받아들이려고 필사적으로 국민을 선동하는 탓에 말이야. 그래도 성과는 좋지 않은 듯하지만, 덕분에 이쪽도 생각대로 진행이 안 되고 있어."

양쪽에서 선동하고 있었다. 페르젠 국민은 지긋지긋한 심정이리라.

오랫동안 전쟁을 겪은 백성의 마음은 피폐한 상태다. 너무 몰아붙이면 큰 반발이 일어나 곳곳에서 불길이 치솟을 것이다. 적절히 조절하기 어려워진 것이 현재 상황이었다. 하지만 이대로 가만히 있다가는 그란츠의 이빨이 서쪽까지 파고들리라.

"그럼 제가 잠시 시간을 벌겠습니다."

"뭐라?"

"번견의 조교가 끝났으니 그를 그란츠 제1군과 붙이겠습니다."

"……수는 얼마나 필요하지?"

"아뇨. 티그리스와 스콜피우스, 그리고 울페스의 병사를 움직이겠습니다. 루시아 여왕님은 그대로 목적을 달성하세요."

자신 있게 입꼬리를 올리는 「무명」을 보고 루시아는 눈썹을 찌푸렸다.

"……그대가 사양하니 소름이 돋는군. 뭘 꾸미고 있지?"

"전부 통일왕을 위한 일입니다."

"……능청맞게 시치미 떼지 마라."

「무명」의 말은 믿을 수 없었다. 왜냐하면 단 한 번도 여섯 나라를 위해 일한 적이 없기 때문이다. 「무명」의 행동은 전부 바닐 3국의 번영으로 이어지고 있었다. 그렇기에 이번에 「무명」이 직접 움직이는 것이 참을 수 없이 섬뜩했다.

"그러고 보니 제가 가르쳐 드린 그녀는 어떻게 됐죠?"

"그 여자라면 질려서 버렸다. 처음에는 저항해서 재미있었다만."

"지금은 어디에 있나요?"

「무명」이 타인에게 관심을 두다니 보기 드문 일이었다. 심지어 그것이 적국의 간첩이라면 더더욱 그랬다. 사람을 사람으로 보지 않는 「이장족」의 희한한 반응에 루시아는 적잖이 놀랐다. 하지만 결코 표정에 드러내지 않고 속을 떠보았다.

"글쎄다. 왜 그런 것을 궁금해하지?"

"음…… 그란츠에 관한 중요한 정보를 알고 있을지도 모르니까요."

"그렇군. 하지만 고집스러운 여자였어. 아무런 정보도 흘리지 않더구나."

"그런가요…… 아쉽네요."

루시아의 말을 믿었는지 아주 간단히 물러났다.

그리고서 「무명」은 지도에서 떨어져 주위를 둘러보았다.

"시간도 없으니 이쯤에서 실례하겠습니다."

그럼 이만— 그런 말을 남기고서 나타났을 때와 마찬가지로 흔적도 없이 사라졌다.

루시아는 그녀가 서 있던 곳을 바라보며 펼치고 있던 부채를 접었다.

"참으로…… 소름 끼치는군."

*****

제국력 1026년 9월 21일.

페르젠 속주— 구왕도 스큐에 근교의 소규모 마을이 점재한 지역.

멸망하기 전에는 농업이 발달했었는지 밭으로 보이는 것이 주변 일대에 펼쳐져 있었다.

"흠…… 여러 번 보았지만 역시 패전국의 말로는 비참하군."

튼튼한 군마를 탄 초로의 남성이 턱수염을 만지며 인상을 찌푸렸다. 나이에 비해 활력이 넘쳤고 갑옷 틈으로는 통나무 같은 팔뚝이 보였다. 등에 진 거대한 창의 뾰족한 날이 햇빛을 받아 반짝였다.

"하지만 승전국 또한 비참해. 승리 끝에 번영이 약속된 것은 아니야. 전쟁을 되풀이하면 멀쩡할 수 없어. 약해지면 강자에게 먹혀 버리지."

그란츠 대제국, 제1군의 지휘관 카인 대장군은 누군가에게 묻듯 하늘을 올려다보았다. 대답이 돌아오지 않을 것을 알면서도 그는 입을 열었다.

"로잉…… 너는 좋은 시기에 죽었구나. 덕분에 주변 나라들이 두려워하던 그란츠 5대 장군도 지금은 둘을 잃고 셋이 되었어."

황제가 병상에 있는 지금, 새로운 5대 장군이 선출될 일은 없다.

한 명은 침략자의 손에 죽었고 한 명은 반란이라는 불명예 속에서 죽었다.

"······어리석구나, 어리석어. 무엇을 위한 5대 장군인가. 국가의 번영, 발전의 초석을 지키기 위해 존재하는 것이 아닌가."

분한 얼굴로 고삐를 움켜쥔 카인은 이를 악물었다.

그 박력에 주위에 있던 호위병이 뒷걸음질 쳤다. 부관이 쓴 웃음을 지으며 카인 가까이 말을 몰았다.

"반란을 일으킨 로잉 대장군은 몰라도, 바키슈 대장군은 오히려 잘 버티신 것 아닙니까? 상대는 세계 5대 보검의 소지자였다고 들었습니다. 마지막은 원통하셨겠지만······."

바키슈 대장군은 3년 전에 여섯 나라와 싸우다가 목숨을 잃었다. 게다가 사지를 찢긴 상태로 도시 밖에 내걸렸다.

"버티는 게 능사는 아니야. 때로는 도망도 쳐야 해. 바키슈는 물러나야 했어. 물러나서 전력을 집결하고 다시 여섯 나라 앞을 막아서야 했어."

카인은 분한 심경을 토로하고 주먹을 꽉 쥐었다.

"바키슈는 젊었으나 그래도 그것을 보완하는 재능이 있었어. 그걸 인정받았기에 황제 폐하로부터 대장군 지위를 받을 수 있었던 것이지."

바키슈가 천기장 두 명의 목을 베어 첫 출진을 강렬하게 장식했을 때가 지금도 선명히 떠올랐다. 검보다도 붓이 어울렸고 외모가 화려하진 않았지만 그래도 전장에 나가면 일기당천이었다. 바키슈 앞에 서면 누구나 갓난아기나 마찬가지였다.

무엇보다 노력가였다. 훈련을 빼먹지 않고 면학에도 힘써서 바키슈는 사상 최연소로 5대 장군이 되었다.

"5대 장군의 필두가 되어야 할 남자였어. 꼴사납더라도, 한심하더라도, 와신상담하여 살아야 했어."

하늘을 올려다본 카인은 분함에 눈물을 흘렸다.

"죽으면 의미가 없어. 남은 것은 늙은 5대 장군뿐이지 않나."

그리고 카인이 다시 아래로 시선을 내리자 공기가 폭발했다.

함성이 오가고 칼부림 소리가 휘몰아쳤다.

피보라가 천공으로 치솟았다. 대량의 화살이 교차하며 엄청난 수의 시체를 만들었다.

눈 깜짝할 사이에 지면은 검게 물들었고 녹내가 공기를 지배했다.

생과 사의 틈새. 전장은 지옥의 입구다. 누구나 내일을 꿈꾸고, 누구나 내일에 절망한다.

오직 살기 위해 앞으로 계속 나아가는 것이다.

검이 부러지면 적에게서 빼앗고, 방패가 부러지면 한쪽 팔로 급소를 지킨다. 전신을 보호하는 갑옷이 함몰되어 내장을 압박하고 터뜨려도 전진을 멈추지 않는다. 그란츠병은 승리를 위해 우직하게 계속 싸우고 있었다.

"강자가 살아남는 것이 아니야. 약자가 반드시 죽는 것이 아니야. 운이 좋은 녀석이 살아남고, 포기하지 않는 자만이 살아남는 거지."

그란츠 제1군 3만명과 티그리스, 스콜피우스 혼성군 2만명의 전투는 점점 격렬해졌다. 병사들을 계속 독려하던 카인은 문득 측근이 고개를 갸우뚱거리는 것을 알아차렸다.

"갑자기 상대가 의욕을 보이는군요."

"그럴 때는 뭔가 꿍꿍이가 있는 법이야. 주변 경계를 게을리하지 마라."

"페르젠은 전망이 좋습니다. 복병은 없을 겁니다."

구왕도 스큐에 근교는 평원 지대다. 사방을 둘러봐도 복병을 숨길 만한 곳은 보이지 않았다. 하지만 승복할 수 없는지 카인이 까다로운 얼굴로 침음했다.

"만에 하나더라도 방심은 허락되지 않아. 발목을 잡힐 수도 있다. 지금까지 도망치던 적이 싸우기로 했다면 이길 수 있다고 봤기 때문이겠지."

이길 수 없는 싸움이더라도 무모하게 도전하는 것이 「인족」이다. 기적을 믿고 앞으로 나아간다.

그러나 「이장족」은 다르다.

냉담한 눈은 현실을 응시하며 이길 수 없다면 물러나고 이길 수 있다면 강행한다.

실로 합리적인 사고방식을 가지고 있었다.

"뭔가 수작을 부릴 거야. 언제든 움직일 수 있게 예비 부대에 전령을 보내라."

"알겠습니다."

측근이 고개를 숙였을 때 높은 뿔피리 소리가 울렸다.

아름다운 음색이었다. 그란츠와 달리 고음이고 우아함과 세

련됨을 겸비하고 있었다.

전장에서 듣기에도 좋은 소리에 카인은 무심코 귀를 기울이고 말았지만 측근이 외쳐서 정신을 차렸다.

"전선이 움직입니다. 적군이 이쪽의 중앙을 열어젖히고 있습니다!"

굳이 말하지 않아도 같은 곳을 보고 있기에 이해했다.

하지만 카인은 묵묵히 측근의 보고를 들었다.

그 손은 등에 진 정령 무기의 손잡이를 잡고 있었다. 지금까지 축적한 경험이 그렇게 만들었다. 자신이 싸우게 될 것이라고 무장으로서의 본능이 고했다.

"온다."

대량의 화살이 전선에 쏟아지는 것이 보였다.

혼잡한 상황임에도 불구하고 화살은 정확하게 그란츠병을 꿰뚫었다.

"「이장족」은 변함없이 눈이 좋군. 개개인의 활 솜씨도 훌륭해."

카인은 무너지는 전선을 바라보며 냉정하게 명령했다.

"제2진을 전진시켜라. 모래 먼지에 예비 부대를 숨겨서 적의 본진까지 우회시킨다."

공격하지 않으면 상대에게 흐름을 빼앗긴다. 늘 앞을 내다보고 상대의 움직임을 감지하여 손을 써야 전쟁에 이길 수 있다.

"하지만 과도한 추측도 위험하지. 적당한 곳에서 다시금 재고해야 해."

카인이 사고를 펼치는 사이에도 그의 명령은 충실히 실행에

옮겨졌다.

각지에서 기수가 깃발을 들었고 전령이 필사적인 형상으로 전장을 뛰어다녔다.

과연 누가 선수를 차지했을지—.

"흠, 제법이군. 선수를 뺏겼나."

카인은 두꺼운 손바닥으로 턱을 감싸고서 감탄했다.

이쪽의 제1진이 상상 이상으로 빠르게 붕괴되고 적의 제1진이 힘차게 돌격을 개시하고 있었다. 카인은 지시하기 위해 측근을 향해 손을 들었지만 그 눈은 전장을 보고 있었다.

"아까 한 명령은 파기한다. 제2진은 방어를 굳혀라. 예비 부대는 우측에서 우회해 오는 적군을 막으러 보내라."

카인은 즐겁게 눈을 좁혔다.

생과 사의 틈새에서 방황하는 이 감각을 잊을 수 없어서 전장에 계속 서게 되는 것이었다.

"지금부터 본대는 전장을 왼쪽으로 우회하여 적의 본진을 함락한다!"

정령 무기를 든 카인은 전방으로 휙 휘두르고 말의 배를 찼다.

"기마하라! 「이장족」이 깜짝 놀라는 얼굴을 보러 가자꾸나!"

달려 나가는 카인의 등을 측근이 기막혀하며 바라보았다.

"카인 대장군, 무운을 빕니다! 마음껏 날뛰십시오!"

누구나 한 번쯤은 목표하는 곳이다. 당당히 전장을 활보하며 늘어선 적들을 토벌하고 대장의 목을 들고서 개선하는 꿈을 꾼다.

그란츠 대제국의 병사라면 누구나 5대 장군을 동경한다.

정점— 가장 고상한 자만이 도달할 수 있는 자리.

중앙 대륙의 패자라고 불리는 그란츠 대제국에서 오직 다섯 명뿐인 대장군이다.

동경하지만 자신은 도달할 수 없음을 깨닫고 포기한다.

그래서 5대 장군의 등에 기대를 싣는다. 자신들이 이루지 못한 꿈을 맡기는 것이다.

"뒷일은 내게 맡겨라! 「어정쩡」하게 사는 「이장족」들에게 5대 장군의 삶을 보여 주마!"

카인의 존재가 독려였다. 주위에서 함성이 울리며 사기가 올라갔다.

카인이 이끄는 제1군의 본대는 대량의 모래 먼지를 일으키면서 전장을 달렸다.

하지만—.

"음?"

본대 5천을 데리고 전장을 우회하던 카인의 눈에 백발 남자를 선두로 한 「이장족」 부대 2천이 날아들었다.

"고작 그 정도 수로 막을 수 있을 것 같나!"

카인은 근육을 극한까지 팽창시키고 창을 잡은 손에 힘을 줬다.

"거기서 비켜줘야겠어!"

카인이 백발 남자에게 정령 무기를 힘껏 휘둘렀다.

백발 남자가 날아갈 것이라고 모두가 상상했다. ……그란츠

병이라면 말이다.

하지만 현실은 그란츠병의 상상을 뛰어넘었다.

사람 키만 한 카인의 정령 무기가 불꽃을 튀기며 막혔다.

카인은 이를 악물고 격분하며 두 번째 공격을 가했다.

"그 정도인가?"

백발 남자가 낮은 목소리로 중얼거렸다.

곧장 날과 날이 맞부딪쳐서 사라져 버렸지만 카인의 귀에는 확실하게 들렸다. 날카로운 기합을 담은 세 번째 공격도 간단히 튕겨서 카인의 표정이 경악에 물들었다. 자세가 무너진 카인은 말에서 떨어졌으나 즉시 벌떡 일어났다.

앞을 본 순간, 거대한 그림자가 카인은 물론이고 본대를 뒤덮었다.

백발 남자의 뒤에 선 「이장족」 활 부대가 화살을 쏜 것이다.

카인은 창을 휘둘러 화살을 쳐 냈지만 그 뒤에서는 부채꼴로 퍼진 화살을 맞고 병사들이 픽픽 낙마했다. 땅에 웅크린 병사들에게 다시 한번 화살이 쏟아졌다.

카인은 죽어 나가는 부하들의 목소리를 들으면서 앞만을 보았다. 백발 남자에게서 시선을 떼면 깨지 못할 잠에 빠질 것을 알았기 때문이다.

『발도하라.』

묘하게 고요했다.

상대의 명령이 들릴 정도로 기묘한 정적이 전장을 뒤덮고 있었다.

일사불란하게 칼을 뽑는 「이장족」은 업신여길 적이 아니었다.

몰래 다가오는 암살자처럼 조용히 전진하는 그들의 모습을 보고 카인은 몸서리쳤다.

『「인족」에게 고요한 죽음을 선사하라.』

"일어서라! 분위기에 압도되지 마라! 소리 지르며 싸워라! 겁먹으면 죽는다!"

카인은 정령 무기를 휘둘렀다. 백발남이 튕겨 냈지만 억지로 되돌려서 두 번째 공격을 가했다. 그 모습을 본 병사들이 몸에 무수한 화살이 꽂힌 채로 자신의 무기를 들고 일어났다.

『그란츠에 영광을!』

고요와 소란이 뒤섞였다. 양군이 격돌하면서 모래 먼지가 대량으로 피어났다.

카인은 웃으며 턱을 타고 흐르는 땀을 닦았다.

병사의 사기는 되찾았다. 싸움도 대등한 수준으로 돌아갔을 것이다.

하지만—.

"……강하군."

저릿한 손을 흘깃 보고서 다시 백발 남자에게 시선을 보냈다. 온 힘을 다해 공격해도 창끝은 백발 남자에게 닿지 않았다. 반대로 자신이 초래한 충격조차 감당하지 못해서 손이 저렸다.

"카인 대장군…… 너는 약하군."

"잘도 지껄이는구나!"

카인은 노기를 담아 창을 날카롭게 휘둘렀다.

"그래, 그래야지. 좀 더 나를 즐겁게 해라."

남자는 들고 있던 검을 버리더니 광기에 찬 얼굴로 카인에게 돌격했다.

카인은 그 행동을 의아하게 여기지 않았다. 주저는 죽음을 가져온다는 것을 알기 때문이다. 그렇기에, 힘껏 창을 찔렀다.

돌격해 오는 백발남의 배가 간단히 창에 꿰뚫렸다.

공격이 성공했음을 느낀 카인은 창을 뽑고 한 번 더 공격했다.

팔을 베고, 다리를 도려내고, 배를 찢고, 마지막으로 백발남의 목을 뚫었다.

"……."

카인은 마침내 공격을 멈췄다.

상대를 죽였다고 확신했기 때문이다.

하지만—.

"그걸로 끝인가?"

백발남은 멀쩡히 카인의 눈앞에 서 있었다. 이해할 수 없는 상황에 아무런 말도 할 수 없었다. 가까이서 본 얼굴이 낯익었기 때문일지도 모른다.

"설마……."

"다음은 이쪽 차례군."

백발남의 오른손에 갑자기 거대한 도끼가 나타나더니 경이적인 힘으로 휘둘렸다. 피할 수 없음을 깨달은 카인은 창을 위로 들어 거대한 날을 막았다.

직후— 전격이 몸을 관통했다.

"윽?!"

말로 표현할 수 없는 외침과 함께 카인 대장군의 거구가 날아갔고 정령 무기가 허공에서 호를 그렸다. 카인의 몸은 거센 파도에 농락당하듯 여러 번 땅을 치며 굴러갔다.

의식을 잃었어도 이상하지 않았다. 하지만 지금껏 단련을 빼먹은 적이 없는 카인은 격통을 버텨 냈다. 흙먼지를 뒤집어쓴 채 카인은 몽롱한 의식 속에서 곧바로 일어섰다.

"억, 큭, 이건……."

궁지에 몰린 상황에서 어떤 동작을 취하면 좋은지 몸이 기억했다.

전장에 오랫동안 몸담았기에 무의식적으로 신체가 움직였다.

그리고 동시에 상대의 강함도 기억하고 있었다.

"쯧……."

상대 또한 비슷하게 경험을 쌓았을 것이다.

쉴 새도 없이 추격타를 가해 왔다. 생각할 여유 따위 주지 않았다.

떨어진 검을 주워 공격을 막았으나 밑동이 쉽사리 부러져버렸다.

"죽어라."

재차 전격이 허공에 용솟음쳤다.

그 순간, 카인 대장군은 마침내 머리 한편에 있던 기억을 떠올렸다.

　"……「뇌제」인가!"

　직후, 카인의 거구가 전격에 휩싸였고 악취가 주변 일대에 확산되었다.

　살이 타고, 땀이 증발하고, 피가 튀었다.

　그래도 쓰러지지 않는 것은 5대 장군으로서의 자존심 때문일까.

　"설마…… 이런 곳에서……."

　온몸이 피에 젖어 흰 연기에 휩싸여 있으면서도 카인은 한 점만을 바라보았다.

　의식은 몽롱했지만 비틀거리는 몸을 강인한 의지로 안정시켰다.

　"후후…… 크하하하……."

　쓴웃음을 지으며 자신의 젊은 시절을 떠올렸다.

　좋은 시대였다.

　많은 호적수가 존재하여 강해지는 자신을 실감할 수 있는 시대였다.

　로잉과 함께 전장을 떠돌아다니다가 언제부터인가 말을 나누지 않아도 서로를 호적수로 인정하게 되었다. 때로는 방침을 두고 싸우며 지내다 보니 어느새 나란히 5대 장군이라고 불리게 되었다. 서로 얼싸안고 기쁨의 눈물을 흘렸던 그 순간이 지금도 선명하게 기억났다.

　서로가 몹시 바빠지면서 소원해지고 말았지만 그래도 마음은 늘 함께 있다고 믿었다. 언젠가 5대 장군 자리에서 물러나 서로 술을 따라 주며 옛날이야기로 꽃피울 때를 꿈꿨다.

"그랬는데…… 마지막 순간에 잘못된 길을 갈 줄이야……."

로잉이 무엇을 원했는지는 알고 있다. 자신도 늙었기에 그의 마음을 이해할 수 있었다. 그러나 로잉은 마지막 순간에 틀렸다.

우러러야 할 주군을 틀린 것이다. 그릇된 길을 정정하지 않고 가 버린 로잉에게 동정할 여지는 없었다. 그나마 황족의 손에 죽은 것이 위안거리이리라.

그렇기에―.

"네놈이 살아 있어선 안 되는데……."

만신창이가 됐지만 그래도 사지에 힘을 주고서 카인은 분노에 차 쩌렁쩌렁하게 외쳤다.

"슈트벨!!"

백발 남자는 대답하지 않았다. 잔혹한 웃음을 짓고 카인에게 다가왔다.

"상대로 부족하지 않구나! 그 목을 받아 가겠다!"

카인은 땅에 떨어진 창을 주워 무시무시한 위력으로 투척했다. 이어서 검을 들고 빠르게 지면을 박찼다.

"나는 이토록 강해졌다고 로잉에게 전해라."

슈트벨이 손을 들자 전류가 파지직거리며 요란하게 공기를 갈랐다.

바람이 휘몰아쳤다. 번개와 함께 만들어진 회오리가 땅에 떨어진 물건을 모조리 빨아들여 상공으로 날려 보냈다. 아군과 적군을 모두 집어삼키며 대지를 유린하는 회오리를 향해 카인은 검을 겨누고 달려 나갔다. 그러나 목표는 오로지 슈트벨뿐이었다.

"……나는 싸워야만 해."

"왜지?"

슈트벨이 가볍게 손을 휘저었다. 그랬을 뿐인데 포학한 회오리가 여럿 출현했다. 카인 대장군을 포위하듯 모든 회오리가 한곳에 모여들었다. 그래도 카인은 발을 멈추지 않았다.

왜냐하면—.

"그란츠 5대 장군은 늘 모범이 되어야 하기 때문이다!"

그러므로 조국을 배신한 족속을 용서할 수는 없었다. 뒤로 물러날 수는 없었다.

적이 아니라 아군에게 5대 장군의 고집을 보여야만 했다.

그들의 꿈이 부서지지 않도록, 계속 동경할 수 있도록.

"퇴각하라! 살아서 전장을 이탈해라!"

『카인 대장군?! 대체 무슨 말씀을?!』

"용서해라. 시간조차 벌지 못하는 늙은 몸을 용서해 다오!"

카인은 창을 주워 들고 맹위를 떨치는 회오리를 향해 힘껏 달렸다.

바람이 날카로운 칼날이 되어 강철 같은 육체를 갈가리 찢으려 들었다. 선혈이 곳곳에서 뿜어져 나오는데도 카인은 멈추지 않고 전진했다. 설령 이 앞에 죽음이 기다리고 있더라도 한 방 먹이지 않으면 먼저 떠난 다른 5대 장군에게 면목이 서지 않는다.

"슈트벨! 배신한 황자여, 각오해라!"

폭풍을 뚫고 나간 카인은 모든 신경을 집중해 창을 던졌다.

동시에 하늘에서 떨어진 벼락이 지면과 함께 카인을 관통했다.

"……여전하군."

모락모락 피어오르는 모래 먼지와 흰 연기를 몰아내며 말이 날아들었다.

"약자일수록 잘 짖어대지."

가슴이 에인 순간, 카인 대장군이 마지막으로 들은 말이었다.

*****

지평선 너머로 해가 저물고 교대하듯 달과 그 권속인 별이 떠올랐다. 달을 꾸미듯 반짝이는 별은 지상에서 생활하는 사람들의 마음을 치유했고, 고독한 어둠 속에 있어도 따뜻하게 지켜보았다.

그러나 지상에도 별들 못지않게 밝은 곳이 있었다.

야영지에 세워진 천막 사이로 강풍이 불어 똑같은 간격으로 설치된 횃불이 격렬하게 일렁였다. 뼛속까지 추운 밤공기에 목을 움츠리며 파수병이 야영지를 순회했다.

이곳은 페르젠 남쪽을 진군 중인 그란츠 제3군의 야영지였다.

그중에 바움 소국의 정예 부대 「아군」의 천막도 있었고, 중심에는 한층 큰 「흑진왕」의 천막이 세워져 있었다.

　"그란츠 측은 허둥거리고 있나 보네."

　히로는 배식받은 요리를 먹으며 눈앞에 앉은 스카아하에게 질문했다.

　"그렇지…… 벌써 나흘째니까. 리즈 공과 합류할 걸 생각하면 그란츠 측은 슬슬 움직이고 싶을 거야."

　나흘 전까지는 순조로웠다. 여섯 나라가 다소 저항하긴 했으나 순조롭게 침공하던 그란츠 제3군의 앞을 뜻밖의 적이 가로막았다.

　앙귀스군의 지배를 받아들인 페르젠 백성이었다.

　앙귀스국이 지배하는 신왕도 인근에 사는 자들로, 그란츠 대제국을 받아들일 수 없다고 주장하며 진로까지 막아 버린 것이다.

　"그들을 피해 우회하려고 해도 저쪽에서 먼저 돌아들면 의미가 없지. 시간을 낭비하게 돼."

　쓸데없이 시간을 낭비하게 되면 발이 묶여 한계에 달하려고 하는 그란츠 병사들이 날뛸지도 모른다.

　그란츠 제3군의 지휘관은 골머리를 썩이고 있을 것이다.

　"길을 봉쇄한 백성을 강제로 제거하면 여섯 나라에 대의를 주게 되니 말이야."

　스카아하는 고민스럽게 한숨을 쉬었다.

　히로는 고개를 끄덕여 동의했다.

"우리가 여기서 못 움직이는 사이에 앙귀스는 페르젠 각지에 흩어져 있는 병사들을 모아 수비를 굳히기 시작했어."

식사를 마친 히로는 머리 뒤로 깍지를 끼고 바닥에 드러누웠다.

"상대에게 많은 선택지를 주고 있는 상황이란 거지."

히로는 천장에 매달린 램프를 바라보며 편지지 한 장을 꺼냈다.

스카아하는 흥미롭게 바라보았지만 그녀가 묻기도 전에 히로가 입을 열었다.

"그러고 보니 「상태」는 어때?"

"……그냥 그래."

얼버무리듯 웃는 스카아하를 히로는 묵묵히 응시했다.

책망하는 듯한 시선을 받은 스카아하는 난처한 얼굴로 뒤통수를 긁적였다.

"아직 시간은 있어. 당신과…… 빙제 덕분에."

"그래……."

스카아하와 서약을 맺어 이어져 있기에 알 수 있었다. 스카아하의 몸에 일어난 이변을. 2년 전에 헤어질 때 히로는 그것을 눈치챘다. 그날과 비교하면 상태는 계속 악화되고 있었다. 하지만 스카아하는 약한 소리를 내뱉지 않고 오늘날까지 꼭꼭 숨겼다.

전부 목적을 달성하기 위한 일이었다. 스카아하는 집념만으로 이 자리에 있었다.

"무리하지 말라는 건, 쓸데없는 참견인가……?"

"아니, 그렇지도 않아. 그 상냥함은 고마워."

스카아하는 감각을 조사하듯 주먹을 몇 번씩 쥐었다 펴며 심각한 표정으로 자신의 손을 바라보았다.

그러다 걱정하는 시선을 알아차렸는지 다시 억지로 웃는 얼굴을 만들었다.

"그러고 보니 리즈 공이 「눈」에 위화감이 든다고 했어."

이야기를 돌리기에는 효과적인 화제였다. 리즈의 「눈」도 신경 쓰이지만 스카아하의 「변조」도 간과할 수는 없었다.

하지만 리즈 이야기를 꺼낸 것을 보면 이 이상은 건드리지 말라는 스카아하의 경고이리라. 어쩔 수 없다며 탄식하고서 히로는 일어나 스카아하의 화제 변화를 따르기로 했다.

"어떻게 위화감이 든다고 했는지 기억해?"

"뭐든 잘 「보이게」 된 모양이야. 멀리 있는 것이 가까이, 가까이 있는 것이 멀리, 그런 모호한 느낌이었지만 리즈 공도 어떻게 설명하면 좋을지 모르는 것 같았어."

"그런가…… 역시나……."

히로는 턱을 짚고 말했다.

"그 외에 또 뭐라고 했어?"

"눈에서 위화감이 들게 됐을 즈음부터 자주 꿈을 꾸게 됐다고 했어. 나는 「염제」가 역대 소지자의 기억을 보여 주는 줄 알았지만……."

히로는 묵묵히 스카아하의 말을 기다렸다. 만약 스카아하가 주의 깊게 관찰했다면 히로가 숨을 멈췄음을 눈치챘을 것이다.

"여성이 나오는 꿈인가 봐."

"······그렇구나."

히로는 그 한마디만 중얼거리고 천장을 올려다보았다.

스카아하는 의아하게 고개를 갸우뚱하면서도 말을 이었다.

「염제」의 이전 소지자는 초대 황제뿐이야. 그러니 여성이 「영역」에 나타날 일은 없어. 그것이 이전 소지자의 기억 일부더라도 어딘가에 반드시 본인이 있을 터."

그렇게 말하고 스카아하는 히로의 모습이 바뀌었음을 알아차렸다.

히로는 턱을 짚고서 얼굴을 숙이고 있었다. 사고의 바다에 빠지기 시작한 히로를 방해하지 않도록 스카아하는 시선을 뗐고 문득 천막 구석에 눈길을 보냈다.

"······."

모포를 둘둘 감고서 거북이처럼 굼실굼실 움직이는 물체가 있었다.

어색하게 굳은 채 그 물체를 바라보고 있으니 얼굴이 나왔다.

음울한 눈가는 거뭇했고 허공을 바라보는 눈에는 빛이 없었다.

입술이 작게 달싹이고 있었다. 귀를 기울이니―.

"이겔, 이겔, 후긴, 이겔, 이겔, 후긴, 이겔, 후긴, 이겔, 이겔."

"······히로 공― 아니, 「흑진왕」 공."

"응?"

사색을 방해해서 미안하다고 사죄한 후 스카아하는 방구석을 가리켰다.

"저건 뭐지?"

"루카라는 이름의 여성이야."

"뭔가 인명을 중얼거리고 있는데…… 후긴 공이라면 당신의 측근이었지?"

"앙귀스에 잠입시켰는데…… 연락이 안 되거든. 루카는 후긴에게 마음을 허락하고 있었으니까, 연락할 수 없게 된 이후로 저런 느낌이 되어 버렸어."

최근에는 식사조차 제대로 하지 않았다. 아마 전투가 시작돼도 그녀는 아무것도 못 한다. 머릿속이 후긴으로 가득 차서 도리어 짐이 되리라.

무엇보다 이젤도 떠올렸는지 히로의 목숨을 노리지 않게 되었다. 중증이었다. 지금 루카는 전력으로 삼지 않는 편이 좋을 것이다.

"우리에게도 지금 이 교착 상태는 바람직하지 않아. 후긴을 조사하려면 현지에 가야 하니 말이지."

"그건 걱정되겠어. 어떻게든 지금 이 상황을 타파하면 좋겠는데……. 그나저나 히로 공은 의외로 침착하군."

"그래 보여?"

"아닌가?"

"……가능한 수는 다 써 뒀어. 이제 계기만 있으면 돼."

"응?"

히로의 말뜻을 이해하지 못하고 스카아하가 고개를 갸웃했다.

"언젠가 시간이 해결할 일이기는 하지만, 내 손으로 살짝 앞당기기로 했어."

히로는 담담히 말했다.

"이래 보여도 지금 마음이 조급하거든."

조용히 어둠이 침식을 개시했다.

제4장 비장한 각오

『……또 왔는가.』

어이없어하는 목소리가 들렸다. 리즈가 눈을 뜨니 압도적인 존재감을 내뿜는 무언가가 앞에 있었다.

하얀 세계. 중심에는 옥좌가 하나. 전 세계에서 긁어모은 금은보화로 장식한 유일무이한— 피로 물든 역사를 새긴 옥좌가 놓여 있었다.

그러나 거기 앉은 인물이 누구인지 여전히 알 수 없었다.

눈부시게 새하얀 공간인데도 그 얼굴은 그림자에 덮여 있었기 때문이다.

『무엇을 원하는가? 짐에게 무엇을 바라는가?』

노인처럼 깊은 매력이 있는 목소리였으나 중년 같은 용맹함을 띠고 있었다.

기묘한 인상을 주는 음성은 잊으려야 잊을 수 없는 맛이 있었다.

호리호리한 체구에서 뿜어져 나오는 위압감은 청년처럼 씩씩했고, 소년과 같은 생기발랄함이 안심감을 주었다. 리즈는 그가 보통내기가 아님을 알고 있었다.

이 세계에는 몇 번이나 와 봤기 때문이다.

그래서 처음 왔을 때처럼 주눅 들지도 않았고 압도되지도 않았다.

"진실을 알고 싶어."

정면으로 단언하자 심장을 꿰뚫는 듯한 시선이 꽂혔다.

『아직 이르다.』

"큭?!"

『서두르지 마라, 아이야. 세계가 얼마나 넓은지도 모르면서 진실을 알고자 하다니, 욕심이 과하구나.』

거절과 함께 중압감이 덮쳤다. 마치 거인에게 밟힌 것처럼 허리가 강제로 굽혀졌지만 리즈는 주먹을 쥐고 지면을 쳐 중압에서 해방되었다.

『호오…… 짐의 「눈」에서 벗어나다니, 성장했구나.』

남자의 목소리에는 약간의 놀람이 섞여 있었다.

리즈는 이마에 난 땀을 닦고 목소리를 쥐어짜 외쳤다.

"3년— 고작 그 정도 기간이라고 할지도 몰라. 하지만 나한테는 정신이 아득해질 만한 시간이었어!"

그를 따라잡기 위해 전력으로 달려왔다.

놓치지 않기 위해 필사적으로 쫓아왔다.

"하지만 아직도 멀어!"

힘의 문제가 아니었다. 재능의 문제가 아니었다. 경험의 차이가 아니었다.

어느 일정한 거리부터 그와의 거리가 좁혀지지 않았다.

원인은 잘 알고 있었다. 그 벽을 넘어서려고 노력도 했다.

하지만 아무리 이해를 표해도, 아무리 그를 생각해도 거리는 줄어들지 않았다.

왜냐하면—.

—히로를 모르기 때문이다.

메꿔지지 않는 커다란 골이 두 사람 사이에 있었다.

"히로는 대체 정체가 뭐야?"

히로가 「군신」임은 알고 있다.

히로가 「쌍흑의 영웅왕」임은 알고 있다.

히로가 「흑황자」임은 알고 있다.

히로가 「끝없는 절망」임은 알고 있다.

히로가 「독안룡」임은 알고 있다.

히로가 「흑진왕」임은 알고 있다.

"전쟁의 달인, 권략의 초월자, 가면 쓴 자, 승리를 정하는 자……."

리즈는 천천히 손을 꼽으며 숫자를 세듯 많은 이름을 나열했다.

"나는 여러 히로를 알아. 그란츠의 역사에는 늘 그의 「칭호」가 적혀 있으니까. 3년간 아우라와 함께 히로에 관해 많이 조사했어. 그뿐만이 아니야. 「염제」가 초대 황제를 통해 히로를 가르쳐 주고 있어."

그리고 분한 얼굴로 입술을 깨물었다.

"하지만— 나는 진짜 히로를 **몰라.**"

「군신」이라고 불리며 칭송받게 된 이후의 히로를 알 뿐이다. 그 이전은 아무것도 모른다.

리즈는 자신이 한심하고 부끄럽다는 듯 주먹을 세게 움켜쥐고 지면을 때렸다.

"히로는…… 그는 왜 갑자기 나타난 거야?"

리즈의 이야기를 묵묵히 듣던 의문의 인물이 입을 움직였다.

『필연이지. 그러나 결코 비관할 일은 아니다.』

처음으로 그 인물은 장엄한 태도를 무너뜨렸다.

『그대는 이미 히로를 알고 있을 터다.』

의문의 남자는 온화한 어조로 갓난아기를 어르듯 명랑하게 웃었다.

『물론 짐은 알고 있다. 하지만 굳이 가르쳐 줄 것도 없어.』

옥좌에서 내려온 남자는 리즈에게 다가와 그 붉은 머리를 쓰다듬었다.

『그대는 이전에 히로의 과거를 보고 슬프다고 했지. 기억하는가?』

"응…… 그렇게 말했어."

과거의 히로는 지독한 비탄에 잠긴 얼굴을 하고 있었다. 울음을 참으려고 필사적으로 표정을 꾸미고 있었다. 지금도 떠올리면 가슴이 미어지는 기분이었다.

『그 마음을 잊지 않는다면…… 언젠가 진실을 알 때가 올 것이다.』

남자는 검지를 세우고 말했다.

『그대는 짐의 희망이다. 그렇기에 모든 것을 맡겼다.』

"……모든 것?"

『강한 마음을 계속 유지하라고 짐이 말하지 않았나?』

남자는 그렇게 말하고서 검지로 상공을 가리켰다.

리즈가 따라서 고개를 들자 커다란 문이 떠올라 있었다.

거대하지만 화려하지는 않았다. 새겨진 무늬도 복잡하긴 하지만 호화찬란과는 거리가 멀었다. 한마디로 말하자면 밋밋했다. 수수한 목제 원형 문이었다.

그러나 풍기는 독특한 분위기는 아름다운 경치처럼 보는 이를 압도했다.

다만 저번과 다르게 문은 닫혀 있지 않고 작게 열려 있었다.

『미래에 반드시 행복이 있지는 않다. 분명 불안과 슬픔에 시달리기도 할 것이다. 그러나 비관하지 마라. 반드시 길은 나타난다.』

의문의 남자는 두 팔을 벌리고 온화하게 웃었다.

『아이야, **다음**에 만날 때를 기대하마.』

갑작스러운 작별 인사였다. 리즈는 위를 올려다보았지만 문은 움직일 기미가 없었다.

『**그녀**에게는 미안하지만 이번에는 「그쪽」이 아니야.』

"어?"

시선을 내렸을 때, 눈부신 빛이 세계를 뒤덮었다.

눈을 뜨고 있을 수 없는 광량이 리즈에게 쏟아졌다.

망막을 뚫고, 시신경을 지지고, 뇌수를 태울 정도의 열량이었다.

"아, 윽?!"

목이 뽑힐 듯한 감각에 리즈는 목을 부여잡고 저항했다.

목구멍이 바싹 말라 숨을 쉴 수 없어서 자연스럽게 눈물이 흘러나왔을 때—.

"으윽……?!"

해저에서 수면으로 급격히 상승하는 듯한 압박감이 들었다. 엄청난 격통에 눈을 뜨니—.

"푸하! 헉, 헉, 헉……."

낯익은 경치가 눈에 날아들었다. 리즈는 필사적으로 산소를 들이마시며 주위를 둘러보았다. 흰 천이 주위를 덮고 있었다. 밖에서 바람이 불자 천장에 매달린 램프가 천막과 함께 흔들렸다.

"……커, 헉."

기습에도 정도가 있다. 까딱 잘못했으면 죽었을 가능성조차 있었다.

"물……."

심각하게 목이 말랐다. 리즈는 일어나서 책상에 놓인 물동이로 다가가 은잔도 쓰지 않고 그대로 호쾌하게 마셨다. 황궁이었다면 신하가 쓴소리를 했을 행위지만 공교롭게도 지금은 리즈 혼자였다.

입술에서 떨어진 물방울이 빗장뼈를 타고 가슴골로 빨려 들어갔다. 그러나 리즈는 신경 쓰지 않고 열심히 물을 들이켰다. 빈 동이를 책상에 놓고 호쾌하게 의자에 앉았다.

"후우…… 그 남자, 다음에 만나면 반드시 때릴 거야."

천장을 향해 살벌하게 단언하자 밖에서 어수선한 발소리가 들렸다.

"리즈, 보고할 게 있어."

익숙한 목소리였다. 억양은 없지만 혀가 짧아서 애교가 있었다.

"들어와."

"……실례하겠습니다."

아담한 여성이 예의 바르게 들어왔다.

트레아 르단디 아우라 폰 브나다라.

제립 훈련 학교를 수석으로 졸업. 최연소로 제3황군 사령관의 참모로 발탁된 과거를 가졌다. 지금은 리즈를 지지하는 측근 중 한 명이었고 이번 페르젠 해방에서 그란츠 대제국 본대의 참모장을 맡은 인물이었다.

《군신소녀》라는 이명을 가졌으며 은발의 요정이라고도 불리는 아우라는 리즈를 보자마자 눈썹을 찌푸렸다.

"용건을 말하기 전에 먼저 부탁 하나 할게."

"뭔데?"

작게 고개를 갸웃하자 검지로 척 가리켰다.

"뭔가 위에 걸쳐 줘. 그 모습은 좀 그래."

"……그래?"

자신의 모습을 내려다보니 속옷 차림이었다. 그래도 이곳에는 동성인 아우라밖에 없었다.

　문제는 없을 것 같은데 아우라는 담담히 시선만으로 옷을 갈아입으라고 호소했다.

　"잘못해서 남성 병사가 들어오면 어떡해?"

　"긴급 시에는 옆 천막에 있는 시녀가 알려 주니까 괜찮아. 만약 허가 없이 남성이 들어오면 「염제」가 불태울 거야."

　진지한 얼굴로 대답하자 아우라는 애석하다는 듯 어깨를 떨궜다.

　"그럼 사망자가 나오기 전에 뭔가 걸쳐 줘. 3년 전이라면 몰라도 지금 리즈는 여성에게도 자극이 너무 세."

　3년 전이라면 몰라도? 그건 무슨 의미냐고 물어보려고 했지만 아우라는 리즈의 짐을 멋대로 뒤적여 전신을 가릴 수 있는 외투를 획 던졌다.

　"그거 입어."

　"예예……."

　리즈는 대충 대답하며 외투를 걸치고 다시 의자에 앉았다.

　"그래서 뭘 보고하러 온 거야?"

　"선행하던 제1군이 괴멸했어."

　아우라의 담담한 보고가 사태의 심각성을 이야기했다.

　리즈는 험악한 표정을 짓고 뒷말을 기다렸다.

　"제1군이 괴멸 상태에 빠진 건 사흘 전이야. 아까 제2군에 파발을 보냈어. 본대가 합류할 때까지 대기시킬 생각이야."

　"잘했어. 그리고 제2군에 별동대를 편제시켜서 부상자 구조를 최우선으로 해. 본대에서도 별동대를 얼마쯤 보내서 주위를 경계시키고."

아우라가 고개를 끄덕이며 생각을 정리하길 기다린 후, 리즈는 이어서 말했다.

"제1군의 피해는 어느 정도야?"

"피해는 막대해. 3만 중에서 1만이 전사했고 부상자는 5천이상이야……. 생존자— 전령에 의하면 정체 모를 힘을 쓰는 백발 남자가 카인 대장군을 물리쳤다고 해."

"……정체 모를 힘과 백발 남자라."

슈트벨 제1황자의 마지막 모습이 뇌리를 스쳤다. 그때 이후로 변하지 않았다면 십중팔구 슈트벨이 카인 대장군을 죽였다.

그나저나 페르젠에 몸을 숨기고 있었다니 놀라웠다. 미간을 짚은 리즈는 지친 얼굴로 한숨을 쉬었다. 이곳에 스카아하가 없어서 다행이었다.

그녀의 정신 상태는 불안정하다. 그런 스카아하의 귀에 슈트벨 이야기가 들어간다면 어떻게 될지…….

"스카아하가 없어서 다행이야. 만약 스카아하가 백발 남자를 알게 됐다면 혼자서 달려 나갔을 거야."

"정말로 슈트벨 1황자라고 생각해?"

"5대 장군을 물리칠 만한 실력자잖아. 가능성은 크겠지. 거기에 백발인 데다가 「마족」 같은 풍채라면 슈트벨이 틀림없어."

정령검 5제—「풍제」와 「뇌제」는 여전히 슈트벨이 소지하고 있다. 아무리 5대 장군이더라도, 정령 무기를 가지고 있더라도 불리하다. 더군다나 상대는 「타천」한 「인족」이다. 사단 규모로 덤벼도 이길 수 있을지 알 수 없다. 일기당천이라고 칭송받는 5대 장군이더라도 정면 싸움은 몹시 어렵다.

"살아남은 제1군 병사는 본국으로 돌려보내. 그리고 제2군은 본대와 합류한 후 다시 편성하겠어. 완료하는 대로 이 앞에서 기다리는 티그리스, 스콜피우스와 싸울 거야."

"……알겠어. 새로운 편성안을 만들어 둘게."

"제3군에서는 연락 없어?"

"역시 페르젠 백성이 방해하고 있나 봐. 진군을 멈추고 설득 중이라는 보고가 왔어."

"앞으로는 연락을 긴밀히 취하자. 제3군과 보조를 맞추며 여섯 나라를 페르젠에서 몰아내는 거야. 아무쪼록 페르젠 백성을 상처 입히지 말라고 해."

"응. 그 부분은 못을 박아 둘게."

"그럼 바로 참모들을 사령부로 모아 줄래?"

"알겠어."

"나도 금방 옷 갈아입고 갈게."

"먼저 가서 기다릴게."

아우라는 고개를 끄덕이고서 빠른 걸음으로 리즈의 천막을 나갔다.

리즈는 군복을 집어 들고 빠르게 갈아입었다.

황궁에서는 시녀의 시중을 받지만 기본적으로 리즈는 밖에서는 남의 손을 빌리기 싫어했다.

남들 위에 서는 자로서 시녀의 일을 뺏지 말라고 로자에게 한 소리 들은 뒤로는 최대한 시녀를 부르고 있으나 역시 혼자서 갈아입는 쪽이 마음 편했다.

마지막으로 외투를 걸친 후 책상에 세워 뒀던 「염제」를 허리에 차고 천막을 나갔다.

하늘 가득 별이 떠 있었다.

오늘은 별이 가깝다고 생각하며 리즈는 사령부를 향해 걷기 시작했다. 심야임에도 불구하고 몇만 명이 모인 야영지는 소란스러웠다.

소량의 술을 허락하기도 해서 주위에서 담소가 끊임없이 울렸다.

제1군이 괴멸했다는 소식은 아직 병사들에게 알려지지 않은 듯했다.

그러나 알려진다고 해도 사기에 크게 영향을 주지는 않을 것이다.

그란츠 본대에는 「금사자 기사단」, 「황흑 기사단」, 「장미 기사단」이라는 그란츠 대제국의 정예가 갖춰져 있었다. 질지도 모른다는 걱정 따위 누구도 하지 않을 터다. 게다가 그란츠 본대를 이끄는 사람은 눈부신 약진을 이어가는 제6황녀였다. 기대할지언정 불안히 여기는 자는 별로 없을 것이다.

그런 리즈는 사령부에 도착하기 직전에 발을 멈췄다.

"……나와."

화톳불이 밝히지 못하는 곳을 향해 날카로운 목소리로 말했다.

"……언제부터 눈치채셨나요?"

자갈을 밟는 소리와 함께 후드를 뒤집어쓴 인물이 어둠 속에서 빠져나왔다.

"처음부터 알고 있었어. 당당히 야영지에 침입하다니 배짱 한번 두둑하네."

리즈가 지적하자 침입자는 한순간이지만 말을 잇지 못했고, 곧바로 웃음을 머금었다.

"그것참 무섭군요……. 당신도 저와 같은 「눈」을 갖고 계신 모양입니다."

"뭐라고?"

"아뇨, 그냥 해 본 소리입니다. 흘려버리세요."

침입자는 고개를 젓고서 우아하게 허리를 굽혔다. 빈정거리지 않는 우아한 동작에서는 기품조차 감돌았다.

"그란츠 대제국, 세리아 에스트레야 엘리자베스 폰 그란츠 전하. 처음 뵙겠습니다. 저는 「무명」이라고 합니다."

들어 본 이름이었다. 한참 소문이 났었던 인물이기 때문이다. 무엇보다 「무명」이라고 하면 슈트벨 제1황자의 측근이었던 자로, 반란을 일으켰을 때 모습을 감춘 자였다.

"그래…… 네가 「무명」이구나. 나한테는 무슨 일로 왔어?"

리즈는 허리에 찬 「염제」를 뽑지는 않았으나 조금도 빈틈을 보이지 않으며 「무명」을 흘겨보았다.

"……무서운 성장 속도군요. 2년 전에는 속절없이 연약한 울보 황녀였는데 말이죠."

　도발적인 언동이었지만 리즈는 태연한 얼굴로 흘려버렸다.

　"사람이 성장하기에는 충분한 시간이야."

　"그것 또한 진리입니다."

　"이런 이야기를 하려고 일부러 여기 온 거야?"

　"아뇨. 한 가지 충고드리고 싶어서요."

　"그럼 얼른 하지 않을래? 나도 한가하진 않아."

　침입자와 맞닥뜨렸는데도 리즈는 이상하리만큼 침착했다.

　오히려 「무명」이 경계심을 강화하며 신중하게 말을 꺼냈다.

　"바움 소국의 「흑진왕」을 조심하십시오. 아마도 그분은 그란츠 대제국의 전복을 꾀하고 있─"

　너무나도 난데없는 일이었다.

　「무명」이 서 있던 곳이 폭발했다. 빨간 불기둥이 지면에서 솟구쳐 주위가 대낮처럼 환해졌다.

　"2년 전에 정한 게 있어. 그래서 그런 헛소리는 안 들어."

　리즈는 불기둥과는 다른 방향으로 시선을 보냈다. 그곳에 「무명」이 서 있었다.

　"……불안하지 않으십니까?"

　"미안한데, 나는 무슨 일이 있어도 계속 그의 편일 거라고 약속했어."

　리즈가 푸른 불꽃을 주먹에 휘감았고.

　"그러니까 말조심해."

　장절하면서도 아리땁게 웃었다.

"다음에는 죽일 거야."

사형 선고—「무명」은 다정한 제6황녀의 변모에 압도되어 뒤로 물러났다.

자신이 겁먹었음을 깨달았는지 조금 당황한 모습으로 리즈를 보았다.

"……그렇군요. 정말로 강해지셨습니다."

「무명」은 그렇게 말하고 주위를 둘러보았다.

빨간 불기둥을 목격한 자들이 소란을 피우고 있었다. 밤공기를 가르는 군화 소리가 포위망을 만들려고 했다. 많은 목소리가 이쪽을 향하고 있었다.

"그럼 또 뵙지요."

성실하게 고개를 숙이는 「무명」에게 리즈가 미소 지었다.

"그래. 봐주지 않을 거니까 각오해."

소리도 없이 완전히 모습을 감추는 「무명」을 지켜본 후 리즈는 천막으로 걸어갔다.

그 입구에서 아우라가 얼굴을 내밀었다.

"무슨 일 있었어?"

의아한 얼굴로 묻는 아우라를 보고 리즈는 턱을 짚으며 빨간 눈동자를 이리저리 굴렸다.

"미안. 「염제」가 말썽을 부렸어. 병사들에게는 그렇게 설명해 줘."

"응?"

아우라가 고개를 갸웃했고, 「염제」는 작게 항의의 불꽃을 내뿜었다.

*****

"훌륭해……. 저것이 「염제」— 「종언의 검」인가."

태양처럼 지상을 밝히던 불꽃이 사라진 뒤로도 그 여운은 식지 않았다. 막대한 힘을 목격하고 망막에 새겨진 풍경은 소망을 부추겼다.

"이런 시기에 보게 될 줄은 몰랐지만, 역시 이번에는 내가 오길 잘했어."

로두르 프레이 폰 인그날.

그란츠 대제국 5대 귀족 중 하나인 무주크 가문을 섬기는 청년이었다. 어딘가 덧없는 인상을 주는 남자였다. 야리야리한 체격 탓도 있겠지만 그 이상으로 눈길을 끄는 병적일 정도로 하얀— 아니, 창백한 피부 때문일지도 모른다.

주위를 둘러본 로두르는 쉬고 있던 병사들이 허둥지둥 막사에서 나오는 모습을 확인했다. 병사들은 어떻게 하면 좋을지 알 수 없어서 혼란스러워했다. 곧 있으면 사령부에서 뭔가 통달이 오겠지만 그때까지는 소란이 수습되지 않을 것이다.

"무슨 일이 있었는지는 대충 알겠는데, 참 떠들썩한 황녀야."

페르젠 탈환이라는 중요한 분기점에 들어선 지금, 괜한 혼란을 초래해서는 안 된다. 하지만 다른 관점에서 보면 이번 소동이 나쁘기만 한 것은 아니었다.

돌발적인 사태에 잘 대처하는 자를 찾아내기에는 효과적인 수법이었다.

쓸데없이 부하를 혼란에 빠뜨리는 상관이 있을 것이다. 냉정히 부하에게 지시를 내리는 상관도 나올 것이다. 혼란을 수습하지 못하고 부하를 다치게 만드는 자도 있을지 모른다.

그런 자들을 찾아내려면 이번 소동을 이용하는 것이 제일이었다.

"신병만 데려오길 잘한 것 같군."

이런 기회는 좀처럼 없다. 병사들의 마음을 다잡는 의미에서도, 전장의 분위기에 익숙해지도록 하는 의미에서도 다양한 성장을 촉구할 수 있다. 실전은 역시 훈련보다 얻을 수 있는 것이 많다.

"이번 전쟁에서 두각을 나타내는 인물이 나오길 기도해야지."

안 그러면 굳이 참전한 의미가 없다. 로두르는 기대를 담아 사령부를 한 번 보고서 발길을 돌려 자신의 막사로 돌아갔다.

실내에 준비된 책상 앞 의자에 앉은 로두르는 팔짱을 꼈다.

"요란하게 침입한 이유를 물어도 될까?"

촛불이 닿지 않아 어두운 구석을 향해 묻자 신기하게도 사람의 윤곽이 나타나더니 기어 나오듯 어둠 속에서 빠져나왔다.

"그편이 서로에게 좋을 것 같아서요."

후드를 뒤집어써서 표정은 알 수 없었다. 정체 모를 분위기를 풍기는 인물이 등장했지만 로두르는 당황하지 않았고 경계하지도 않았다.

"「무명」 공, 그대와 만나고 있다는 게 알려지면 내 목이 무사하지 못할 텐데?"

"그렇기에 「보이지」 않도록 소란을 일으킨 겁니다."

책상으로 다가온 「무명」은 종이 한 장을 놓았다. 로두르는 종이를 집어 들어 내용을 확인하고서 의심스럽게 「무명」을 보았다.

"……제정신인가? 이런 일이 정말 가능하다고 생각하나?"

"위험한 모험이지만, 로두르 님께도 나쁜 이야기는 아닐 텐데요?"

"……그렇긴 하지. 그러나 곧이곧대로 믿을 수 있는 내용은 아니야."

"성공하느냐 마느냐는 로두르 님의 판단에 맡기겠습니다. 제게는 당신도 장기말 중 하나니까요. 고집할 요인은 아닙니다."

그렇게 말하고서 「무명」은 책상에서 떨어져 어둠 속으로 들어갔고 기척과 함께 모습을 감췄다. 로두르는 한동안 석연치 않은 얼굴로 어둠을 바라보고 있었으나 시선을 떼고 「무명」이 남기고 간 종이를 촛불에 갖다 댔다.

"무슨 생각인지 모르겠군. 애초에 「무명」에게는 목적이 있는 건가……?"

로두르는 활활 타는 종이를 손바닥에 올리고 사색에 잠겼다. 살이 타는 냄새가 막사를 가득 채웠지만 로두르는 눈썹 하나 까딱하지 않은 채 눈을 감고 얕은 호흡을 되풀이했다.

이윽고 눈을 뜨더니—.

"히드라 공…… 있는가?"

인물의 이름을 부르자 어디에선가 목소리가 울렸다.

"뭐지?"

"약속한 「물건」을 달라고 「아버지」에게 전해 주겠나."

"알겠다."

이유도 묻지 않고 간단히 대답한 목소리는 그 말을 끝으로 들리지 않게 되었다. 로두르는 다 타 버린 종이를 움켜쥐었다. 손가락 틈으로 빠져나온 많은 재가 허공에 흩날렸다.

"……베투 님, 전부 무주크 가문의 번영을 위한 일입니다."

이곳에 없는 주인에게 사죄의 말을 뱉고서 로두르는 화상 입은 손바닥을 바라보며 깊이 고개를 숙였다.

*****

제국력 1026년 9월 23일.

앙귀스가 지배하는 신왕도 주변에는 소규모 도시가 여럿 존재한다.

그란츠의 내습을 두려워한 주변 주민들이 그중 한 도시로 피난하고 있었다.

그러나 도시 측도 간단히 받아들일 수는 없었다. 그란츠에서 보낸 간첩이 백성들 사이에 섞여 있을지도 모르기 때문이다.

도시 입구에 검문소가 설치되어 병사가 짐을 조사하고 있지만 피난 오는 주민이 너무 많아서 일손이 부족한 상황이었다.

그래서 많은 난민이 도시 주변에서 노숙 중이었다.

천막을 치는 자가 있는가 하면 짐을 베개 삼아 가도에서 자

는 이도 있어서, 상인들이 도시에 들르지 못하여 페르젠 서쪽
은 경제가 정체된 상태였다.

그 밖에도 문제는 많았다.

밭을 망치는 자나 강도, 납치범까지 출몰하여 치안이 악화
되고 있었다.

여섯 나라도 대책을 전혀 세우지 않은 것은 아니었다. 식량
을 개방하여 난민에게 나눠 주고, 야영지를 제공하여 일시적
으로 지내게 하고, 경비 부대를 순회시키며 대처하고 있었다.

그러나 나날이 늘어나는 난민 때문에 도시의 비축이 축나
면서 원래 살던 주민과 마찰을 빚고 있었다. 개중에는 납치범
에게 협력하는 병사도 있는 등 인심은 흉흉해지기만 하여 치
안은 개선될 기미가 없이 악순환에 빠져 있었다.

"해도 저물었어. 오늘은 여기까지다. 내일 다시 와."

앙귀스병이 녹초가 된 얼굴로 고하자 마을 사람이 절박한
얼굴로 병사에게 매달렸다.

"뭐?! 한 명만 더 해도 되잖아! 나밖에 없다고!"

하지만 정에 흔들릴 만한 자가 검문소에 배치될 리 없었다.

"안 돼. 정해진 시각에 문을 닫지 않으면 내가 혼나."

"어차피 내일 들어갈 거, 오늘 들어가도 되잖아!"

마을 사람은 필사적으로 사정사정했으나 병사는 손을 휘휘
내저을 뿐 상대해 주지 않았다.

"벌써 며칠이나 줄 섰잖아? 하루만 더 참아."

"그렇게 여유 부리는 사이에 그란츠군이 오면 어떡해! 그 녀

석들은 모조리 빼앗아 가! 동쪽은 차마 눈 뜨고 못 볼 정도로 무참하다고!"

마을 사람은 여유가 사라진 필사적인 형상으로 계속해서 병사에게 매달렸다.

"괜찮아. 그란츠군은 여기까지 안 왔어. 오늘은 밖에 준비된 야영지에서 쉬고 내일 다시 와."

"웃기지 마! 모처럼 줄 서서 기다렸는데 내일 다시 서란 거야?!"

"어쩔 수 없잖아. 해가 저물었어. 적의 간첩이 어디 숨어 있을지 몰라. 위험한 일은 할 수 없어."

역시 병사도 한계인지 짜증이 드러났다.

실랑이를 듣고 다른 병사와 불안해진 사람들이 모여들었다.

"어이, 「인족」, 비켜. 오늘 검문은 끝났어. 내일 다시 와."

티그리스국에 소속된 「이장족」 병사가 항의하는 마을 사람에게 화살을 겨눴다.

이에 깜짝 놀란 것은 마을 사람이 아니라 앙귀스 병사였다.

"이봐, 뭐 하는 거야. 활을 내려. 루시아 님께 이 일이 알려지면 질책받을 거다."

"알 게 뭐야. 우리는 티그리스 병사다. 앙귀스 여왕의 명령 따위 받지 않아. 하물며 「인족」이어서야."

말 마디마디에 조소가 섞여 있었다. 앙귀스 병사가 분노로 눈꼬리를 치켜세웠다.

"너 이 자식, 루시아 님을 우롱하는 거냐?"

"그렇게 들렸나? 「인족」은 항상 나쁜 쪽으로만 생각을— 웃?!"

말하는 도중에 「이장족」 병사의 몸이 기울었다.

곧장 자세를 바로잡은 「이장족」 병사는 노여움을 담아 옆으로 시선을 보냈다.

"누가 날 밀었지?!"

주위를 둘러봤지만 아무도 그를 보고 있지 않았다. 주위 병사들의 시선은 다른 곳에 꽂혀 있었다. 「이장족」 병사는 기묘한 정적을 의아하게 여기며, 대체 무엇을 보고 있나 싶어서 똑같은 곳으로 얼굴을 돌렸다.

"으아악……! 젠장, 진짜로 쐈겠다!"

어깨에 화살이 박힌 마을 사람이 있었다. 격통에 몸부림치면서도 증오를 담아 「이장족」을 노려보고 있었다. 눈을 부릅뜨고 멍하니 바라보는 「이장족」의 어깨를 잡은 앙귀스 병사가 활을 압수했다.

"대체 이게 무슨 짓이야!"

타박하는 목소리에 겨우 정신을 차린 「이장족」은 핏기가 가신 얼굴로 황급히 고개를 가로저었다.

"아, 아니야. 누가 날 밀었어."

"웃기고 있네. 당장 의사를 불러!"

마을 사람이 흘리는 피를 보고 문 앞에 모여 있던 사람들이 허둥댔다.

다른 병사들이 진정시키려고 했지만 소용없었다.

그때―

"야영지가 불타고 있어! 그란츠군이 쳐들어왔나 봐!"

한층 더 연료가 투하되자 주변은 한순간 고요해졌다.

야영지 방향에서 피어오르는 검은 연기를 보고 정신을 차린 사람들은 닫히려던 문으로 쇄도했다.

"진정해, 그냥 작은 화재야! 정말로 쳐들어왔다면 저렇지 않아! 말에 현혹되지 마!"

정말로 쳐들어왔다면 저렇게 작은 연기로 끝날 리가 없다.

하지만 계속 축적된 공포가 단숨에 폭발하면서 군중은 막을 수 없는 눈사태가 되어 밀려들었다. 공황 상태에 빠지면 더는 누구의 목소리도 들리지 않는다.

상황이 이렇게 되니 병사들도 무력을 행사할 수밖에 없었다.

하지만 그것은 역효과를 냈다.

위협해도 허둥대는 사람들을 막을 수는 없었고 오히려 화를 돋우는 결과가 되었다. 문 앞은 단숨에 소란스러워졌다. 그리고 혼란에 빠진 사람들이 도시에 밀어닥치면서 일상이 파괴된 본래 주민들도 혼란에 빠졌다. 귀기가 감도는 얼굴로 몇백 명, 몇천 명이 밀려드는데 어떻게 멀쩡히 있을 수 있겠는가.

"여기저기서 연기가 피어오르기 시작했군요."

"그래……. 잠입시킨 자가 한 짓이야. 궁지에 몰린 인간은 정상적으로 판단할 수 없게 돼. 공포에 사로잡힌 사람들의 눈에는 작은 화재도 거대한 불길로 보이지."

히로는 가면 위치를 조정하고서 법석대는 도시를 조용히 바라보았다.

"……어쨌든 성공했다는 신호야."

한 번 둑이 터지면 막을 수 없다. 탁류는 모든 것을 휩쓸어 간다.

"계략을 부린 도시는 여섯. 두 곳만 성공해도 괜찮은 편이지만 효과는 막대해."

히로는 소란스러워지는 도시에서 하늘로 시선을 옮겼다.

해도 저물었다. 주위에는 어둠이 몰려들어 있었다.

이날은 구름이 하나도 없는 아름다운 밤하늘이 펼쳐져 있었다.

비가 내릴 조짐도 없이 세계는 습기를 띤 채 버티고 있었다.

평소라면 별이 반짝일 밤이다.

평소라면 정적이 깔릴 밤이다.

그러나 이날만큼은 평소의 밤이 찾아오지 않았다.

무정하게도 대지에서 피어오르는 검은 연기가 별들을 가리고 있었기 때문이다.

그런 하늘과는 딴판으로 대지는 붉게, 붉게, 붉게, 가차 없는 불길에 휩싸여 있었다.

노호와 비명. 분노, 슬픔, 도움을 구하는 목소리가 끝없이 밤공기를 관통했다.

칼부림의 폭풍이 휘몰아치며 피비린내가 공기를 침식했다.

멈출 줄 모르는 악의가 도시를, 사람들을 유린했다.

"절망을 아는 자에게야말로 희망은 찾아오지."

히로는 붉게 타는 도시를 바라보며 기계 같은 표정으로 중얼거렸다.

그 목소리는 눈앞에서 펼쳐지는 참담한 광경의 목격자치고
는 냉담하고 냉혹했다.

그의 말에는 억양이 없었다. 감정이란 것이 『그곳』에는 존재
하지 않았다.

감정을 파악하기 어려운 가면 탓인지.

아니면―.

"……용서해 달라고는 안 해. 날 마음껏 원망하도록 해."

오른손으로 가면을 쓰다듬으며 활활 타오르는 도시를 눈에
새겼다.

밤바람이 그의 외투를 펄럭이게 했고, 동시에 히로가 몸에
두른 공기를 훔쳐 갔다.

"……이로써 오랫동안 이어진 교착 상태는 끝나겠지."

히로는 도움을 구하는 사람들의 목소리에 손을 내밀려고
하다가―.

"……위선이군."

―구원의 손을 거뒀다.

모든 정을 버리고서 몸을 돌린 히로는 두 팔을 벌렸다.

"자― 전쟁을 시작하자."

*****

제국력 1026년 9월 23일.

페르젠 속주— 구왕도 스큐에 근교의 평원.

그란츠의 깃발이 지상을 뒤덮고 있었다. 병사 5만 명이 개전 신호를 기다리는 중이었다.

긴장과 흥분이 어우러져 전장 특유의 공기가 감돌았다. 기묘한 정적도 함께 있었다. 마치 폭풍 전야 같은 불길한 고요함이 대지에 깔려 있었다. 잎사귀에 맺힌 아침 이슬이 팽팽한 긴장감을 견디지 못하고 미끄러져 떨어졌다.

그란츠군 5만— 반대쪽에는 여섯 나라에 속한 티그리스와 스콜피우스 혼성군 3만이 포진해 있었다.

공교롭게도 이곳은 카인 대장군과 많은 장교가 전사한 평원이었다.

시체 대다수가 여전히 방치되어 원통한 표정으로 양군을 노려보고 있었다.

피비린내와 시체 썩는 냄새가 뒤섞여 독특한 악취가 진동했다. 바람이 불어도 그 냄새는 사라지지 않고 마치 저주처럼 계속 전장에 서려 있었다.

전선에 선 붉은 머리 황녀는 험악한 얼굴로 전장을 둘러보다가 티그리스와 스콜피우스 혼성군의 선두에 선 남자를 발견하고 날카롭게 눈을 좁혔다.

"역시나…… 슈트벨이었어."

보고받은 외양과도 일치했다.

백발의 거한— 라인 하트 슈트벨 폰 그란츠 제1황자.

오만하고 잔학한 남자였다. 유력한 차기 황제였는데도 그란츠 대제국에 반기를 들고 아버지인 황제를 살해한 후 행방을 감췄었다.

"불쌍하네……."

금발 벽안의 늠름한 청년이었는데, 지금은 얼굴도 수척하고 피부는 보랏빛으로 물들었으며 백발이 되어서 정한했던 모습은 조금도 찾아볼 수 없었다. 정령검 5제 중 하나인 「뇌제」에게 선택받으면서 한층 더 힘을 추구하여 「타천」까지 한 결과가 저런 추한 모습이었다.

리즈는 뒤돌아 본진의 모습을 「봤다」.

이번에는 아우라가 있어서 전선에 설 수 있었다. 사령관은 본진에 있으라고 쓴소리를 들었지만 헛되이 사상자를 낼 수는 없었다. 아무리 그란츠에 강인한 병사가 많다지만 리즈만이 슈트벨을 상대할 수 있을 것이다. 그렇기에 아우라도 강하게 말리지 못하고 리즈가 전선에 서는 것을 고민 끝에 허락했다.

무엇보다 슈타이센 공화국 때 같은 기분으로 계속 기다리기는 싫었다.

리즈는 하늘을 올려다보고 미소 지었다. 중신이 지켜보고 있었다.

그러니 아무것도 두렵지 않다. 먼저 떠난 그들에게 자신의 용감한 모습을 보여 주기 위해 질 수는 없었다.

"영예로운 승리를."

리즈는 칼집에서 「염제」를 조용히 뽑아 하늘을 향해 들었다.

병사들이 호령을 기다리며 그 뒷모습을 바라보았다. 그들의 힘 있는 표정은 굳게 다잡혀 있었다.

뒤쪽에서 전해지는 열기, 리즈는 몸 안쪽에서 활력이 샘솟는 것을 느꼈다.

"그란츠 열두 대신께 바치자."

정면으로 시선을 보낸 리즈는 「염제」의 칼끝을 적군에게 겨눴다.

누군가가 감탄의 한숨을 쉬었다. 햇살이 그녀에게 쏟아졌기 때문이다.

섬광처럼 빛나는 그녀의 모습은 한 폭의 그림처럼 환상적이었고 펄럭이는 사자 문장기가 리즈의 등과 겹쳐 위엄을 더했다. 사자 황녀에 걸맞은 침착한 모습과 초현실적 존재와 같은 미모는 여신처럼 사람들을 매료했다.

그녀는 틀림없이 우리가 우러러야 할 차기 황제라고 모두가 가슴에 새겼다.

초대 황제의 재래― 「붉은 머리 황희」의 실력을 의심하는 자는 아무도 없었다.

여신이 함께 싸우고 있다. 승리는 약속되어 있었다.

"자, 가자."

적을 도륙하는 데 말은 필요 없다. 전장을 달리는 데 미사

여구는 필요 없다.

목적이 무엇인지, 무엇이 필요한지, 무엇을 이야기하고자 하는지.

그녀의 등을 보면 전부 알 수 있었다.

"전군, 돌격!"

리즈의 후방에서 사기가 폭발했다. 뿔피리 소리와 북소리가 울렸다.

영혼을 뒤흔드는 짐승 같은 포효가 들끓으며 각지에서 사자 문장기가 차례차례 들렸다.

왕의 깃발이 리즈와 함께 있었다. 그렇다면 병사들이 갈 곳도 똑같았다.

『우리의「붉은 머리 황희」에게 승리를 바쳐라!』

「장미 기사단」이 함성을 지르며, 전장을 달리기 시작한 리즈의 등을 쫓았다.

찰나— 대량의 화살이 하늘을 덮었다.

"방패!"

리즈의 명령은 충실하게 실행으로 옮겨졌다. 동시에 어마어마한 수의 화살이 「장미 기사단」에게 쏟아졌다. 화살을 막지 못한 몇 기가 탈락했고 화살을 맞아 다친 자도 적지 않았지만 그래도 기세는 멈추지 않았다.

왜냐하면—.

―여신이 선두를 달리고 있었기 때문이다.

그렇게 많은 화살이 쏟아졌는데 그녀는 멀쩡했다.

「염제」가 뿜어내는 불덩이가 전부 태워 버리고 있었다.

그저 아름다웠다. 사선에 있으면서도 그녀의 아름다움은 한층 더 빛났다.

그렇기에 앞만을 볼 수 있었다.

자신들의 주군이 어디까지 달려갈지 보고 싶어서 다치더라도 그녀와 함께하고 싶다고 병사들은 바랐다.

「장미 기사단」의 전투 의욕은 올라갈 뿐이었다. 리즈의 뒷모습을 바라보는 그들의 눈은 끊임없이 반짝였다. 그것이 자랑스럽다는 듯 우렁차게 함성을 질렀다.

『우리의 「붉은 머리 황희」에게 승리를 바쳐라!』

그야말로 경국지색이었다. 모두가 그녀에게 매료되어 버렸다.

역전의 용사조차 그녀의 매력에 저항하지 못하고 기뻐하며 사선으로 향했다.

여신처럼 아름다운 그녀가 명령한다면 그들은 곧바로 영예로운 죽음을 택하리라.

이것이 경국지색이 아니면 무엇이겠는가.

그리고 죽음조차 두려워하지 않는 그들의 용감한 모습을 보고 후방에 있는 그란츠군이 어떻게 생각할지는 상상하기 어렵지 않았다.

그 기세는 냉정함을 미덕으로 여기는 「이장족」의 판단을 늦쳤다.

『온다. 활 부대는 물러나라.』

육박하는 그란츠군을 보고 적군의 지휘관이 정확한 판단을 내렸다.

그러나—.

『중장 부대는 앞으로 나가 방패를— 윽?!』

"느려."

전선에 뛰어든 여신의 모습을 본 것을 마지막으로 지휘관의 몸은 업화에 휩싸였다. 눈에 보이지 않는 속도로 「염제」가 차례차례 적을 도륙했다. 리즈를 에워싼 전선의 적병은 괴물처럼 움직이는 그녀를 보고 어떻게 대처할지 몰라 당황한 표정이 역력했다.

그런 그들에게 「장미 기사단」이 쇄도했다.

『네놈들에게 죽음을 주마. 「붉은 머리 황희」의 공물이 되어라!』

찰나— 양군이 충돌했다.

비명, 노호, 괴성— 다양한 목소리가 복잡하게 뒤얽혀 하늘로 올라갔다.

뼈가 부서지고, 살이 갈라지고, 피가 튀었다.

틈을 노리고 날아드는 기병의 말굽에 깔리는 적병도 있었다.

적군의 대열이 흐트러졌다. 「장미 기사단」의 기세에 눌려 커다란 구멍이 생겼다.

후방에서 뒤쫓아온 그란츠군 제1진 2만이 그곳에 쇄도했다.

"하앗!"

『억?!』

리즈 앞에 시체가 산처럼 쌓여 갔다.

전부 상처가 불타고 짓물러서 고통스럽게 얼굴을 일그러뜨린 채 숨져 있었다.

"자, 다음은 누구야?"

실력에 자신이 있더라도, 수적으로 우세하더라도 그녀는 이길 수 없다─ 그렇게 생각하게 만드는 박력이 있었다. 그들에게 뿌리내린 주저는 공포가 되어서 「이장족」들은 자연스럽게 후퇴할 수밖에 없었다.

"강해진 것 같군."

전장을 덮은 피보라를 몰아내듯 거대한 도끼가 공간을 갈랐다.

다가오는 도끼날을 냉정하게 튕긴 리즈는 뒤로 크게 뛰고 「염제」를 들었다.

"맞아. 널 쓰러뜨릴 수 있을 정도로 강해졌어."

그런 그녀의 발밑으로 무참한 모습이 된 병사들이 던져졌다. 흩날리는 살점 사이로 선혈의 비가 대지에 쏟아지는 가운데, 백발의 거한─ 슈트벨이 웃으며 서 있었다.

공기가 터졌다. 폭죽이 파열하듯 주위에서 섬뜩한 소리가 잇달아 울렸다.

백발 남자에게서 방출된 전류가 공기에 섞인 모래를 튀기며 나는 소리였다.

"오랜만이구나. 내 사랑하는 동생아."

슈트벨은 「뇌제」를 지면에 꽂고 두 팔을 벌렸다.

품에 안기라는 뜻일까. 단 한 번도 그런 가족의 애정을 보여 준 적 없었으면서⋯⋯. 리즈는 질린 표정을 지었다.

"역겨워."

"그렇게 매정하게 굴지 마. 저주받은 네게 안식을 줄 사랑하는 오라비인데."

"후후, 그래⋯⋯. 그럼 나는 불쌍한 오라비를 저주에서 구해 줄게."

리즈는 냉철한 눈으로 슈트벨을 바라보며 비웃었다.

순간— 슈트벨의 모습이 사라졌다.

리즈는 당황하지 않고 다리를 벌린 뒤 왼손을 「염제」의 날에 올렸다.

이어서 충격이 찾아왔다. 리즈가 서 있는 곳이 크게 함몰되었다.

"제법이구나!"

"다 「보여」."

슈트벨이 환희를 폭발시키며 도끼를 휘둘렀다. 이에 리즈는 그 자리에서 움직이지 않고 1합, 2합, 3합, 계속 칼로 쳐 냈다.

두 사람이 격렬하게 충돌하면서 생긴 충격파가 주위에 퍼졌다. 휘몰아치는 돌풍에 휩쓸려 병사들이 대지를 굴렀다. 어떻게든 넘어지지 않은 자들도 갈라진 지면에 발이 빠져 움직이지 못했다. 아군 적군 가리지 않는 포학한 폭풍 앞에서 양군은 교착 상태에 빠졌다. 이윽고 병사들은 사람의 영역을 벗어난 싸움에 휘말리지 않도록 거리를 두기 시작했다.

"네년……."

전격이 불꽃에 상쇄되었다. 바람이 열파에 날아갔다.

모든 공격이 무의미해지자 슈트벨은 노기를 팽창시켰다.

그런 그를 보며 리즈는 옆머리를 뒤로 넘기고 미소 지었다.

"넌 여기서 죽일 거야."

리즈의 반격이 시작됐다.

처음에는 느렸다. 마치 쓰다듬듯 천천히 「염제」를 수직으로 휘둘렀다.

물론 슈트벨은 여유롭게 막았지만 의아한 얼굴이었다.

"이 의욕 없는 공격은 뭐냐."

슈트벨이 격분하여 「뇌제」를 내질렀다.

리즈는 「염제」의 칼날을 옆으로 눕히고 충돌하기 직전에 경사지게 틀었다.

「뇌제」의 공격은 「염제」의 칼날을 타고 미끄러지며 허공을 갈랐다.

리즈는 자세가 무너진 슈트벨에게 즉각 참격을 가했다.

"아니?!"

공격 속도가 급격히 상승하여 슈트벨의 얼굴이 경악으로 일그러졌다.

칼날이 튕겼지만 리즈는 흐름에 거스르지 않고 몸을 맡겨

반전하여 「염제」를 놀렸다.

상하좌우, 종횡무진 검이 번뜩였다. 강렬한 살의가 담긴 검의 궤적이 슈트벨을 가지고 놀며 무수한 상처를 만들어 냈다.

완급을 조절한 변속적 공격에 슈트벨이 농락당했다.

―유능제강. 부드러운 것이 강한 것을 능히 이긴다.

자신보다 힘이 센 자를 상대할 때 「그」가 자주 썼던 기술이었다.

몇 번이나 「그」의 싸움을 봤다. 과거부터 현재에 이르기까지 빠짐없이 기억에 새겨져 있었다. 거기에 독자적인 개량을 더한 리즈는 매일같이 단련을 빼먹지 않았다.

모든 것은 「그」를 넘어서기 위해―.

"슈트벨, 난 자신의 가능성을 버린 사람에게 지지 않아."

싸우는 방식은 유파가 같더라도 개인별로 다르다.

그 사람이 걸어온 삶의 무게가 무기에 더해진다.

슬픔이든 기쁨이든 분노든, 그것은 활력이 되어 사람을 강하게 한다.

마음은 사람을 강하게 한다. 한계를 모른 채 끝없이 하늘에 오르듯.

"리즈…… 너는……."

기구한 운명을 지닌 「붉은 머리 황희」의 마음은 매우 무거웠다.

많은 슬픔을 극복해 왔다.

많은 화를 간직하고서 극복해 왔다.

많은 기쁨을 안고서 극복해 왔다.

그렇기에—.

그 검 솜씨는 세련되며 아름다웠다.

무녀가 춤추듯 시간의 흐름을 거스르면서도 격렬했다.

경험이 부족했다. 서투른 부분도 있을 것이다. 선진이 본다면 한숨을 쉴지도 모른다.

아직 미숙했다. 그렇기에 그녀의 모습은 적이든 아군이든 관계없이 모두를 매료했다.

가신에게 사랑받고, 백성에게 사랑받고, 병사에게 사랑받고, 적에게도 사랑받는다.

그것은 타고난 소질— 그녀만이 가진 「왕권」^{레갈리아}이었다.

"역시 네년은……!"

슈트벨은 부정하듯 리즈에게 달려들었다.

이에 리즈는 정면으로 요격했다.

압도적인 힘의 충돌로 지면에 커다란 구멍이 여럿 생겼다.

마치 융단 폭격을 맞은 듯한 대지에 날카로운 기합이 관통했다. 밀려 올라간 지면이 사나운 바람에 휩쓸리고 자갈이 대량의 비가 되어 전장에 쏟아졌다. 그런 가운데 모래 먼지를 몰아낸 슈트벨은 노여움에 추하게 일그러진 얼굴로 리즈를 덮쳤다.

"네년이 있어서 우리는……!"

갑자기 슈트벨의 공격이 시원찮아졌다. 그가 내뱉는 말뜻도 이해할 수 없었다.

펄펄 끓는 증오를 드러내는 슈트벨을 리즈는 의아하게 여겼지만 그 원인은 알 수 없었다. 지금까지 그에게 받은 처사를 생각하면 원망해야 할 사람은 오히려 리즈였다. 진의를 파악하기 위해 슈트벨을 관찰했지만 한계였다.

호기를 놓칠 수는 없었다.

리즈는 전력으로 「뇌제」를 튕기고 칼날을 수평으로 들었다.

"화려하게 피어나라— 「염제」."

「염제」의 칼날에서 불꽃이 뿜어져 나와 세계를 붉게 물들였다.

누구도 범접할 수 없는 불가침 영역— 신이어도 예외는 아니었다.

"네가 버틸 수 있을까?"

리즈가 손을 들자 슈트벨이 대비했다.

열파가 대지를 훑었다.

그게 다였다. 슈트벨은 물음표를 띄우며 뒤돌아 고개를 갸우뚱했다.

"단순한 바람이잖— 읏?!"

갑작스러웠다. 정말로 눈 깜짝할 사이에 일어난 일이었다.

피부를 태운 바람이 지나갔을 때, 하늘을 꿰뚫는 불기둥이 지상에서 용솟음쳤다.

정신 차리고 보니, 슈트벨의 몸 절반이 날아가 있었다.

"이게…… 어떻게 된……."

평범한 사람이라면 확실하게 죽었겠지만 슈트벨은 초월한 존재였다.

―잃어버린 몸은 고속 재생으로 순식간에 수복되었다.

그래도 충격이 뼛속까지 관통했다. 슈트벨은 한쪽 무릎을 꿇고 어깨를 세차게 들썩이며 숨을 몰아쉬었다. 대량의 땀이 뺨을 타고 지면으로 떨어졌다.

"아직 안 끝났어……."

슈트벨이 포효했다. 오른손에 「뇌제」가, 왼손에 「풍제」가 나타났다.

감정을 폭발시킨 슈트벨의 분노에 호응하여 강풍이 휘몰아쳤고 전류를 휘감으면서 회오리를 만들었다. 주위 병사들이 아군 적군 관계없이 빨려 들어가 상공으로 날아갔다. 리즈는 휘말린 병사들을 보고 혀를 찬 뒤 「염제」를 들었다. 이어서 불꽃뱀이 지상에 현현하여 회오리를 찍어 누르듯 삼켰다.

"끈질긴 남자는 미움받는다는 거 알아?"

"닥쳐! 계집이!"

바람 칼날이 뺨을 스쳤다. 전격이 머리 위를 통과했고 충격이 지면에서 발로 전해졌다.

귀에 거슬리는 잔향이 고막을 진동시키고 정령검 5제의 비명이 세계에 메아리쳤다.

강제로 슈트벨을 따르고 있는 「풍제」가 울부짖고 있었다.

해방해 달라는 절실한 감정이 바람을 통해 리즈에게 전달되었다.

"작작 좀 해!"

격돌— 붉은 칼날과 거대한 도끼는 힘겨루기를 벌이지 않고 서로를 튕겨 냈다.

슈트벨은 억센 팔을 뻗어 리즈의 목을 노렸지만 한 손에 막혔다.

리즈는 발을 내디디고 전진하여 포학한 폭풍을 빠져나가며 거리를 좁혔다.

상대의 목숨을 앗아 가기 위해 재빨리 「염제」를 옆으로 휘둘렀다. 슈트벨은 살갗 한 겹을 희생하여 피하는 데 성공했다.

그러나 리즈의 추격은 이제부터 시작이었다.

주먹을 날리고, 허리를 틀어 옆구리에 발뒤꿈치를 때려 박고, 반격하려는 슈트벨의 시야를 불꽃으로 가리고, 거리를 좁혀 영거리에서 가슴에 팔꿈치를 찍었다. 비틀거리는 거구의 복부를 노리고 앞차기를 날린 리즈는 그 기세를 이용해 참격을 가했다.

공기가 윙윙거리고, 바람이 소용돌이치고, 날카로운 칼날이 슈트벨의 몸을 벴다.

뺨이 베이고, 상처에서 피가 흐르고, 살이 도려내지고, 내장이 흘러나와도 슈트벨은 멈추지 않았다. 원념을 담아 으르 렁거리며 리즈에게 달려들었다. 그사이에도 상처는 수복을 되풀이했다. 영원히 계속될 것 같은 공방전이었지만 리즈는 초조해하지 않고 오히려 노도와 같은 기세로 공격했다.

리즈는 전력으로 슈트벨을 끝장내려 하고 있었다.

재생할 수 없을 정도로 세포가 근절될 때까지, 영원에 가까 운 고통을 줘서 기력이 고갈될 때까지, 슈트벨의 혼이 산산이 부서질 때까지 혼신의 공격을 반복했다.

인간의 싸움이 아니었다. 평범한 사람은 끼어들 틈도 없었다.

신과 같은 힘을 행사하는 파격적인 존재가 전장 한가운데 서 날뛰고 있었다.

두려울 것이다. 죽음을 각오할 것이다. 도망치고 싶을 것이다.

실제로 여섯 나라의 전선은 붕괴되어, 제1진부터 제2진까지 「이장족」은 겁먹고 후퇴하기 시작해서 대열이 흐트러져 있었다.

반면 그란츠군은 리즈를 방해하지 않도록 거리를 둘 뿐, 겁 먹은 자가 아무도 없는지 물러나는 이는 없었다. 전선을 밀어 리즈를 돕기 위해 분투 중이었다.

슈트벨이 만든 회오리가 그란츠군을 덮치려고 했지만 「염제」 가 만든 불길에 삼켜졌다.

「염제」의 힘이 강력해서 일방적인 것은 아니었다.

상대는 똑같은 정령검 5제인 「뇌제」와 「풍제」였다. 숫자와 힘으로 따지면 슈트벨이 유리했다. 차이가 생기는 이유는 소 지자에게 문제가 있기 때문이리라.

"아, 으……."

싸움은 돌연 끝을 맞이했다. 슈트벨의 몸이 붕괴되기 시작했다.

리즈는 거리를 두고 슈트벨의 모습을 살폈다.

정령검 5제의 힘이 슈트벨의 내부에서 날뛰고 있었다. 독처럼 그의 몸을 좀먹고 있었다.

아니, 원래부터 완전히 억누를 수 없는 「주」 때문에 외모가 변모한 것이었다.

이것은 당연한 결과였다. 슈트벨의 피부가 녹고, 살이 썩고, 뼈가 드러났다.

그래도 슈트벨의 눈은 살아 있었다. 강렬한 의지를 담은 채 리즈를 노려보고 있었다. 이제는 제대로 걷지도 못하면서 전의는 조금도 수그러들지 않았다.

리즈는 코를 찌르는 악취에 얼굴을 찌푸렸다.

"그런 모습이 되면서까지 뭘 하고 싶었던 거야?"

"강함…… 압도적인 강함을 갖고 싶어. 모든 것을 뒤엎을 힘을, 세계를 장악할 힘이 필요해……."

주르륵— 눈에서 하얀 액체가 흘렀다. 안구가 밀랍처럼 녹은 것이다.

"오오…… 오오오오오오오오오."

발음도 불분명해진 슈트벨은 포효했다.

이제는 인간이라고 부를 수도 없었다. 인간의 형태조차 이루고 있지 않았다. 열에 녹은 설탕 공예품처럼 피부가 문드러져 있었다. 진흙 인형처럼 추한 괴물로 전락해 있었다.

"아직이야…… 아직 안 끝났어. 우리는…… 아직."

슈트벨은 짐승처럼 외치며 리즈에게 다가왔다.

하지만 그 속도는 불쌍할 정도로 느렸다.

"편히 쉬게 해 줄게."

오른손을 하늘로 들자 불덩이가 나타났다.

리즈는 가볍게 손을 휘저었다.

불덩이는 일직선으로 슈트벨에게 향했지만—.

—직전에 소실되었다.

"오늘은 여기까지 할까요."

「무명」이 슈트벨을 감싸듯 서 있었다. 힘이 다했는지 그 뒤
에 슈트벨이 쓰러져 있었다. 거품을 뿜는 진흙 인형이 된 슈
트벨을 살아 있다고 판단해도 될지 미묘했으나 만약 여기서
놓친다면 나중에 큰 재앙이 될 것이다.

"도망치게 둘 것 같아?"

리즈는 가차 없이 「염제」의 힘을 행사했다. 「무명」과 슈트벨
이 있던 지면이 폭발했다.

모래 먼지가 전방을 뒤덮은 가운데—.

"뒤를 잡는 걸 좋아하는구나."

리즈는 뒤돌아 주먹을 날렸다.

"제일 찌르기 쉽거든요……. 그럼 이만 도망가겠습니다."

리즈의 주먹은 「무명」의 후드만을 흔들고서 허공을 갈랐다.

"안녕히 계시길."

「무명」이 들고 있던 석장을 흔들었다. 방울 소리가 전파되며 공기를 진동시키고 공간을 일그러뜨렸다. 간신히 사람 형태를 유지 중인 슈트벨의 모습이 사라졌다.

그 순간, 슈트벨이 있던 공간이 작렬했다.

창문으로 검은 연기가 뿜어져 나오는 것처럼, 금이 간 공간에서 매캐한 연기가 피어올랐다.

"……간섭인가요."

약간 놀란 목소리를 낸 「무명」이 리즈를 보았다.

"하지만 무사히 도망쳤군요."

「무명」의 입가에 미소가 떠올랐다.

"그런 것 같네……."

리즈는 땅을 차고 도약해 「무명」에게 달려들었지만 그 모습은 사라졌다.

무슨 기술을 썼는지…… 「무명」은 조금 떨어진 곳에 나타났다.

불꽃이 뱀처럼 지면을 기어 쫓아갔으나 「무명」을 붙잡지는 못했다.

불꽃뱀이 「무명」을 휘감았나 싶다가도 다른 곳에 「무명」이 나타났고, 재차 불길이 호쾌하게 「무명」을 삼켰다. 그러나 잡았다는 느낌이 들지 않아서 시선을 옆으로 트니 역시 「무명」은 멀쩡하게 서 있었다. 다람쥐 쳇바퀴 돌듯 똑같은 일을 반복하다가 리즈 쪽에서 먼저 움직였다.

"끝이 안 나겠어."

리즈는 그렇게 말하고 주먹으로 땅을 쳤다.

격진이 일었다. 지면이 크게 흔들리며 어마어마한 수의 균열이 대지에 생겨났다.

다음 순간, 여러 불기둥이 뿜어져 나왔다.

지옥 같은 광경 속에서 역시 「무명」은 멀쩡히 서 있었다.

"후후, 훌륭합니다. 그 정도로 「염제」를 구사하게 되셨군요."

그렇게 말하고서 「무명」은 땅에 석장을 찍었고―.

"하지만 제가 한 수 위였습니다."

완전히 모습을 감췄다.

아무도 없게 된 세계에 리즈 혼자 서 있었다.

불길이 사그라들며 정적을 깨고 소란이 돌아왔다.

아직 전쟁은 계속되고 있었다. 놓쳤다고 후회할 때가 아니었다.

더 많은 병사를 살려서 이 싸움을 끝내야 했다.

가장 강대했던 적은 사라졌다. 그것만으로도 잘된 일이라고 생각해야 할지도 모른다. 리즈는 크게 숨을 내쉬어 분노를 가라앉히고 「염제」를 높이 들었다.

"적을 섬멸하라!"

아군을 고무하고서 리즈는 전장을 달려 나갔다.

지금은 이 싸움에서 이기는 것만을 생각하며…… 가슴속에 생겨난 의심을 지워 버렸다.

제5장 빙제 ^{게볼그}

제국력 1026년 9월 26일.

그란츠 제3군은 진군을 재개한 상태였다.

소규모 도시 몇 곳에서 폭동이 발생했고 그 혼란을 틈타 침공을 개시한 것이다.

대의명분을 얻은 그란츠는 기세 좋게 진군했으나, 이쪽 지역을 맡은 앙귀스는 상황이 불리하다고 보고 각지에 흩어져 있던 군대를 집결시켜 평원에 포진했다.

앙귀스가 모은 수는 5만— 반면 그란츠 측은 제3군 1만과 「아군」 2천, 합계 1만 2천으로 전력 차이는 뚜렷했다.

"전력을 보면 이쪽이 불리해. 상대에게 시간을 너무 많이 준 결과겠지. 그나저나 상당한 수를 모았어."

그란츠 제3군의 후방에 본진을 둔 「아군」의 중심에 히로가 있었다.

히로는 준비한 의자에 앉아 간이 책상에 펼쳐진 지도를 바라보고 있었다.

손을 뻗어 근처에 있던 종이를 훑어보았다.

"보고에 의하면 에젤국 병사가 많은 모양이야."

이번에는 언덕 위가 아니라서 상대의 정보는 전령을 의지해야 했다.

히로의 옆에는 스카아하가 앉아 있었다. 그녀도 똑같이 지도를 보다가 살짝 눈썹을 찡그리며 신음하듯 말했다.

"본국에서 증원을 보낸 걸지도 몰라……."

그럴 가능성이 있는지 루카에게 이야기를 듣고 싶지만, 루카는 몸은 여기 같이 있어도 마음은 다른 데 가 있어서 뭐라고 읊조리며 손으로 땅을 파고 있었다.

저래서야 제대로 된 대답은 기대할 수 없을 것이다. 사실은 전장에 데려오고 싶지 않았으나 루카는 히로에게서도 떨어지지 않았기에 어쩔 수 없었다.

"전투가 시작되면 루카를 부탁할게."

"그래."

스카아하도 본진에서 대기였다. 본인의 희망과 몸 상태를 고려한 일이었다.

문득 스카아하를 보니 뭔가를 결의한 얼굴이었고, 여섯 나라군을 바라보는 스카아하의 옆얼굴에는 초조함이 떠올라 있었다. 그 기분을 히로는 이해했다.

그래서 굳이 이유를 묻지 않았다.

"뒷일은 내게 맡겨."

수는 압도적으로 불리했다. 「아군(鴉軍)」도 싸워야 할 것이다.

틀림없이 어려운 싸움이 되리라. 「아군」 본진까지 적군이 도달할 가능성은 크다.

「아군」은 유격대로서 자유로운 행동을 인정받고 있지만 그렇기에 놀고 있을 수 없었다. 그란츠의 사기를 높이기 위해서도, 여섯 나라에 바움 소국의 존재를 똑똑히 새기기 위해서도 한층 분투해야 했다.

"2년 전에 진 빚을 갚고 싶기도 하고 말이지."

루시아가 있을 앙귀스군 쪽을 보았다.

상대는 이 싸움을 단기간에 끝내고 싶을 터다.

북쪽 방면에서 침공 중인 그란츠군에게 뒤를 내주지 않으려고 마음이 조급할 테니까 그 틈을 노리면 수적 차이를 간단히 뒤집을 수 있을 것이다.

"하루나 이틀……. 스카아하, 그란츠 본대는 지금 어디쯤 있는지 들었어?"

"티그리스와 스콜피우스 혼성군을 격퇴한 후, 그대로 구왕도 공략에 나섰다고 해. 이게 사흘 전 정보니까 빠르면 이미 그란츠가 구왕도를 제압했을지도 몰라."

폐허나 다름없는 구왕도를 공격할 의미는 별로 없다.

이익을 우선한다면 말이다. 하지만 전략상으로는 중요한 거점이 된다.

중앙에 위치한 구왕도는 페르젠 전역을 둘러볼 수 있는 요소 중 하나였다.

여섯 나라 측도 시간을 벌기 위해 구왕도를 간단히 내주지는 않을 것이다.

리즈가 이끄는 그란츠 본대에 패배한 티그리스와 스콜피우스 혼성군, 그리고 울페스군이 농성 중인 구왕도는 저항이 격심하리라고 예상되었다.

아우라의 군략으로도 며칠 만에 함락시키지는 못할 것이다.

그란츠 본대가 이곳에 도착하려면 상당한 일수가 필요하리라.

그렇다면—.

"그란츠 제3군의 지휘관이 우수하길 빌 수밖에 없겠네."

지금은 시간을 버는 것이 우선이다.

하지만 상대는 단기간에 결판을 내고 싶어서 처음부터 맹공을 가할 것이다.

그렇기에 불안 요소는 많았다. 그란츠 제3군이 일찍 붕괴해 버린다면 재정립하기 쉽지 않다.

그것을 그란츠 제3군의 지휘관이 이해하고 있다면 좋겠지만—.

"시작됐나……."

히로가 불안해하든 말든 양군이 전투 개시를 알리는 신호를 연주했다.

뿔피리가 높이 울리며 북소리가 멀리멀리 퍼져 나갔다.

양군의 병사가 함성을 질러 상대를 위협했다.

돌격을 시작했는지 전방에서 흙먼지가 크게 일기 시작했다.

이윽고 서로의 몸을 때리는 칼부림 소리가 울렸다.

그란츠 제3군과 에젤 제1군이 충돌한 것은 명백했다.

"모래 먼지를 보면…… 상대는 초반부터 전력을 다하는 것 같네. 시험해 보는 건지, 아니면 뭔가 꿍꿍이가 있는 건지."

반면 그란츠 제3군의 움직임은 둔했다. 그저 후방에서 전열을 바라보기만 하는 것 같았다.

지휘관은 소극적인 대책을 세운 듯했다. 쓸데없는 생각 말고 합류한다. 충실하게 본대의 명령에 따르고 있었다. 올곧고 성실한 인물임을 알 수 있었다.

수적으로 차이 나지 않았다면 나쁘지 않았겠지만, 시간을 벌려고 하는 속내가 뻔히 보여서 상대방에게 기회를 줄 뿐이었다. 이래서야 쳐들어와 달라고 말하는 꼴이었다.

"조금 도와줘야겠어."

히로는 「아군」의 지휘관을 호출했다.

"폐하…… 부르셨습니까?"

차렷 자세로 명령을 기다리는 지휘관을 보고 쓰게 웃은 후 히로는 왼쪽을 가리켰다.

"좌측에서 적의 제2진을 슬쩍 건드려 줄래? 쫓아온다면 좋고, 안 쫓아온다면 진형을 무너뜨려."

수는 얼마나 필요하냐고 히로가 묻기도 전에—.

"5백이면 충분합니다. 반드시 폐하의 바람을 이루겠습니다."

그렇게 단언하고서 등을 돌렸다.

"가더식 교육의 결과려나……."

조금 딱딱한 느낌도 들지만 머리가 잘 돌아가는 것은 나쁘지 않았다. 이쪽의 의도를 헤아린다면 더더욱 좋았다.

"그럼 이제 어쩔까……."

이로써 남은 「아군」은 1천 5백. 히로는 마음속으로 생각했다.

이대로 전투가 히로의 예상대로 진행되어도 그란츠 제3군이 가진 카드는 한정적이었다.

그란츠 본대가 도착할 때까지 수를 줄이지 않고 시간을 벌려면 역시 사기 유지가 중요했다.

소극적인 이번 대처에 병사들의 사기는 내려갔을 터다.

원래는 적군이든 아군이든 시간 벌기라는 목적을 모르게 싸워야 하지만, 그란츠 제3군의 지휘관에게는 짐이 무거운 듯했다. 그렇다면 사기를 유지할 만한 활약을 보여야 했다. 그러나 그란츠 제3군에 화려한 전투 성과는 기대할 수 없었다. 그럼 그 역할은 저절로 「아군」에게 간다. 고작 2천으로 어디까지 가능할지 미지수라도 안 하는 것보다는 낫다.

"스카아하, 5백은 이곳에 두고 갈게. 무슨 일이 생기면—."

"저도 가겠어요."

그렇게 말한 사람은 루카였다.

히로는 놀란 얼굴로 보았다.

"괜찮겠어?"

"이 싸움을 얼른 끝내고 후긴을 찾아야 해요."

정신 상태가 불안정한 그녀를 데려가기는 무섭다. 어떤 행동을 보일지 알 수 없기 때문이다.

확실히 응답 가능한 상태가 계속된다면 상관없지만 아까처럼 아무 일도 못 하게 되면 목숨이 위험하다.

그러나 데려가지 않는다면 여기서 날뛰기 시작할 것이다.

히로는 포기한 듯 어깨를 축 떨궜다.

"알겠어. 그럼 같이 1천을 이끌고 적의 제1진을 무너뜨리자."

*****

 그란츠 제3군과 전투가 시작되고 15분 후.

 앙귀스군의 본진에서는 참모들이 분주하게 돌아다니고 있었다.

 그 모습을 확인하면서 루시아는 과일을 먹으며 지도를 바라보았다.

 "역시 그란츠 제3군은 시간 벌기에 나섰구나. 전투에서 기백이 느껴지질 않아."

 "저, 저희는 전력으로 나섰는데 괜찮은 겁니까?"

 참모는 긴장한 얼굴로 루시아에게 확인했다. 그란츠가 무서운 모양이었다.

 2년 전 패배의 영향이 여전히 남아 있었다.

 불안을 불식하기 위해서도 루시아는 여유롭게 대답했다.

 "상관없다. 우선은 숫자로 현혹하여 녀석들이 한눈팔지 못하게 해야 해."

 앙귀스군의 작전은 이러했다. 초반에는 전력으로 싸우다가 그란츠 제3군의 눈을 속여 나중에 힘을 빼는 것이다. 향후를 위해서 체력을 온존하는 의미도 있지만—.

 "가장 큰 이유는 협공이지."

 그러려면 제때 집결하지 못한 군세 3천이 도착하길 기다려야 했다.

 그쪽은 그란츠 제3군의 등을 노릴 예정이었다.

그란츠 본대를 전력으로 요격하려면 제3군과의 싸움은 경미한 피해로 끝내야 했다.

지금 가장 중요한 것은 어느 쪽의 원군이 먼저 도착하는지였다.

"그란츠 본대는 구왕도를 공략했는가?"

"아뇨. 아직 함락되지는 않았을 겁니다. 티그리스와 스콜피우스와 울페스가 분발하고 있는 것 같습니다."

"「이장족」은 적당한 선에서 도망치겠지……."

필사적으로 저항해 봤자 그란츠 본대의 공격을 버티지는 못할 것이다.

제6황녀의 소문은 2년간 자주 들었다.

미심쩍은 내용도 포함해서 그 소문들을 믿는다면 틀림없이 구왕도는 함락된다.

"……닷새 정도면 이곳에 그란츠 본대가 오겠군."

"그렇다면 저희가 더 빠릅니다. 제때 집결하지 못한 군세는 사흘 후에 도착 예정입니다."

"충분하구나. 느긋하게 싸우기로 할까? ……「흑진왕」."

전장을 보니 「아군」이 제2진을 슬쩍슬쩍 건드리고 있었다.

다소 찔러보는 정도야 아프지도 가렵지도 않다.

하지만—

"걸려 주는 척은 해야겠지. 예비 부대 하나를 보내서 알짱거리는 「아군」을 추격하게 해라."

"알겠습니다."

"이제 어떤 책략을 펼칠꼬. 그저 정면으로 싸우는 건 원숭이도 할 수 있으니 말이야."

바움 소국, 혹은 그란츠 제3군이 아무런 대책도 없을 리는 없다.

뭔가 수를 쓸 터. 상대도 시간을 벌고 싶을 테니 말이다.

"이틀 주지. 그사이에 이것저것 잔재주를 부려 보아라."

"이쪽은 순조로운 것 같군요."

목소리를 듣고 눈을 돌리자 「무명」이 있었다.

루시아는 부채를 펼쳐 입가를 가리며 들뜬 목소리로 말했다.

"……패전 장수 아닌가. 큰소리 떵떵 치면서 자랑했던 번견은 쓸모없었던 모양이야."

"조금 잘못 계산했습니다. 붉은 머리 공주님은 상상 이상으로 강해요."

순순히 적을 칭찬하다니, 그렇게나 궁지에 몰린 상황인가. 루시아는 눈을 가늘게 좁혔다.

"호오……."

"생각을 고치는 편이 좋겠죠."

"내가 질 거라는 말인가?"

"아뇨. 이번에는 루시아 님의 신중한 자세 덕분에 살았습니다. 역시 어중간한 전력으로는 그녀를 막을 수 없어요. 온 힘을 다해 싸워야 합니다."

"그대 입에서 그런 말이 나오다니…… 꽤 강적이 나타난 모양이구나."

"예. 이번만큼은 저도 진심으로 임할 겁니다."

음성은 아주 진지했으나 어딘가 즐겁게 들뜬 기운이 서려 있었다.

「무명」 또한 오랫동안 전장에 몸을 담았다.

전장에서만 맛볼 수 있는 흥분, 공포, 절망— 그런 것들에 매료되어 있을 것이다.

"일단은 「아군」을 괴멸시킵니다. 앞으로 가장 방해가 될 「흑진왕」을 여기서 해치우겠습니다."

「무명」이 힘 있게 선언했다. 그 모습을 보고 루시아는 유쾌하다는 듯 웃었다.

"하하! 재미있어졌구나."

부채로 표정을 가린 루시아는 결코 웃고 있지 않았다.

눈은 웃고 있었다. 즐겁게, 진심으로 유쾌하다는 것처럼……

그러나 입은 일자로 꾹 다물려 있었다.

그녀가 머릿속으로 그리는 모략, 통일왕이 되기 위한 장벽이 약한 태도를 보이게 했다.

고단했던 지난 인생을 생각하면 정말로 웃을 만한 상황이 아니었다.

모처럼 눈앞에 좋은 기회가 나타났으니까.

'마침내 때가 왔구나……. 그러나 아직 때는 무르익지 않았어.'

뱀처럼 가늘게 뜬 루시아의 눈은 오로지 「무명」을 노리고 있었다.

*****

제국력 1026년 9월 27일.

맑은 하늘 아래로 거대한 폐허가 펼쳐져 있었다. 예전에는 페르젠에서 가장 아름답다고 칭송받았던 구왕도 스큐였다.

사람들의 휴식처였던 광장에는 시체가 겹겹이 쌓여 있었고 교역상이 오가던 가도는 말라붙은 피로 검붉게 물들어 있었다. 장려했던 거리는 잔해가 되어 옛 모습이 조금도 남아 있지 않았다. 지금은 까마귀가 날아다니며 야윈 들개가 어슬렁거렸고 잔해 틈새에서는 쥐가 튀어나왔다.

아우라는 그렇게 걷기 어려워진 가도를 걷고 있었다.

"역시 전하의 모습이 어디에도 보이지 않습니다."

초조한 목소리에 반응하여 아우라는 옆에서 걷는 부하에게 얼굴을 돌렸다.

"……어디에도?"

어제 구왕도를 점령한 그란츠 본대는 현재 재편성을 서두르고 있었다.

여섯 나라의 저항이 전에 없이 거세서 역시 피해가 없지는 않았다.

그란츠의 피해는 약 1만. 여섯 나라에서는 3만 이상의 사망자가 나왔다.

이길 수 없음을 깨닫자 여섯 나라는 문을 활짝 열고 돌격을 감행했다. 포위된 상황에서 무모한 수단에 나선 것이다.

결과는 예상대로였다. 하지만 시체 대부분은 「인족」 병사였다. 「이장족」의 시체는 극히 드물었다. 「인족」을 희생하여 도망친 것이다.

미끼로 이용당한 「인족」 병사를 동정하여 그란츠 측은 항복을 권고했다. 여섯 나라 측의 「인족」은 전의를 상실했는지 간단히 검을 버리고 투항했다. 거의 1만에 가까운 수를 포로로 받아들였지만 부상자도 많아서 치료 등에 시간이 걸리고 말았다. 그래서 재편성이 예정보다 대폭으로 늦어졌다. 그 탓에 페르젠 서쪽을 지배하는 앙귀스를 협공한다는 계획이 무너지려 하고 있었다.

아우라도 물론 애가 탔지만 그것을 겉으로 드러내면 병사들에게 불안감을 주게 된다.

리즈 또한 초조한 기색을 전혀 내비치지 않고 직무를 다하고 있었는데 어느새 모습을 감춰 버린 것이다.

"궁전에 돌아갔을 가능성도 있어."

"그럼 좋겠습니다만……."

기대할 수는 없다는 듯한 부하와 함께 비탈을 올라 페르젠 궁전에 도착했다. 예전에는 페르젠 왕가가 살았던 궁전을 사령부로 삼았지만, 피와 기름이 묻고 악취가 감돌았으며 아름다웠을 과거 흔적이 보이긴 해도 무참하게 파괴되어 있었다.

이렇게 철저히 파괴되었으니 빠르게 부흥하려면 수복하기보다 잔해를 치우고 새로 짓는 편이 나을 것이다.

아우라는 사령부에 얼굴을 내밀고 참모 한 명을 불러 세웠다.

"세리아 에스트레야 전하 봤어?"

"아뇨. 오늘은 이쪽에 안 오셨습니다."

아우라는 이마를 짚고 고민스럽게 고개를 흔들었다.

차기 황제 후보가 행방불명. 역사적 관점에서 보면 전대미문은 아니었다. 그란츠 황가에는 반드시 한두 명씩 자유분방한 자가 있었고 그 수는 한 손으로 다 꼽을 수 없을 정도였다. 그 필두가 그란츠의 시조인 초대 황제이리라. 그러나 과거에도 비슷한 인물이 있었다고 해서 면죄부가 되는 것은 아니었다. 아우라는 관자놀이를 누르고 아까보다도 얼굴이 파래진 병사를 향해 손을 척 들었다.

"당장 주위에 수색 부대를 풀어. 아직 적의 잔당이 있어서 점령했어도 안심할 수 없어."

"알겠습니다!"

병사를 보낸 후 아우라는 팔짱을 끼고서 고개를 기울이고 신음했다.

리즈가 홀로 모습을 감췄다.

원래는 혈안이 되어 찾아야 할 상황이지만 그녀의 실력을 생각하면 솔직히 위험하진 않을 것이다.

그러나 후에 일국을 짊어질 황녀였다.

경솔한 행동은 피해야 했다.

"응? 아니, 잠깐만…… 혼자서?"

아우라의 뇌리에 한 가지 가능성이 떠올랐으나 혼자 가 봤자 전황은 달라지지 않는다. 아무리 강해도 사기에 영향은 줄

지언정 전황에 미칠 영향은 미미했다.

그래도 가능성을 완전히 버릴 수 없어서 아우라는 다시 깊이 탄식했다.

"……물어볼 게 있어."

아우라는 한 참모에게 다가갔다.

"무엇인지요?"

재편성을 담당 중인 참모였다.

"당장 출격 가능한 수는?"

"……1만입니다."

"그럼 1만을 선행 부대로 제3군에 보내."

"여기서 전력을 분산하는 겁니까?"

"어쩔 수 없어. 한시가 급한 상황이야."

그 밖에도 할 수 있는 일은 다 해 둬야 했다.

"나중에 화낼 거야. 반드시 화낼 거야."

리즈를 혼쭐내 주겠다며 아우라는 분개했다.

참모는 화내는 아우라에게 놀라 엉거주춤한 모습이었다.

"아우라 님! 아우라 님께 보고드립니다!"

"……뭔데?"

드물게도 노여움이 담긴 아우라의 시선에 꿰뚫려 그녀를 부른 자의 발이 멈췄다.

그는 로렌스 알프레드 폰 슈피츠.

「황흑 기사단」에 속한 자로 예전에 아우라의 측근이었던 자였다.

"전하께서 이것을 아우라 님께 드리라고 하셨습니다."

내민 편지를 곧장 받은 아우라는 읽다가 혀를 찼다.

그리고서 참모를 보았다.

"……방금 한 명령은 취소야."

"예? 괜찮은 겁니까?"

"응. 필요 없어졌어. 마음대로 하라지."

*****

제국력 1026년 9월 29일.

그란츠 제3군과 여섯 나라군의 싸움은 사흘째를 맞이했다.

첫날은 여섯 나라가 전력으로 싸웠지만 이튿날부터 그 움직임은 둔해지기 시작했다.

그리고 사흘째인 오늘, 그란츠 제3군은 세찬 공격에 밀리고 있었다.

후방에 만들어진 「아군」 본진에도 도달할 듯이 전선은 밀려나 있었다.

전선은 혼잡했고 피보라가 시야를 가리고 있었다. 고함이 오갈 때마다 많은 목숨이 짓밟혔다. 양군의 병사는 존엄과 자존심을 버리고서 자기 목숨을 지키기 위해 필사적으로 검을 휘두르고 눈앞에 선 적에게 짐승처럼 달려들었다.

"이건 위험한데."

「아군」 본진에서 상황을 보던 히로는 그란츠군의 한심함에 낙담을 표했다.

수적 열세는 어떻게 할 수 없지만 그래도 상대가 일부러 시간 벌기에 어울려 줬다. 그것을 자신들의 힘이라고 과신했는지 전력으로 공격하자 영문도 모른 채 혼란에 빠져 버렸다. 전황은 시시각각 바뀐다. 어제와 똑같지 않다. 그란츠 제3군의 상층부는 5만을 상대로 이틀을 버티고서 묘한 자신감을 얻어 관망하고 말았다. 그것이 지금의 상황을 초래했다.

"전쟁하면서 방심하다니 당치도 않아……."

그란츠 제3군의 지휘관은 무능하다고 판단하고 히로는 의자에서 일어났다.

"스카아하, 본진은 맡겨도 될까?"

"그래. 이쪽은 걱정하지 말고 전력으로 싸우고 와."

스카아하가 「빙제」를 들며 힘 있게 대답했다.

히로는 그런 그녀에게 복잡한 미소로 대답했다.

"맡길게. 후회 없도록— 네가 원하는 대로 싸워."

"그래. 고맙군."

웃으며 배웅하는 스카아하에게 등을 돌리고 히로는 루카에게 말했다.

"전선으로 가자. 준비는 됐지?"

"예, 문제없어요. 언제든 갈 수 있어요."

히로는 「질룡」을 타고 병사들 사이를 누비며 선두로 향했다.

도중에 천기장이 히로 옆으로 왔다.

"폐하, 준비는 다 됐습니다. 언제든 나설 수 있습니다."

"알겠어……. 그럼 전선을 다시 밀어내기로 할까."

정렬하는 용감한 부하들의 선두에 도달하자 전선의 모습이 잘 보였다.

그란츠 제3군의 중앙에 커다란 구멍이 뚫려 있었다.

그 틈으로 여섯 나라군이 침입하여 그란츠 제3군을 안쪽에서 물어뜯으려 하고 있었다.

히로는 허리에 찬 「명제」를 뽑았다.

"깃발을 들어라."

히로의 명령을 받고 바움 소국의 천칭 문장기와 함께 흑룡 문장기가 들렸다.

칼끝으로 전선을 겨눈 히로는 숨을 들이쉬었다.

"모든 것을 먹어 치워라— 돌격!"

히로를 포함하여 「아군」 1천이 힘차게 달려 나갔다. 모두 기마병이었다.

대열이 흐트러진 제3진을 추월하고 붕괴된 제2진을 제쳐 괴멸한 제1진에 도달하자 히로는 「질룡」의 등에서 날아올랐다.

『뭐야?!』

깜짝 놀란 여섯 나라병을 비스듬히 베고, 한 명의 머리를 붙잡아 목을 꿰뚫고, 뒤에서 다가오는 적병의 목을 쳤다. 피가 세계를 장식했다. 눈을 부릅뜨고 후퇴하는 적병에게 히로는 가차 없이 달려들었다.

"조금 전까지 대단했던 기세는 어쨌어?"

차례차례 시체가 생겨났다. 흘러넘치는 선혈이 대지를 붉게 물들였고 수없이 짓밟혀 거무칙칙한 진흙을 만들었다.

그런 압도적인 힘을 보게 되면 평범한 사람은 겁을 먹는다. 전쟁이라고 해서 다들 죽으려고 참가하지는 않았다. 맞서고 싶지 않지만 무시할 수 있는 상대도 아니었다. 괴물 같은 힘을 가진 상대에게는 역시 동등한 힘을 가진 자를 붙여야 했다.

"오랜만이로군……."

그 목소리는 히로를 벽처럼 에워싼 병사들 너머에서 들렸다.

파도가 갈라지듯 병사들로 이루어진 벽에 틈이 생겼다.

그곳에서 두 인물이 당당히 걸어왔다.

"지금은 「흑진왕」이라고 하면 되는가?"

앙귀스국의 여왕, 루시아 레비아 드 앙귀스.

"또 뵙는군요."

그라이프국의 재상, 「무명」.

"그래. 너희에게 빚을 갚으러 왔어."

히로가 그렇게 말하자 루시아가 주위를 둘러보았다.

"그때와 비슷한 상황이다만."

「아군」 1천은 아득한 후방에서 여섯 나라와 전투 중이었다.

확실히 히로가 전사로 위장했을 때와 상황은 비슷했다.

"그렇지도 않아. 그때처럼 봐줄 생각은 없거든."

"그렇군……. 하지만 이 싸움은 나의 승리다."

루시아는 히로보다도 후방, 「아군」 본진보다도 뒤쪽을 부채로 가리켰다.

격렬한 흙먼지가 피어오름과 동시에 함성이 들려왔다. 동요가 공기를 타고 히로가 있는 곳까지 전해졌다.

본래 있을 수 없는 거센 소리가 들렸다.

히로는 고개를 돌려 확인하지도 않고 오른손으로 가면 위치를 조정했다.

"……너희 뒤쪽도 큰일 난 것 같은데?"

"뭐라?"

앙귀스 본진에서 대량의 모래 먼지가 피어오르고 있었다.

"그란츠나 여섯 나라나 싸움을 길게 끄는 것만 생각했으니 말이지."

히로는 웃었다. 진심으로 즐겁다는 듯 웃었다.

"살짝 잔재주를 부려 봤어."

히로는 사흘간 앙귀스군의 제2진을 공격하면서 부대를 조금씩 이탈시켰다. 그들은 다른 장소에서 집결했고 사흘째에 앙귀스 본진의 후방으로 돌아들게 했다.

"이러는 편이 더 즐겁잖아?"

"하! 생각하는 건 똑같았군."

"그뿐만이 아니야. 옆을 봐."

히로는 오른쪽으로 손을 들었다. 루시아의 시선이 그 손을 따라갔다.

앙귀스 병사들이 술렁거렸다.

그들의 시선 끝에 그란츠 대제국의 문장기가 난립해 있었다.

"그란츠 본대가 도착했어."

"……깃발만 세운 것이겠지."

뻔한 속임수라고 루시아는 단정 지었다. 히로를 바라본 채였고 당황한 기색은 없었다. 냉정하게 상황을 파악하며 눈앞의 적에게 집중하고 있었다. 당당한 모습은 적이지만 감탄이 나왔다.

"정답이야."

히로는 박수를 보냈다. 그러나 이 책략의 무서움은 지금부터다.

"그 사실을 전원이 이해한다면 효과는 없겠지. 너만 알고 있어 봤자 의미가 없어. 조금 동요시키기로 할까."

책략을 간파한 지휘관은 히로가 붙잡아 두고 있었다. 지시하더라도 주위에만 퍼질 것이다. 그렇다고 소리쳐서 전달하면 이상하게 받아들이고 전군에 괜한 동요를 줄지도 모른다. 의심에 빠진 군대만큼 약한 것도 없다.

설명을 듣고 이해했는지 루시아는 혀를 찼다.

"……약아빠진 짓을 하는군."

그러나 루시아는 여전히 의기양양한 얼굴이었다.

"그렇지, 하나 묻고 싶은 것이 있었다."

루시아는 쇠부채를 부치며 한없이 도발적으로 웃었다.

"얼마 전에 별난 몸종이 있었는데. 그대가 보낸 간첩인가?"

루시아의 말에 반응하여 강렬한 살기가 팽창했다. 히로가 아니라 더 뒤에서 뿜어져 나온 살기였다.

순간, 루시아가 있던 곳이 크게 함몰됐다.

모래 먼지를 몰아내며 나온 사람은 루카였다.

"후긴에게 무슨 짓을 한 거죠?"

귀신보다 무서운 흉악한 형상으로 루카는 공격을 피한 루시아를 노려보았다.

루시아는 옷에 묻은 먼지를 털며 아리땁게 미소 지었다.

"왕가에 태어났으면서 장난감이었던 여자가 예전에 있었더랬지."

"죽어!"

이성이 날아간 루카가 짐승처럼 날렵하게 움직여 루시아에게 달려들었다.

그런 두 사람의 전투를 멀찍이서 바라보던 히로 앞에 「무명」이 나타났다.

"그럼 당신은 제가 상대하겠습니다. 괜찮으신지요?"

「무명」은 석장을 지면에 찍었다. 석장에 달린 방울이 기분 좋은 소리를 연주했다.

히로는 석장을 바라보며 「명제」를 들었다.

"상관없어. 상대해 줄게."

"아아, 그런데 「흑진왕」 님은 신경 쓰이지 않으십니까?"

"뭐가?"

잡담이라도 하듯 표표한 「무명」의 태도에 히로는 미심쩍어했다.

"그란츠 제3군의 후방에 나타난 적 말입니다. 저곳에는 「아군」의 본진이 있을 텐데요."

"걱정하지 않아도 믿을 만한 인물에게 맡기고 왔어."

히로가 그렇게 고하자 후드 아래로 얼핏얼핏 보이는 「무명」의 입이 호를 그렸다.

"그럼 「아군」을 덮친 지휘관의 이름을 가르쳐 드릴까요?"

"……관심 없어."

그렇게 히로는 말했지만 「무명」 성격에 입 다물고 있지는 않을 것이다.

"「아군」을 기습한 것은 울페스— 지휘관은 슈트벨 1황자입니다."

정말로 성격이 뻔뻔하고 건방졌다. 정보를 슬쩍 내비쳐 잔뜩 애태우고 폭탄을 투하하는 악랄한 성격이었다.

"……방금 한 말은 취소할게. 조금 흥미가 생겼어."

"그것참 잘됐네요."

"답례로 놀아 줄게."

히로는 「명제」의 칼날을 어깨에 얹고 도발하듯 「무명」을 향해 손을 들었다.

*****

후방에서 갑자기 새로운 적이 나타나 스카아하는 남은 「아군」을 이끌고 대치했다. 주위에서는 전투가 시작된 상태였다. 하지만 스카아하는 한 발자국도 움직일 수 없었다. 눈앞의 남자를 보고 머릿속이 일순 새하얘졌기 때문이다.

그래도 입술을 파르르 떨며 필사적으로 입을 열었다.

"……마침내, 마침내!"

스카아하는 백발 남자를 노려보며 분노에 차 외쳤다.

"슈트벨! 네놈과 만날 날을 기다리고 있었다!"

스카아하가 열기를 뿜어내자 슈트벨은 짜증스럽게 손을 휘저었다.

"아직도 그 소리인가. 황제라면 죽여 줬잖아?"

"네놈이 남아 있다!"

"맞서겠다면 용서 안 해. 조금 추태를 보여서 말이지. 적당히 봐줄 수 없거든."

슈트벨이 하늘로 오른손을 들자 「뇌제」가 나타났다.

왼손에서는 바람이 소용돌이쳤다. 아마 「풍제」일 것이다.

"바라는 바다. 네놈의 목을 부모님의 무덤 앞에 바쳐 주겠다."

"하! 페르젠 왕가의 무덤 따위 있지도 않을 텐데?"

"—윽!"

슈트벨의 코웃음에 스카아하가 말로 표현할 수 없는 소리를 질렀다.

투기가 폭발하며 지면이 압력을 견디지 못하고 함몰됐다.

"「빙제」! 비원을 이룰 때가 왔다!"

절대 영도의 냉기가 호응했다. 공기를 얼리고 세계를 안개로 뒤덮었다.

흘러넘치는 살기가 시각화된 것처럼 흰 연기가 스카아하의 발밑에 흘렀다. 지면에 피어 있던 화초가 얼어붙기 시작했다.

"슈트벨…… 각오는 됐나?"

"덤벼라. 잘난 줄 아는 그 힘을 정면으로 파괴해 주마."

충돌, 창과 도끼가 맞부딪치고 양자의 피부에 자잘한 상처가 생겼다. 전부 찰과상이었다.

슈트벨은 순식간에 회복했지만 스카아하의 몸에는 무수한 잔 상처가 점점 늘었다.

충돌할 때마다 스카아하의 상처에서 선혈이 튀었다.

고통에 얼굴을 일그러뜨리는 스카아하를 보고 슈트벨이 의아해하며 입을 열었다.

"……「빙제」의 가호가 벗겨지고 있는 건가? 아니, 벗겨졌군."

"……읏."

아픈 구석을 찔린 스카아하는 분한 얼굴로 이를 악물었다.

"그리고 그 발, 2년 전에 내가 낸 상처가 낫지 않은 건가?"

2년 전에 슈트벨과 싸우고 스카아하는 철저하게 패배했다.

"닥쳐. 네놈과는 상관없는 일이야."

슈트벨이 한 말은 전부 옳았다.

2년 전에 입은 상처는 완치되지 않았다.

그것은 「빙제」와 한 계약을 완수할 수 없다는 뜻이기도 했다.

그래서 지금은 「천혜(그랄)」를 거의 잃은 상태였다.

그런데도 이렇게 아직 「빙제」가 함께 있는 것은 스카아하를 좋아하기 때문이었다. 복수를 이룰 때까지는, 이라며 스카아하의 마음을 헤아린 것이다.

"불쌍하군……. 그래서야 「풍제」와 다름없지 않나."

"네놈과 똑같이 취급하지 마! 우리 사이에는 유대가 있어!"

슈트벨은 업신여기는 눈으로 스카아하를 보았다.

"훗, 맨몸으로 정령의 저주를 견디는 건 상상 이상으로 고통스러울 테지. 그 상태로 날 이길 수 있다는 건가?"

"이길 거다. 이 몸이 스러지더라도 네놈만큼은 죽이겠어!"

스카아하가 대지를 달렸다. 슈트벨은 여유작작하게 웃음을 머금고 있었다.

"그 정도 실력으로 날 이길 수 있다고 진심으로 생각했나?"

슈트벨은 시시하다는 듯 콧방귀를 뀌었다.

스카아하의 공격은 확실히 예리했다. 그러나 파괴력이 없었다. 「빙제」의 가호가 벗겨진 지금, 스카아하에게는 무예의 극치에 달한 일반인 수준의 힘밖에 없었다. 그래도 충분히 강하다고 할 수 있으나 슈트벨에게는 하품이 나올 만큼 시시한 승부였다.

"2년 전보다도 약해져서 무슨 허세를 그렇게 떠는지."

"닥쳐!"

스카아하의 기백이 지면을 도려냈다. 원을 그리듯 창을 휘둘러, 부족한 힘을 보완하기 위해 회전을 가했다. 공격 하나하나가 필살의 공격이었으며 공방 일체의 창술이었다. 슈트벨의 공격을 튕기고 그에 맞춰 창이 그의 몸에서 살점을 벴다. 하지만 슈트벨의 상처는 순식간에 아물었고 스카아하의 상처만 늘어났다. 계속해서 반복되는 공방 속에서 슈트벨에게 치명상을 가하지 못한 채 스카아하만 다쳤고 체력도 현저히 떨어졌다.

이제 「빙제」의 가호는 그녀에게 없었다. 그래서 작은 상처조차 치유되지 않았다.

그래도 계속 앞으로 나아갔다. 죽은 부모와 형제자매의 원통함을 풀기 위해.

"꼴사납군. 너의 창은 내게 닿지 않아."

전격과 바람 칼날이 가차 없이 스카아하를 덮쳤다. 온몸에 상처가 나고 피투성이가 된 만신창이가 되어서도 스카아하는 쓰러지지 않았다.

"후우…… 후우…… 아직 안 끝났어. 내게는 이제 아무것도 남아 있지 않아."

나라를 잃고, 가족을 잃고, 함께 자란 「빙제」도 떠나려 하고 있었다.

이제 자신에게는 아무것도 안 남는 것이다.

그렇기에― 원수를 남겨 둔 채 죽을 수 없었다.

"죽음은 두렵지 않아. 네놈을 죽이지 못하고 후회하며 살아가는 것과 비교하면 말이야!"

스카아하는 전력을 다해 「빙제」의 힘을 끌어내 돌격했다.

"아버지, 어머니, 형제자매들…… 내게 힘을 빌려줘!"

*****

"저쪽은 요란하게 싸우고 있는 모양입니다."

「무명」이 전투 중에 「아군」 본진이 있는 곳을 바라보았다.

"한눈팔다니 배짱 한번 좋네."

거리를 좁힌 히로는 일도양단― 「무명」의 몸은 두 동강이 났다.

하지만 신기한 일이 일어났다. 「무명」의 시체는 피를 뿜지 않았고 내장을 쏟지도 않은 채 땅에 쓰러지기 전에 모습이 사라졌다.

그리고 눈 깜짝할 새에 멀쩡한 「무명」이 눈앞에 나타났다.

"또 꽝이었네요."

히로는 주위를 둘러보았다. 「무명」의 수를 확인하니 열 명이나 있었다.

히로의 눈이 이상해진 것은 아니었다. 기묘한 현상의 원인은 알고 있었다. 「무명」이 가진 석장의 힘이었다.

현실에 가까운 환영― 오로지 상대를 농락하기 위해 존재하는 듯한 능력이었다.

"……편리한 능력이야."

"그렇죠? 조금씩 상대를 괴롭히다가 끝장내는 것을 좋아한답니다."

"마치 지금 당장 나를 죽일 수 있다는 것처럼 말하네."

또 하나를 처리했으나 그것도 꽝이었다.

옆에 「무명」이 나타나 어깨에 기댔다.

그 목소리는 즐겁게 떨리고 있었다.

"설마요. 그렇게 자만하고 있지는 않습니다."

주부가 요리할 때 쓸 법한 식칼을 꺼내 히로를 찔렀다.

그러나 「흑춘희^{흑동백 공주}」를 관통할 수는 없었다.

"보세요. 당신을 죽이려고 해도 그게 방해돼요."

끝이 부러진 식칼을 바라보고서 「무명」은 「흑춘희」에게 시선을 보냈다.

"「왕권」…… 「고왕」의 유물인가요."

"아는 건가?"

"이야기를 조금 들은 적이 있을 뿐이지만요."

「무명」과 대화하는 동안에도 히로는 환영을 열 개 가까이 처리했다. 하지만 「무명」의 수는 줄지 않고 계속 늘어났다.

히로는 공격을 늦추고 하품을 한 번 한 뒤에 무표정이 되었다.

"……그래? 그럼 상으로 진짜 실력을 조금 보여 줄까."

오른쪽 눈에서 이상하리만큼 엄숙한 기운이 흘러넘치기 시작했다.

그리고 왼쪽 눈, 방대한 살의가 담긴 심연의 눈동자가 선명하게 빛나며 깊은 곳에 뒤얽힌 난폭한 **황금빛이** 「무명」을 포착했다.

창천으로 손을 뻗은 히로는 가면 속에서 섬뜩하게 웃었다.

"그대— 절망을 아는가?"

그 한마디에 하늘은 소용돌이치고 대지는 흔들리며 비명처럼 명동했다.

방대한 힘의 격류가 적이든 아군이든 관계없이 위압했다.

"비관하여 울고, 실의에 눈물 흘리고, 단념을 향수하라."

어둠이 지면을 기었다.

질풍이 지나가자 공간에 무수한 균열이 생겨났다.

절망이 세계에 확산되고 심연이 태어났다.

"소혼을 먹어라— 「명제」."

세계에서 소리가 사라졌다.

마치 처음부터 소리라는 개념이 없었던 것처럼 정적이 대지에 쏟아졌다.

모든 것이 공포에 뒤덮였다.

"나의 이름은— 「흑진왕」."

위압감이 팽창하며 알 수 없는 압박감이 주위를 지배해 나갔다.

포학하기까지 한 정적에서 도망칠 방도는 없었다.

모두가 두려워하는 가운데, 히로는 목표를 겨냥하듯 「명제」를 수평으로 들었다.

"모든 생명을 동등하게 허무로 이끄는 자로다."

—사공(死恐)_{무스펠}.

시간이 멈췄다. 아니, 심장 소리만이 세계에 울렸다.

주위의 살아 있는 모든 자가 시각을 새기는 것을 잊었다.

예외는 존재하지 않았다. 모든 것이 평등하게 죽음의 구렁으로 이끌렸다. 살아 있는 모든 것이 하나같이 움직임을 멈췄다.

"자, 죽음의 춤을 춰 보아라."

죄인에게 판결을 내리는 사신처럼 히로가 가면을 잡고 말했다.

—명경시수(冥鏡屍水). ^{슈바르츠발트}

칠흑색 턱이 현현하여 저주를 토하듯 세계에 떨어졌다.

지상에 현현한 영원한 어둠이 생물처럼 대지를 기어 침식하기 시작했다. 도망칠 수 있는 자는 전무했다. 「무명」의 환영들이 어둠에 삼켜졌다.

저항도 하지 못하고 발을 붙들려 어둠 속으로 끌려 들어갔다.

여섯 나라와 계속 싸우고 있는 그란츠 제3군과 「아군」만이 히로 앞에 남았다. 그중에 「무명」의 모습은 보이지 않았다.

"도망쳤군……. 아니, 처음부터 본체는 이곳에 없었나."

히로는 후방을 보았지만 그 눈앞에 한 여성이 떨어졌다.

루시아의 상대를 맡겼던 루카였다.

그녀는 모래 먼지를 뒤집어쓰며 거친 파도에 떠밀리듯 지면을 굴렀다.

벌떡 일어난 루카는 입에서 피를 뚝뚝 흘리고 있었다.

"윽, 젠장…… 젠장……."

법정검 5멸을 소지하긴 했지만 한쪽 팔을 잃어 실력이 떨어진 상태로 루시아를 상대하기는 힘들었던 모양이다.

실제로 루시아는 전혀 다치지 않은 듯했다.

"끝인가?"

루시아가 부채를 펼치고 의기양양하게 웃었다.

"아…… 아직 안 끝났어요. 후긴이 어디 있는지 말하세요."

루시아는 유감스럽다는 듯 고개를 가로젓고 불쌍하다는 시선을 보냈다.

"모른다. 나도 사람이고 같은 여자니 말이야. 가여운 모습이 된 아가씨를 차마 볼 수 없더군. 어딘가에 팔렸거나 아니면 가축의 먹이가 되었겠지."

"죽일 거야!"

분노를 드러내는 루카 앞을 히로가 막아섰다.

"비켜!"

울부짖는 루카를 향해 히로는 태연한 얼굴로 입에 검지를 댔다.

"루카, 조용히 해."

"히윽?!"

그 위압에 루카가 겁먹은 표정을 지었다.

하지만 루시아의 위치에서는 히로의 표정이 보이지 않아서 그녀는 고개를 갸웃하며 그의 등만을 바라보았다.

히로는 루카의 어깨에 손을 얹고 타이르듯 말했다.

"뒷일은 나한테 맡겨 줘. 알았지?"

루카가 고개를 끄덕이길 기다리고서 루시아를 돌아본 히로는 장절하게 웃었다.

"내 부하를 모욕하는 것도 정도껏 해."

"아니하면 어쩔 것인가?"

"너, 말이 과해."

백의 자락이 허공에 펄럭였다. 몸을 비튼 히로는 흑도를 힘껏 내리쳤다.

"으윽?!"

루시아는 어떻게든 쇠부채로 막았지만—.

"훗!"

이어서 정확한 궤도를 그리며 날카로운 칼날이 루시아의 급소를 노렸다.

루시아는 간신히 피했으나 피부가 얕게 베여 소량의 피가 흘렀다.

반격할 틈조차 주지 않았다. 노도와 같은 공격이 루시아를 덮쳤다.

"핫!"

"윽?!"

완급을 조절한 히로의 공격에 루시아의 반응이 한 박자 늦어졌다. 뺨을 살짝 베이면서도 공격을 막았지만 그 한 번의 망설임이 명확한 차이를 만들었다. 두 사람 사이에 생긴 기묘한 어긋남을 루시아는 눈치챘지만 어떻게 할 수도 없었다. 긴장을 늦추면 목이 날아간다. 무수한 상처를 입으며 루시아는 쇠부채를 펼쳤다.

"「만다라」, 나를 지켜라."

아무런 변화도 없었다. 히로는 그대로 루시아에게 「명제」를 내리쳤다.

루시아는 미소 지은 채 두 팔을 벌려 히로의 공격을 받았다.

그러나 흑도는 그녀를 상처 입히지 못했다.

"흐응……."

감탄하며 눈을 크게 뜨자 루시아가 자랑스레 웃었다.

"후후, 어떤가. 놀랐나?"

"윽?!"

루시아가 날린 발차기가 히로의 뺨에 작렬했다.

하지만 히로의 손은 루시아의 옷깃을 잡고 있었고 기세를 몰아 그녀를 땅에 내동댕이쳐 상쇄했다. 순간적인 행동치고는 훌륭한 움직임이었다.

그러나 루시아는 크게 대미지를 입지 않고 바로 일어나 히로와 거리를 벌렸다.

"훌륭한 움직임이지만 애석하게도 내게는 통하지 않는다."

놀라며 히로를 칭찬하고서 땀 때문에 달라붙은 앞머리를 짜증스레 쓸어 올렸다.

"그 쇠부채는 법정검 5멸인가?"

히로는 자신의 손을 바라보며 고개를 갸웃했다.

아까 「명제」의 칼날은 확실하게 루시아에게 닿았을 터. 그런데도 그녀는 멀쩡했고 심지어 발차기까지 날렸다.

"후후, 맞다. 「요정왕」에게 받은 법정검 5멸 중 하나인 「만다라」지."

"그렇구나. 「천혜」가 뭔지는 모르겠지만, 귀찮아 보이는 건 확실하네."

히로의 모습이 사라졌다. 루시아는 긴장했지만 그 자리에서 움직이려 하지는 않았다.

"여러 가지로 시험해 봐야겠어."

고속 공격— 지금까지 보여줬던 느긋한 움직임이 아니었다.

참격이 종횡무진 루시아를 덮쳤다.

"흥, 소용없다."

루시아는 피하는 시늉조차 하지 않고 전부 맞았다. 히로는 목을 칠 생각으로 「명제」를 놀렸다. 검풍(劍風)이 동맥을 노렸다. 칼끝은 심장을 꿰뚫고 왜소한 몸을 난도질한다. 맞버티는 일은 없다. 그저 일방적으로 농락한다. 하지만 그것은 모든 공격이 통했을 때의 이야기였다.

공격이 통했다는 느낌이 전혀 들지 않아서 히로는 발을 멈추고 「무명」과의 싸움을 떠올렸다.

「무명」 때는 환술이었지만 루시아는 아무래도 그것과는 다른 계통인 것 같았다.

"생각에 잠겨 있을 때인가?"

접힌 쇠부채의 끝이 히로의 가슴을 눌렀다.

충격— 무시무시한 격통이 몸 안에서 폭발했다.

"억?!"

오랜만에 느끼는 통증을 신선하게 느낌과 동시에 지면에 무릎을 꿇은 히로는 루시아를 올려다보았다. 그녀는 황홀한 표정으로 히로를 내려다보고 있었다.

"어떤가? 눈이 뜨였나?"

"그래…… 덕분에, 여러모로 말이야."

히로는 말이 끝나기가 무섭게―「명제」를 휘둘렀다.

"큭?!"

뺨을 베는 결과로 끝났지만 칼을 되돌리면서 다시 한 번 번뜩였다.

루시아는 머리를 숙여 회피했다. 머리카락 몇 가닥이 허공을 날았다.

"그렇군. 이제 알았어."

"뭘 알았다는 것이지?!"

히로는 쇠부채를 펼치려고 한 루시아의 손을 차올렸다. 부채를 놓치지는 않았지만 이로써 움직임은 둔해진다. 한 발자국 앞으로 내디딘 히로는 바탕손을 내밀었다.

복부에 타격을 입은 루시아의 얼굴이 격통에 일그러졌다. 히로는 가차 없이 추격타를 날렸다.

"그걸 펼치지 않으면 의미가 없는 모양이야."

"칫!"

쇠부채로 흑도를 막은 루시아는 이를 악물며 히로를 노려보았다.

「만다라」로 히로의 뺨을 때렸으나 아까와 같은 어마어마한 충격은 없었다.

"공격과 수비라기보다 반격과 수비라고 해야 할까?"

루시아의 거동에는 몇 가지 수상한 점이 있었다. 어떤 상황에서든 바쁘게 쇠부채를 접었다 펼쳤다 했다. 긴장하여 여유가 없는 자가 할 만한 동작이었다. 하지만 그녀가 그렇게 소심한 사람일 리 없었다. 그렇다면 법정검 5멸의 힘을 끌어내는 조건으로 판단할 수 있다.

"단기간에…… 용케 눈치챘구나."

"지나온 수라장의 수가 달라."

완급을 조절한 움직임, 심지어 강렬한 낙차가 있는 완급에 루시아가 농락당했다.

"그럴지도 모르지만 질 수는 없다."

루시아는 쇠부채를 펼쳤지만―.

"촌극은 끝내기로 하지."

히로는 루시아의 멱살을 잡아 지면에 내동댕이쳤다.

루시아는 곧장 일어나려고 했으나 「명제」가 뺨을 스치고 지면에 꽂혔다. 땅에 눌린 루시아가 몸부림쳤지만 히로의 완력은 심상치 않아서 꿈쩍도 하지 않았다.

"알기 쉬운 행동으로 능력을 밝힌 이유를 듣고 싶은데, 일단 진심으로 싸울 생각이 없다면 이 건에 관해 이야기해 주겠어?"

히로는 품에서 편지지를 한 장 꺼냈다. 도시에 발이 묶여 있을 때 도착했던 편지였다.

"흠, 긍정적으로 생각 중이라고 여겨도 되는가?"

"내용에 따라 다르지만, 그 전에―."

히로는 머리 위로 드리워진 그림자를 눈치채고 얼굴을 들었다.

눈에 핏발이 선 루카가 「금강저」를 들고 두 사람을 내려다
보고 있었다.

"뭐 하는 거죠. 얼른 그 여자를 죽여요."

"잠깐, 루카에게 아무 얘기도 안 했는가?"

루시아가 놀라서 말하자 히로는 당연하다는 듯 고개를 끄
덕였다.

"루카는 어떤 의미에서 감정에 솔직해. 「보이면」 곤란하잖아."

"흠, 하지만 일이 귀찮게—."

"뭘 조잘대는 건가요……. 네가 안 죽이겠다면 내가 대신 그
여자의 머리를 으깨 주겠어요."

루카가 「금강저」를 들어 올리자 히로가 손으로 제지했다.

"루카의 한계도 가까워. 이야기를 진행하지."

히로는 루시아에게서 떨어져 주위를 둘러보며 일어났다.

전쟁은 아직 계속되고 있었다.

그란츠 제3군이 밀려서 주위에는 여섯 나라의 병사밖에 없
었다.

그런데도 히로를 **알아차리지 못했다.**

이상한 상황이지만 이것도 루시아가 소지한 「만다라」의 힘
일 것이다.

"헛소리라면 듣고 싶지 않아. 하지만 그게 아니라면 본론으

로 들어갈까."

그렇게 히로가 고하자 루시아는 옷에 묻은 먼지를 털고 일어났다.

"그대들에게도 나쁜 이야기는 아니지만, 우선 신용의 증거로 이 아이를 돌려주마."

루시아가 손가락을 튕기자 공간이 갈라지고 밧줄로 묶인 여성이 나왔다.

"후긴!"

제일 먼저 루카가 알아차렸다. 그녀는 지면에 쓰러진 후긴에게 허둥지둥 달려갔다.

그리고 즉각 몸을 일으켜 세워 생사를 확인했다.

"사, 살아 있어요. 살아 있어요!"

루카가 기뻐하며 히로에게 보고했다.

히로는 기절한 후긴을 끌어안는 루카에게서 시선을 떼고 다시 루시아를 보았다. 그녀는 쇠부채를 부치며 어깨를 으쓱였다.

"조금 거칠게 다루고 말았지만 상처 하나 내지 않았다."

"……이렇게 되리라고 예상했던 건가?"

"나도 바보는 아니야. 여러 가지 길을 상정하고 있지. 이건 보험이다."

루시아의 이야기를 믿는다면 분명 치밀하게 계산하여 이 자리를 만들었을 것이다. 후긴의 정체가 들통난다면 뭔가에 이용되리라고 생각은 했지만 이렇게 극적인 순간에 비장의 카드로 쓰다니 대담한 것도 정도가 있었다. 하지만 그 결단이 교섭할 여지를 주었으니 완전히 무모하다고도 할 수 없었다. 루시아는 히로가 상상한 것보다 더 만만치 않은 면을 가지고 있는 듯했다.

"그래……. 그럼 이야기를 듣지."

히로는 팔을 내리고 루시아에게서 시선을 뗀 후에 「아군」 본진 쪽을 보았다.

*****

"더 싸울 건가?"

슈트벨이 진심으로 기막혀하며 말했다.

시선 끝에는 만신창이가 되었으면서도 서 있는 스카아하가 있었다.

왼팔은 부러졌는지 축 늘어져 있었다. 뒤로 정리했던 머리는 풀려서 산발이 되었고, 아름다운 청록색 머리카락에는 피와 진흙이 묻어 있었다.

그래도 스카아하의 눈은 죽지 않았다. 복수의 불꽃이 활활 타오르고 있었다.

"……네놈을 죽이기 전에는 안 죽어."

스카아하는 움직이지 않게 된 오른발을 질질 끌면서 슈트벨과 거리를 좁혔다.

크게 콧방귀를 뀐 슈트벨은 짜증스레 혀를 찼다.

"성장하질 않는 여자군. 소용없다는 걸 왜 모르지?"

질렸다는 것처럼 슈트벨은 작게 하품을 했다.

"소용이 있는지 없는지는—."

스카아하는 도약했다.

"해 보지 않으면 몰라!"

하늘 높이 뜬 스카아하의 모습을 슈트벨은 눈으로 좇았다.

"여기에 전부를 담겠어. 막아 봐라!"

스카아하는 「빙제」를 등 뒤로 들었다.

패기가 팽창하며 공기가 터질 듯한 소리를 냈다.

「빙제」의 「천혜」— 「필격^{싱글렌드}」.

스카아하의 손에서 「빙제」가 사라짐과 동시에 주위의 물기가 얼어붙고 대량의 빙창이 나타났다. 그 광경을 보고 슈트벨의 얼굴이 희색으로 물들었다.

"호오, 조금 더 즐겁게 해 주는 건가!"

「빙제」의 가호가 벗겨졌는데도 「천혜」를 썼다.

보통은 격통에 기절할 테지만 스카아하는 복수심만으로 의식을 유지했다.

하늘에 생겨난 대량의 빙창이 대지에 쏟아졌고 뇌격과 바람 칼날이 그것을 요격했다.

서로의 힘이 충돌했다. 그 무시무시한 힘은 지면을 터뜨리고 크게 모래 먼지를 일으켰다.

폭격을 맞은 듯한 엄청난 파괴음이 공기로 전파되었다.

지면에 착지한 스카아하는 간절한 눈으로 모래 먼지를 응시했다.

"젠장……."

모래 먼지가 돌풍에 걷혔다.

스카아하는 분한 얼굴로 입술을 깨물고 그 광경을 지긋지긋하다는 듯 바라보았다.

"열심히 했지만 결국 이 정도인가……. 재미없군."

지면을 밟은 슈트벨의 모습이 눈 깜짝할 사이에 사라졌다.

스카아하는 몽롱한 의식 속에서 눈앞에 나타난 슈트벨을 말없이 쳐다봤다.

"내 귀중한 시간을 뺏었어. 편히 죽을 수 없을 거다."

거대한 주먹이 스카아하의 복부에 꽂혔다. 방어도 하지 않고 맞은 스카아하는 당연히 날아갔다. 심신 모두 피폐해진 스카아하는 낙법도 취하지 못하고 굴러갔다.

슈트벨은 땅에 몇 번씩 부딪치며 굴러가는 스카아하의 앞으로 돌아들어 그녀를 힘껏 차올렸다.

몸에서 섬뜩한 소리가 났다. 스카아하는 입에서 선혈을 토하며 공중에 떠올랐다.

무저항— 장난감처럼 놀아났다. 살았는지 죽었는지 알 수 없었다.

슈트벨은 계속해서 일방적으로 폭력을 가했다. 뺨을 얻어맞은 스카아하의 턱에서 돌이 쪼개지는 듯한 소리가 났다. 반쯤 열린 입에서 피 묻은 치아 몇 개가 튀어나와 땅에 떨어졌다.

이어서 왜소한 몸이 기역자로 꺾였다. 옆구리에서 뼈가 부서지는 소리가 났다. 전신을 구타당해 뼈가 부러지는 소리만이 공허하게 비명처럼 울렸다.

울지도 않았다. 소리 지르지도 않았다. 저항도 하지 않으니 슈트벨도 싫증이 났다.

"……죽었나?"

고개를 돌리고 싶어질 만큼 처참한 모습이 된 스카아하는 슈트벨이 내던져도 땅에 엎어져 피 웅덩이를 만든 뒤 꿈쩍도 하지 않았다.

발끝으로 차도 신음조차 흘리지 않고 몸이 뒤집혔다.

슈트벨은 붉게 물든 머리카락을 붙잡아 그대로 스카아하를 들어 올렸다.

그녀의 사지에서는 힘이 느껴지지 않았고 퉁퉁 부은 얼굴에는 생기가 없었다. 꼭두각시처럼 축 늘어져 있었다. 하지만 아직 그녀는 기적적으로 살아 있었다. 입술을 작게 달싹이고 있었다. 슈트벨은 흥미를 느끼고 귀를 가까이 댔지만 잘 알아들을 수 없었다.

"드……어…… 았……."

"뭐라고?"

더욱 귀를 가까이 댔을 때 슈트벨의 팔을 스카아하가 오른손으로 움켜잡았다.

"다 죽어 가는 주제에 꽤 힘이 남아도는구나."

슈트벨은 스카아하의 왼손에 검이 쥐어져 있음을 알아차렸다.

"그런 걸로는 내 육체를 꿰뚫을 수 없다."

비웃고 보니 스카아하가 입꼬리를 올리고 있었다.

슈트벨이 의아해하며 눈썹을 찌푸린 순간, 스카아하는 손에 든 검을 휘둘렀다.

슈트벨이 아니라 자기 자신에게.

스카아하의 머리카락이 대량으로 허공에 흩날렸다.

자기 머리카락을 자르는 행동을 이해할 수 없어서 슈트벨의 사고가 일시적으로 마비되고 말았다.

"드디어 잡았다고 말했어."

스카아하는 슈트벨에게 기대어 그의 가슴팍에 손을 올리고 의기양양하게 웃었다. 이미 힘은 전부 쥐어짰다. 체력도 남아 있지 않았다. 온몸의 뼈가 비명을 질렀다. 그래도 아직 하나—목숨만큼은 남아 있었다.

"나의 「친우^{게볼그}」는 모든 것을…… 꿰뚫지."

최후의 일격에 자신의 혼을 바친다. 오랜 파트너에게 모든 것을 맡긴다.

스카아하의 손바닥이 급속도로 얼어붙었다. 자기 몸을 희생한 건곤일척이었다.

"작별이다…… 「빙제」."

—신천(神穿^{마하}).

일점 집중, 스카아하의 전신전령을 담은 패기가 폭발했다.

코앞에서 번개처럼 쏘아진 빙창이 슈트벨의 가슴에 박혔다.

"무슨—."

슈트벨은 경악했으나 그가 놀랐을 때 이미 가슴은 꿰뚫린 후였다.

"방심하면…… 안 되지."

슈트벨은 명백하게 방심하고 있었다.

작은 동물을 괴롭히듯 스카아하를 상대했다. 하지만 그녀는 포기했기에 저항하지 않은 것이 아니었다. 계속 슈트벨의 빈틈을 엿보고 있었다.

이길 수 있는 순간이 찾아오기를 호시탐탐 기다리고 있었던 것이다.

"이로써 나는……."

괴로워서 몸부림치는 슈트벨을 바라보며 스카아하는 만족스럽게 웃었다. 그리고 그대로 쓰러져 손가락 하나 까딱하지 않고 피 웅덩이를 퍼뜨리면서, 휘몰아치는 전장의 바람을 맞으며 깊디깊은 잠에 빠졌다.

"……오오오오오?!"

가슴에서 힘이 빠져나갔다. 슈트벨은 얼어붙는 자신의 가슴을 긁어 댔다.

"너 같은 약자가 내게 무슨 짓을—!"

쓰러진 스카아하에게 격분한 표정으로 다가갔다. 슈트벨은 티끌 하나 남기지 않겠다며 「뇌제」를 머리 위로 치켜들었다.

그때—.

"슈트벨, 꼴불건이야."

붉은 머리 여성이 나타났다. 빨간 칼날이 도끼를 격렬하게 막았다.

"리즈…… 왜 여기에?!"

슈트벨이 깜짝 놀라든 말든 리즈 뒤에서는 기마 수천이 울페스 병사를 유린하고 있었다. 슈트벨은 본 적 없는 병사들이었다. 새로 나타난 집단은 확연하게 그란츠병이 아니었다.

"이 녀석들은 뭐야……."

산적 같은 경장비를 착용한 자들이 우렁차게 함성을 지르고 능숙하게 말을 몰아가며 마상에서 활을 쐈다. 지상에서 싸우는 울페스 병사들이 차례차례 죽어 나갔다.

그중에서도 웃으며 병사를 베는 여전사가 가장 눈에 띄었다. 명백하게 전장을 즐기는 모습이었다. 이상하리만큼 환희를 폭발시키며 입꼬리를 말아 올리고 있었다.

"공주님! 뒤쪽은 맡겨 둬!"

오싹한 패기를 내뿜으면서 압도적인 무력으로 울페스병을 살육했다.

발차기를 날리고, 갈고리발톱으로 얼굴을 난도질하고, 다음 사냥감을 향해 달려드는 모습은 마치 호랑이 같았다.

"제일 이득 보는 역할은 전부 내가 차지할 테니까!"

막을 수 있는 자는 없었다. 그녀 앞에 차곡차곡 시체가 쌓였다.

그녀를 마주한 자는 완전히 겁을 집어먹었다. 당연했다. 떠들썩하게 웃으며 인간을 종잇장처럼 가르는 자를 일반인이 제대로 상대할 수 있을 리 없었다.

"……슈타이센인가."

"맞아. 협력받았어."

"그랬군……."

얼어붙는 거구가 비틀거렸다. 그래도 육체는 아직 재생하려고 했다. 하지만 그 속도가 둔해졌음은 누가 봐도 분명했다.

"넌 스카아하에게 졌어. 그녀의 힘을 얕봤구나."

미소 지은 리즈는 「염제」를 들었다.

"그대— 천명을 아는가?"

그 한마디가 지상에 태양을 현현시켰다. 온화하고 상냥한 바람이 불었다.

방대한 힘의 격류가 천공을 가로지르고 대지를 내달렸다.

"낙관하여 울고, 호의에 눈물 흘리고, 행복을 승화하라."

지면에 화초가 흘러넘쳤다. 달콤한 향기가 공간을 지배했다.

세계에 봄이 찾아왔다.

분쟁도 없고 아무것도 없었다. 그저 포근한 자연이 대지에 싹텄다.

모든 것이 빛에 뒤덮이고 새로운 세계가 재구축되었다.

"끝내기로 할까."

리즈의 목에서 장엄한 목소리가 나왔다.

파동이 공기를 압박했다. 늠름한 울림 속에 위용이 난무했다.

청렴하고 아름다운 목소리였지만 마성(魔性)의 경치는 지대한 신위를 내뿜었다.

"화려하게 피어나라— 「염제」."

리즈의 손에서 「염제」가 사라지고 세계는 붉은색과 푸른색에 휩싸였다.

주위 경치가 모조리 불탔다.

조금 전까지의 상냥함은 조금도 없었다. 포학하기까지 한 열파가 세계에 확산되었다.

—백화요란.^{라그나로크}

세계가 변모했다. 아니, 단 한 사람, 세계에 군림할 수 있는 여성이 있었다.

주위의 살아 있는 모든 이가 태양에 눈을 빼앗겼다.

적이든 아군이든 예외 없이, 말도, 벌레도, 풀조차도 살아 있는 모든 이가 하나같이 선망을 보냈다.

"자— 슈트벨, 편히 쉬게 해 줄게."

리즈를 지키듯 전신에 불길이 휘감겼다.

그 모습을 멍하니 바라보던 슈트벨이 돌연 리즈를 향해 달렸다.

"빌어먹을!!!"

구축된 별세계에서 슈트벨이 외쳤다. 불길에 저항하지 못하여 재생조차 제때 이루어지지 않았다.

육체가 스러졌다. 신들의 힘을 주입한 불사신의 신체가 허물어졌다.

"리즈, 네년, 네년이이이이이이이!"

"입 다물어."

주먹으로 땅을 쳤다. 그것뿐인데 슈트벨은 불길에 휩싸였다.

화염이 뱀처럼 꿈틀거리며 형태를 만들었고 장엄한 분위기를 내뿜는 사자가 나타났다.

거대한 턱을 벌려 달려들던 사자는 슈트벨을 물고서 목을 흔들어 찢어발기려고 했다.

슈트벨은 이를 악물고 격통을 견디며 몸에 파고드는 이빨을 주먹으로 때렸다. 하지만 쓸데없는 저항도 금방 끝났다. 슈트벨은 피눈물을 흘리며 리즈를 노려보았다.

"반드시 우리는 복수한다!"

갑작스러웠다. 검은 덩어리가 하늘에서 떨어져 사자와 함께 슈트벨을 감쌌다.

"이게 끝이— 웃?!"

소리치는 슈트벨과 함께 불꽃 사자가 폭발했다.

흔적도 없이 산산이 조각났고 그 잔재도 바람에 쓸려 갔다.

남은 것은 정령 무기 두 개와 근처에 쓰러진 스카아하의 모습뿐이었다.

스카아하에게 다가가려던 리즈 앞에서 이변이 일어났다.

슈트벨이 남긴 「뇌제」와 「풍제」가 소실되었고 게다가 「빙제」도 사라졌다.

　리즈는 놀라지 않고 멀리 떨어진 곳에 시선을 보냈다.

　"……또 만나자."

　납득한 표정을 남기고서 리즈는 스카아하에게 다가갔다.

에필로그

지상에서 피어오르는 연기 때문에 푸른 하늘은 검게 도배되어 있었다.

구름은 침식되어 흐르지 못했고 바람은 악취를 실어 사람들에게 변을 알렸다.

그 원흉인 대지에는 엄청난 수의 시체가 굴러다니고 있었다.

원념, 절망, 애곡, 시체가 말하는 표정은 다양했다. 그중에서 가장 많은 것은 공포이리라. 눈물을 흘리며 고향 쪽으로 손을 뻗은 시신의 수는 상상할 수 없을 만큼 많았다.

먹이를 찾아 까마귀가 지상에 내려앉았다. 쪼아 먹고서 다음 먹이로 날아갔다.

그렇게 시체의 산이 만들어진 곳 앞에 가면 쓴 왕이 한 명 앉아 있었다.

"끝난 모양이야."

대량의 모래 먼지가 뒤쪽 반대 방향으로 흘러가는 것을 인지했다.

슈타이센 공화국이 참전하면서 흐름은 완전히 그란츠 측으로 돌아왔다.

여섯 나라는 사령관이 부상을 입어 퇴각하는 길을 택한 듯했다.

"이제 그녀가 잘해 준다면 문제없어."

히로가 시선을 돌리자 근처에서 루카가 후긴을 안은 채 주위를 경계하고 있었다.

주변에는 검은 갑주로 통일된 정예 부대 「아군」도 있었다.

마지막으로 히로는 자신의 발밑을 보았다.

—정령검 5제 세 자루가 지면에 꽂혀 있었다.

각각에서 무시무시한 패기가 느껴졌다. 하나하나에서 강렬한 의지조차 느껴졌다.

"……스카아하, 서약은 이루어졌어."

손을 들자 정령검 5제 세 자루는 사라졌다. 흔적도 없이 세계에서 없어졌다.

히로는 일어나 그란츠군이 대기하는 곳을 보았다.

"리즈, 모든 것은 하나야."

히로는 그란츠군에게 등을 돌리고 걷기 시작했다.

한없이 어디까지 계속되는지 정신이 아득해지는 길을…….

외투가 바람에 펄럭여 공기를 꿰뚫었고 추풍이 뺨을 어루만지고 갔다.

"—남은 건 「염제」뿐이야."

■작가 후기

「신화 전설이 된 영웅의 이세계담 9」을 구매해 주셔서 감사합니다.

전권에 이어 읽고 계신 분들, 새해 복 많이 받으세요.

1년에 한 번 있는 큰 이벤트, 세뱃돈의 계절이 찾아왔습니다.

하지만 저는 지금 이 후기를 2017년에 쓰고 있고 9권이 여러분께 전달되는 것은 2018년입니다. 그래서 이쪽은 아직 새해가 되지 않았습니다. 그런데도 새해 인사를 적으니 기분이 이상합니다. 한발 먼저 나이를 먹은 기분이 드는 건 왜일까요······.

아무튼 새해가 되면 뭔가 설레지 않나요?

작년에 못 한 일을 하자. 올해는 이걸 하자며 새로운 목표가 차례차례 머릿속에 떠오르죠. 그중에서 몇 개를 달성할 수 있을지 즐거운 기대가 늘어나는 시기이기도 합니다. 바쁘게 1년을 보낼지 아니면 느긋하게 보낼지 많은 선택지가 있지만, 그래도 무슨 일이 일어날지 알 수 없는 것이 인생이고 그렇기에 재미있다고 멋있는 말을 남기며, 여러분 올해도 잘 부탁드립니다.

그럼 늘 하던 얘기를 하겠습니다. 여러분 표지를 보셨나요?

제가 말하지 않아도 다들 아시겠죠. 스카아하가 미인입니다. 각오를 다진 여성의 옆얼굴만큼 아름다운 것은 없습니다. 단단한 갑옷이 가슴을 가리고 있지만 그래도 분명 여러분의 상상력이 있다면! 눈에 핏발을 세우고, 거칠게 콧김을 내뿜으며, 핥듯이 책을 본다면! 투시도 가능하지 않을까요?

히로에 대해서도 이야기하고 싶지만, 정말로 이야기하고 싶지만, 남은 지면이 얼마 없기에 감사 인사를 드리겠습니다.

미유키 루리아 님, 매력적인 일러스트들은 저의 중2 마음을 흥분시키는 원동력입니다. 아름다운 일러스트들은 새로운 능력을 발현시킵니다.

담당 편집자 I 님, 정말로 폐를 끼치고 있습니다. 모자란 점이 해마다 늘어서 진절머리가 나겠지만 앞으로도 힘을 보태 주시기 바랍니다.

편집부 여러분, 교정자분, 디자이너분, 본 작품과 연관된 관계자 여러분, 앞으로도 잘 부탁드립니다.

독자 여러분. 여러분이 지지해 주신 덕분에 무사히 9권을 발매할 수 있었습니다. 진심으로 감사드립니다.

앞으로도 더욱 멈추지 않는 중2를 발신해 갈 테니 응원해 주시기 바랍니다.

그럼 또 뵐 날을 고대합니다.

타테마츠리

신화 전설이 된 영웅의 이세계담 9

초판 1쇄 발행 2020년 6월 10일

지은이_ Tatematsuri
일러스트_ Ruria Miyuki
옮긴이_ 송재희

발행인_ 신현호
편집부장_ 윤영천
편집진행_ 김기준 · 김승신 · 원현선 · 권세라 · 유재슬
편집디자인_ 양우연
국제업무_ 정아라 · 전은지
관리 · 영업_ 김민원 · 조은걸 · 조인희

펴낸곳_ (주)디앤씨미디어
등록_ 2002년 4월 25일 제20-260호
주소_ 서울시 구로구 디지털로 26길 111 JnK디지털타워 503호
전화_ 02-333-2513(대표)
팩시밀리_ 02-333-2514
이메일_ lnovelpiya@naver.com
ㄴ노벨 공식 카페_ http://cafe.naver.com/lnovel11

SHINWA DENSETSU NO EIYU NO ISEKAITAN 9
©2018 by Tatematsuri
First published in Japan in 2018 by OVERLAP, Inc.
Korean translation rights reserved by D&C MEDIA Co., Ltd.
Under the license from OVERLAP, Inc., Tokyo JAPAN

ISBN 979-11-278-5571-0 04830
ISBN 979-11-278-4025-9 (세트)

값 7,800원

꿰뚫린 전장은 거기서 사라져라 —탄환 마법과 고스트 프로그램— 1권

우에카와 케이 지음 | TEDDY 일러스트 | 김성래 옮김

기갑차가 달리고 탄환 마법이 쏟아지는 동방국과 서방국의 100년에 달하는 전쟁.
궁지에 몰린 동방국의 소년병 레인 란츠는 낯선 탄환을 쏘아 적 장교를 살해한다.
—순간, 세계가 일변했다.
전장은 익숙하게 다녔던 사관학교로 뒤바뀌었고, 분명 죽었어야 할 동기들의 모습도.
당황하는 레인에게 탄환을 만들었다는 소녀 에어는 말한다.
"쏜 상대를 아예 처음부터 없었던 세계로 재편성하는 『악마의 탄환』.
이대로 쓰고 싶어?"
끝나지 않는 전쟁을 앞에 둔 레인의 결단은—
"끝내겠어. 바꿔주마. 이 탄환으로, 모든 것을."

세계의 섭리를 쏘아 꿰뚫는 소년과 소녀의 싸움이 시작된다—.
제31회 판타지아대상 〈대상〉 수상의 밀리터리 판타지!

프리 라이프 이세계 해결사 분투기 1~4권

키가츠케바 케다마 지음 | 카니빔 일러스트 | 이경인 옮김

이세계 생활 3년째인 사야마 타카히로는
해결사 사무소《프리 라이프》의 빈둥빈둥 점주.
하지만 사실은, 신조차도 쓰러뜨릴 수 있는
세계 최강 레벨의 실력자였다!
게으름뱅이지만 곤란한 사람을 내버려 둘 수 없는 타카히로는
못된 권력자를 혼내주거나,
전설급 몬스터에게서 도시를 구하는 등 대활약.
사실은 눈에 띄고 싶지 않은데
개성적인 여자아이들에게도 차례차례 흥미를 끌게 되고?!

대폭 가필 & 새 이야기 추가로 따끈따끈 지수 120%!
이세계 슬로우 라이프의 금자탑이 문고화!!

©Taro Hitsuji, Kurone Mishima 2019
KADOKAWA CORPORATION

변변찮은 마술강사와 추상일지 1~5권

히츠지 타로 지음 | 미시마 쿠로네 일러스트 | 최승원 옮김

알자노 제국 마술학원에는 학생들도 기가 막혀 하는
한 변변찮은 마술강사가 있었다.
그의 이름은 글렌 레이더스.
수업에 뱀을 가져와서 여학생들이 무서워하는 모습을 감상하려다가
오히려 그 뱀에게 머리를 물리질 않나…….
도서관에서 실종된 여학생을 구하러 갔다가, 오히려 본인이 겁에 질려서
파괴 주문으로 도서관을 날려버리려고 하질 않나…….
수업 참관 일에는 웬일로 성실하게 수업을 하나 싶더니 곧 본색을 드러내고……
그런 마술학원에서 벌어지는 변변찮은 일상.
그리고— "……꺼져라, 꼬마. 죽고 싶지 않으면."
글렌의 스승이자 길러준 부모인 세리카 아르포네아와의
충격적인 만남이 수록된『변변찮은』시리즈 첫 단편집!

본편 TV애니메이션 방영 화제작!!

라이트노벨의 새로운 빛! L노벨의 신간은 매월 10일에 발매됩니다. http://cafe.naver.com/lnovel11

©Kotobuki Yasukiyo 2018
Illustration : JohnDee
KADOKAWA CORPORATION

아라포 현자의 이세계 생활 일기 1~7권

코토부키 야스키요 지음 | JohnDee 일러스트 | 김장준 옮김

정리해고 당한 후, 매일 밭을 돌보며 『제로스 멀린』으로서
게임에 빠져 살던 백수 아저씨, 오사코 사토시(40세).
오리지널 마법을 만들어 명실상부 톱 플레이어가 된 그는
최종 보스를 무난하게 공략하지만
로그인 중 발생한 어떤 사고로 생을 마감한다.
그는 홀로 죽었다고 생각했지만,
정신을 차리고 보니 거대한 산림 지대의 한가운데에 서 있었다.
이세계 여신의 말에 따르면 그는 게임 속 능력을 이어받아 전생했다고 한다.
대산림 지대에서 서바이벌을 거치고 전(前) 공작 노인과 만난 제로스는
현자로서 능력을 인정받아 마법을 쓰지 못하는 소녀의
가정교사 일을 의뢰받는데—?!
"나는 평온한 일상이 인생의 모토인데……."

마흔 살 현자의 이세계 생활 일기 개시!

라이트노벨의 새로운 빛! L노벨의 신간은 매월 10일에 발매됩니다. http://cafe.naver.com/lnovel11